# 뜨거운
# 한입

박
찬
일 지음

# 뜨거운
# 한입

박찬일의 시간이 머무는 밥상

창비

# 차례

# 1.
## 그 여름, 마법의 홍합

　　　　　　　아무 대책 없이 통영에서 배를 타
고 떨어진 길이었다. 하필 피서객들이 줄을 잇는 삼복더위였다. 혀
를 끌끌 차며 다녀봐도 매물도에 우리가 묵을 방은 없었다. 하릴없
이 천막으로 둘러친 임시 횟집에서 고양이 낯짝보다 작은 줄돔 새
끼를 회 쳐서 쓴 소주를 마셨다.

　그러니까 우리가 학교 앞 단골 선술집에서 작당을 하여 통영행
버스에 올라탄 것까지는 좋았다. 낮술로 마신 막걸리를 휴게소에서
오줌으로 다 쏟아내고 깊은 잠에 빠졌다가 깨어나니 통영이었다.
한때 행정 지명상 충무라고 불렸지만 정작 주민은 아무도 그렇게
불러주지 않은 통영 말이다. 말로만 듣던 항구는 정말 미항이었고,
시장통의 생선전도 정말 대단했다. 문제는 우리 작당 중 누구도 왜
우리가 통영 여행을 떠나와야 했는지 이해하지 못했다는 점이다.

　또 문제는 막걸리였다. 소주나 고량주가 확 취기가 올랐다가 불
끈 깨버리는 술이라면 막걸리는 잠수부처럼 물밑으로 사람을 쑤욱
끝도 없이 빠뜨리는 독특한 술이다. 막걸리는 취하는 게 아니라 젖
는 술이다. 그렇게 우리는 막걸리에 젖어 통영까지 내려갔던 것이
다. 어찌어찌 하룻밤을 자고 섬이 멋있다는 매물도에 가겠다고 갱
생원 탈주자들처럼 신발을 질질 끌면서 걷던 꼴이라니.

휴가철에 숙소 예약도 없이—숙소랄 것도 없이 민박집이 전부이던—남해의 명소 매물도에 들어간 것도 문제였다. 돌섬이라 한뎃잠을 잘 곳도 마땅치 않았고, 그나마 얼마 안되는 평평한 곳은 이미 다른 휴가객의 텐트가 들어서 있었다. 여기까지 듣고 제발 엉뚱한 소리는 하지 마시라. 찜질방이라도 가지 그랬어요, 따위의.

여름 바다모기는 정말 맹렬했다. 친구 녀석은 소주를 마실 때마다 모기가 입안까지 들어와 잇몸을 물어뜯는다고 투덜댔으며 나역시 입술을 물리는 바람에 녀석의 엄살이 거짓말같이 여겨지지 않았다. 체력이 바닥나고, 소주에 대취한 우리는 정말 어디라도 눕고 싶었다. 섬에는 불빛이 적었다. 이미 밤바다는 홍합껍데기처럼 검고 반질반질했다. 섬의 비상발전실 근처를 어정거리다가 우리는 아주 그럴듯한 장소를 발견했다. 발전기 옆에 사람 두엇이 누울 만한 '공구리' 바닥이 있었던 것이다. 그 바닥에 등을 대니 살 것 같았다. 그러나 평화도 잠깐, 관리인인 듯한 주민이 와서 우릴 쫓아내버렸다. 섬에서 가장 중요한 시설물을 술 취한 외지인들이—그것도 갱생원 원생 같은 차림새의—점령하게 놔둘 리 없었다.

또 문제는 홍합이었다. 우리는 혹시라도 거두어줄 사람이 있을까 기대하면서 마을을 돌았다. 어느 집에선가 우리의 창자를 홀리는 냄새가 났다. 마침 한 집의 나이 든 아주머니가 부엌에서 홍합된장국을 끓이고 있었던 것이다. 우리는 마법에 끌리듯 그 집으로 들어섰다. 그래, 그건 마법이었다. 졸리고 피곤한데다가 연일 마신 술로 해장이 간절할 때 풍긴 홍합된장국 냄새가 마법이 아니면 뭐가 마법이겠는가.

아주머니는 다행히도 우릴 받아주었다. 홍합된장국의 주인인 아저씨도 미처 덜 깬 술기운 탓인지 우리에게 방 한칸을 내주었다. 그리고 그 심야에 벌어진 홍합된장국 파티는 결국 아저씨가 숨겨놓은 됫병 소주가 바닥나고서야 마무리되었다.

아주머니는 해녀였다. 그 시절, 제주 말고 남해에도 해녀는 흔했다. 한산도 출신의 그 아주머니는 돌섬 매물도에 시집와 아저씨 술뒷바라지에 평생을 바친 것 같았다. 아주머니의 홍합은 정말 특별했다. 미역처럼 검고 무서운 바닷속으로 잠수하여 건져낸 홍합이었다. 발라놓은 살만 어린애 손바닥만 했다. 그걸 칼로 저미고 토장을 풀어 국을 끓였다. 양념이래야 마늘 두어톨이 고작이고, 섬이라 채소가 귀해 변변한 건더기도 없었다. 그러나 된장국의 맛은 기가 막혔다. 물컹이는 살점이 씹히면서 진액을 입안에 내주었다. 자연산 홍합의 맛이란 이런 것이었다. 원래 해물요리는 특별히 까다롭다. 저 바다 밑 미지의 푸른 파도 아래, 심해에서 건져낸 재료들이기 때문이다. 그러나 좋은 자연산 홍합을 만난다면 모든 것이 수월하다. 간만 맞추면 국이든 찜이든 제맛을 내기 때문이다.

양식한 홍합에서는 찾아볼 수 없는 깊은 맛이 자연산 홍합에서 우러나온다. 홍합 같은 조개는 그가 사는 물의 역사를 살과 껍데기에 담는다. 무수한 물이 수관을 통해서 그 조갯살에 아로새겨진다.

그것이 홍합의 삶, 아니 그 홍합 속을 드나드는 물의 역사인지도 모른다. 홍합마다 제각기 맛이 다른 것은 결국 그 물의 역사, 물맛의 차이 때문일 것이다.

요리사 K 선배는 홍합을 잘 다뤘다. 자연산 홍합을 구하면 우선 슬쩍 칼로 관자를 잘라 입을 열었다. 자연산 홍합은 주둥이가 질기다. 그는 가위로 그 주둥이를 잘라냈다. 그러고 마늘을 뿌린 버터에 살점을 던져넣었다. 아, 그 향기란! 매물도 된장국 향기의 서양 버전이었다. 마늘이 버터에 타면서 매캐한 양념 맛을 살 속에 깃들이면 그는 재빨리 불을 끄고 팬에 뚜껑을 덮었다. 그렇게 2~3분을 놔두면 마늘향이 홍합 속으로 깊고 깊게 밴다고 했다. 뚜껑을 열어 막 다진 파슬리 한줌을 뿌리면 이딸리아식 홍합볶음이 완성됐다. 거친 빵이 있으면 그 국물에 꾹꾹 찍어 먹는다. 이딸리아 해안가의 든든한 서민요리였다. 빵이 없으면 홍합 살을 다 건져 먹고 난 국물에 쌀을 볶았다. 국물이 쌀에 맛을 들이면서 향기롭고 진한 리조또로 변신했다. 그는 마법의 손을 가진 것 같았다.

홍합은 지중해에서 바닷바람 좀 쐬었다는 요리사라면 누구나 사랑하는 요리재료다. 간단한 수고로 멋지고 푸짐한 요리를 만들 수 있기 때문이다. 홍합 한자루가 있으면 수십가지 요리로 상을 차릴 수 있다. 먼저 우리가 사랑하는 홍합찜이 떠오른다. 그 버전도 다양해서 토마토를 쓸 수도 있고, 그냥 마늘오일에 만들 수도 있다. 바닥이 두툼한 냄비에 향기로운 올리브유를 두르고 마늘 한쪽을 굽는다. 오일에 마늘향이 잔뜩 배도록 기다렸다가 잘 손질해 차가운 샘물에 씻은 홍합을 넣는다. 그리고 화이트와인을 반컵 넣고 뚜껑을 닫는다. 그게 전부다. 정말 그게 전부라니까. 요리법이랄 것도 없이, 맛있고 진한 홍합찜이 탄생한다. 뚜껑 안에서 홍합은 이글이글 열을 받아 일제히 입을 벌린다. 그리고 맛있는 국물을 토해낸다. 아무것도 가미할 필요가 없다. 바질이나 월계수 잎이 몇장 있으면 넣어도 좋고, 아니면 말고. 매운 뻬뻬론치노 고추가 있다면 두어개 부숴 넣어도 좋겠다. 마늘을 올리브유에 볶을 때 뻬뻬론치노를 함께 볶는데, 눈물이 찔끔거리게 맵다. 홍합조차 만만치는 않다는 뜻인가. 인생이 매우니 홍합도 매워야 하는 법인가.

홍합은 성을 바꾼다. 생식을 위해서 성을 바꾸는 건 고등동물에서는 볼 수 없다. 홍합은 성을 바꾸어서 개체 수를 늘린다. 수컷은 기꺼이 암컷으로 성을 바꾸어서 잉태한다. 이 눈물겨운 종의 결정이여. 홍합은 살을 찌우고 비우고를 반복한다. 좋은 홍합은 껍데기 크기로 판단할 수 없다. 껍데기가 작아도 알이 큼직할 때가 있고, 반대의 경우도 있다. 싸우나의 탕 안에 앉으면 나는 홍합, 홍합을 속으로 본다. 덩치 큰 사내가 어떤 경우에는 홍합처럼 보일 때가 있는 것이다. 속으로 웃는다.

홍합을 다룬 시 한편이 있다. 잠시 경건해진다.


흑산도하고도 수심 오십 미터에서 건져올렸다는 생물 홍합들

이 이대로는 절대로 포장마차 끓는 물속으론 들어갈 수 없노라며
입술을 앙다물고 버티시는 바람에 오늘도 목포집 아주머니는 시
퍼런 바다와 싸우느라 구슬땀을 흘리시다

——이시영 「홍합」 전문

내 한 친구는 어떤 상황을 명쾌하고도 독창적으로 해석하는 능력
이 있었다. 이를테면 이런 식이었다.

"계곡의 상류는 조용하고 하류는 시끄럽다네. 물이 적으니 소란
도 적은 법. 세상사도 그렇지 않은가."

이 도사(?)가 홍합에 대해서도 한마디 했다.

"홍합 안주를 돈 받고 팔기 시작하면서 인정에서 물질의 시대로
경계가 넘어간 것이지."

녀석의 해석인지 넋두리인지 모르겠지만 꽤 그럴듯했다. 시장에
서 홍합은 여전히 싼데, 술집 인심은 야박해진 것이다. 내가 술을
배우던 때는 그의 표현대로라면 인정의 시대였다. 홍합을 흔히 빈
자의 굴이라 한다. 값이 싼데 맛은 좋다는 뜻일 게다. 포장마차 주
인은 홍합이 담긴 양은대접을 서너번은 더 채워주었다. 홍합을 워
낙 좋아했던 나는 그 홍합 안주가 무료라는 사실이 더 불편했다. 돈
을 받고 팔았다면 당당하게 먹고 싶은 만큼 시켰을 텐데, 공짜인지
라 청하기라 무색했던 셈이다. 그 공짜 홍합에도 예(禮)가 있었으
니, 알맹이를 다 까먹었다고 한그릇을 더 청하는 건 예가 아니었다.

국물까지 알뜰하게 먹고 난 뒤에야 당당히 추가를 외칠 자격이 주어졌던 것이다. 또 충분히 끓어서 국물이 진득해지기 전에 퍼주는 건 주인의 예가 아니었고, 단골에겐 마지막 홍합을 퍼주는 게 또 예였다. 왜냐하면 홍합을 끓이던 거대한 들통 바닥에 홍합 알맹이가 가득했기 때문이다. 그래서 어중간한 때 홍합을 받으면 껍질만 수북하고 알맹이가 빠져 있는 경우가 많았다. 이런 현상을 방지하기 위해 어떤 포장마차에서는 홍합을 미리 꺼내두었다 주문이 오면 토렴하듯 홍합을 빠뜨려주기도 했다. 그러나 골고루 분배가 되는 장점은 있었는지 몰라도 알맹이가 말라서 그다지 인기는 없었던 것 같다.

홍합은 요리법이 간단하다. 그런데 홍합탕 하나 끓이는 데에도 마늘을 넣네 어쩌네, 파는 넣네 안 넣네 말이 많다. 나는 홍합 그대로의 순수한 요리법을 지지한다. 홍합 무게의 절반쯤 되는 물을 넣고 오직 홍합만으로 탕을 끓이는 것이다. 비린내를 잡아준다는 술도 필요없고 마늘이며 파도 의미없다. 더러 후추를 뿌리기도 하는데, 이거야말로 '과공비례(過恭非禮)'(?)다. 홍합은 그냥 홍합 스스로 맛을 내는 희한한 재료다. 그렇게 맑게 끓이면 국물에 청량감이 있고, 시원한 맛이 머리끝에 이른다. 그리고 뒤늦게 감칠맛이 천천히 찾아든다. 그 홍합을 밀쳐두었다가 한번 더 끓이는 것도 좋다. 마치 '어제의 카레'—어제 만들어두었다 식은 카레를 뜨거운 밥에 비비는 방법으로 일본 만화 『심야식당』에 나와서 유명해졌다—와 비슷하다. 갈비찜이 그렇듯이 말이다. 다시 끓이는 홍합은 시원한 맛은 덜하지만 감칠맛이 더 좋다. 국물이 특히 그렇다. 알맹이는 부드러워져서 졸깃한 맛의 갓 끓인 홍합과 비교되는 다른 맛을 준다. 크림처럼 부드러운 홍합 살은 정말이지 진미다. 묵은 홍합을 다시 끓이면 국물은 진해지고 혀가 무너지듯 감칠맛이 난다. 이런 홍합 요리에 인공조미료를 넣은 집들이 많으니, 그건 정말로 홍합에 대한 모독이요, 감칠맛을 처음부터 다시 배워야 할 일이다.

우리가 먹는 홍합은 두가지다. 물론 자연산과 양식이다. 대부분 사람들은 자연산을 지지한다. 그런데 양식이 더 맛있고 좋을 때도 있다. 자연산은 서식하는 환경에 따라 맛이 너무도 다르다. 근처에 유기물이 충분치 않고, 있다 하더라도 그다지 맛없는 유기물을 먹고 자란 홍합은 당연히 맛이 없다. 자연산이니 다 맛있을 거야, 하고 기대했다가는 곤란할 수 있다는 얘기다. 양식 홍합은 우리의 행복이라고 생각한다. 값싸지, 맛 좋지, 사철 나오지…… 이렇게 만만하면서도 맛 좋은 해물이 어디 흔한가. 게다가 요리법도 간단하고, 양도 푸짐하다. 홍합 1킬로그램을 수산시장에서는 2천원이면 산다. 그것도 손질이 어느정도 되어 있는 것이다. 우리 바다가 홍합을 양식하기 쉬운 조건이어서 이런 혜택이 생겼겠으니 정말 감사한 일이다. 양식 홍합은 살이 부드러워서 먹기 좋다. 자연산은 주둥이 주위를 잘라내고 먹지 않으면 대개 질기다.

내가 이딸리아에서 모시던 셰프는 농담 반 진담 반으로 홍합이야말로 최고의 식재료라고 했다. 값이 싸고, 양이 푸짐하다. 게다가 익으면 입을 벌려서 양이 두배로 보이는 신기한 마술을 부린다. 결정적으로 '맛있지 않으냐'고 그는 되물었다. 그렇다. 미식가라면 홍합에게 감사의 마음을 바쳐야 한다. 일본식 홍합탕 중에 버터를 넣은 것을 먹어본 적이 있다. 일본 사람들은 '빠-다'를 아주 좋아해서 홍합탕에도 거침없이 넣는 것이다. 하얗고 진한 국물이다. 어머니 젖에서 아마도 이런 맛이 날 것 같다.

프랑스, 특히 빠리에 가면 겨울에 맛있는 홍합요릿집이 번성한다. 체인점도 많다. 홍합에 와인을 넣고 조려서 낸다. 빵을 곁들인다. 국물이 아주 짜다. 우리처럼 물을 넣고 끓이지 않고 홍합 자체의 간으로 먹기 때문이다. 빵을 찍으면 한결 낫다. 원래는 벨기에식이다. 맛이 좋긴 한데, 그 값을 생각하면 역시 한국 생각이 난다. 한국 홍합 만세!

2.
알프스엔 쌀이 있다

알파로메오의 엔진이 터질 듯한 굉음을 냈다. 차는 쏜살같이 내달렸다. C 형이 막 수동기어를 6단으로 바꾸어넣은 참이었다. 이딸리아의 한 지역을 관통하는 편도 2차선 지방도로는 특이하게도 지표면보다 2미터쯤 낮게 뚫려 있었는데, 그 덕에 우리는 공포에 가까운 속도감을 느꼈다. 마치 굴속을 달리는 것 같은 효과를 냈기 때문이다.

"알파로메오는 비운의 자동차예요. 인기가 많았지만 대량생산의 미덕을 지니지 못했다오. 결국 다른 대형 회사에 복속되고 말았지요."

C 형의 언어는 독특해서 사람의 이목을 끌었다. 비운과 미덕, 복속 같은 낱말이 자동차에도 어울리는 줄 그때 처음 알았다. 그이야말로 비운의 사내였던가. 비행기 조종사가 되기 위해 사관학교에 갔지만, 지금 그는 알파로메오를 몰고 있을 뿐이다.

알파로메오가 반지하 세계를 탈출하여 지상으로 올라섰다. 햇빛에 번쩍, 알파로메오의 은빛 후드가 빛나면서 눈이 시렸다. 나는 시린 눈을 털어내기 위해 고개를 흔들고 멀리로 시선을 던졌다. 거기에는 더욱 엄중하게 눈이 시린 광경이 펼쳐져 있었다. 권컨대, 당신은 이딸리아에서 로마와 피렌쩨와 밀라노만 보고 떠나지 말라. 서쪽으로 달리라. 밀라노-또리노 간 고속도로를, 알파로메오에 몸을 실고 가라. 약시(弱視)의 눈으로 보던 세상이 바뀔지도 모른다.

알파로메오는 시간변경선을 거스르겠다는 듯이 맹렬한 속도로 서쪽으로 달렸다.

"계속 뽑겠소. 시선은 오른쪽에 두시오. 볼 게 있을 것이니."

속도계는 180킬로미터 언저리에서 바늘을 떨었다. 나는 C 형의 말대로 고개를 틀었다. 눈이 시린 그 광경, 알프스였다. 스위스 인터라켄이나 융프라우가 미시적으로 알프스를 보였다면 밀라노-또리노 간 고속도로는 알프스의 등뼈를 찬연하게 파노라마로 노정했다. 길가에 막 파프리카색 양귀비꽃이 피어날 계절이었지만, 알프스는 아직 뼈마디를 허옇게 드러내고 있었다. 눈썹 위로는 아예 하얀 지붕을 이고 줄지어 선 봉우리들이 끝도 없이 이어졌다. 흰 지붕 위에 토마토쏘스를 뿌린 듯 붉은 저녁 햇빛이 물들어가고 있었다.

"아아!"

알파로메오의 엔진처럼 내 심장도 터질 것 같았다. 길은 소실점을 보이며 쭉 뚫려 있고, 알프스 연봉을 사열하는 기분은 나도 모르게 탄성을 내뱉게 했다. 차는 이내 밀라노를 멀리 떨어뜨리고 또리노가 속한 삐에몬떼로 접어들었다. 짧은 다리를 건넜다. 갈수기의 영월 동강 정도의 폭을 가진 뽀 강이 굽이쳐 흘렀다. 뽀는 이딸리아에서 가장 긴 강이다. 알프스에서 발원하여 또리노를 거치고 밀라노 앞 평야를 적신 후 반도의 동쪽 바다로 빠져나간다. 나뽈레옹이 알프스를 넘으려 했을 때도 이 강을 먼저 건넜다. 그는 1800년 여름 이 근처의 한 평원인 마렝고에서 오스트리아와 대전투를 치른다. 치킨 마렝고(Chicken Marengo)라는 요리는 여기서 생겨났다는 전설이 있다. 마치 도루묵의 전설과 흡사한데, 오랜 전투로 제대로 된 재료가 없던 나뽈레옹의 전속 요리사가 닭고기에 이것저것 넣어 만든 걸 나뽈레옹이 먹고 감탄했다는 것이다. 지금도 이 요리는 이딸리아와 프랑스 곳곳의 레스또랑에서 판다. 도루묵과 다른 점은 나뽈레옹이 빠리로 개선한 후에도 이 요리를 사랑했다는 것이다. 뽀 강은 지중해 인근에서는 드물게 풍부한 수량을 가지고 있다. 강은 모든 푸른 것들을 살찌운다. 뽀 강도 예외 없이 너른 들판을 좌우로 끼고 있다. 뒤로 병풍처럼 둘러선 알프스가 막 남쪽으로 내려오다가 속도를 잃고 강을 만나 드넓게 벌판을 펼친 형국이다. 그 사이로 강이 흐르고, 들판에는 뜻밖에도 벼가 자라고 있었다. 한국의 논처럼 말이다. 벼는 물 없이 자라지 못한다. 막 청춘기에 접어든 벼들이 싱싱하게 자라나 푸른 발목을 강에서 끌어들인 시원한 물 속에 담그고 있었다. 거울처럼 논이 저녁놀의 붉은빛을 반사했다. C 형과의 이딸리아 여행은 그렇게 리조또와 함께 오래도록 기억에 남아 있다.

　뽀 강 일대는 유럽 최대의 쌀 생산지다. 유럽 나라들 중에서 유일하게 쌀을 주식의 일종으로 대우하는 나라는 그래서 이딸리아다. 오래전 요리를 배우겠다고 발을 들인 곳이 이딸리아의 바로 이 지역이었다. 세상에, 쌀이라니. 으레 유럽은 빵이겠거니 하면서, 이딸리아에서 쌀을 만나리라곤 상상도 못했었다. 리조또라는 걸 그 시절 어느 한국인이 알았으랴. 내가 이딸리아에 있던 때는 한국인 유학생들이 너도나도 쌀을 두어말씩 여행용 캐리어나 '이민가방'에 싸들고 오던 웃지 못할 시절이었다. 한국인에게 쌀은 음식 이상의 어떤 상징이기도 하거니와, 유럽에서 당연히 쌀을 구하기 어려우리란 짐작에서였겠다.

이딸리아의 쌀은 한국 쌀과 비슷하다. 찰기가 있어서 입안에 넣으면 부드럽게 녹으면서 씹힌다. 보통 두가지 쌀이 있는데, 한국 쌀처럼 약간 길이가 짧은 것으로는 주로 수프나 쌜러드를 만들고, 조금 기다란 종으로는 리조또를 만든다. 그 종이 바로 아르보리오다. 리조또는 우리 쌀처럼 전분이 쉽게 열과 수분에 녹아 나와야 만들어지는 요리다. 요리학교의 P 선생은 리조또를 '물과 불과 쌀의 조화'라고 설명했다. 리조또의 삼위일체다. 그건 내게 익숙한 명제였다. 할머니가 가마솥에 불을 지피고 물을 잡아 밥을 하시던 수고를 기억하는 사람들이라면 누구나 그렇듯이.

세상에 쌀요리의 스펙트럼은 의외로 넓다. 한국과 일본, 중국, 동남아시아처럼 밥을 지어 반찬을 곁들이는 '백반 문화' 외에도 다양한 쌀요리가 있다. 전분이 적은 인디카종의 쌀을 볶아 만드는 터키와 인도식 필라프(pilaff), 중국과 동남아시아에서 많이 먹는 볶음밥 차오판(炒飯), 스페인식 빠에야(paella)…… 필라프는 리조또와 비슷하지만 쌀의 종자가 달라 밥알이 엉기기보다 따로 놀고, 차오판은 미리 해둔 밥을 고명과 함께 센 불에 볶아 밥알 사이사이에 기름막을 입히는 요리가 아니던가. 빠에야는 리조또와 비슷하지만 육수를 부어 밥을 짓는다는 점이 리조또의 전형적인 요리법과는 또 다르다.

P 선생은 불을 켜고 우묵한 냄비를 얹었다. 바닥이 두꺼워 열전도가 느린 대신 오랫동안 열을 보존해주는 냄비였다. 25분에 걸쳐 낮은 불로 익히는 리조또에 가장 어울리는 도구였다. P 선생은 털이 숭숭한 두툼한 손으로 셜롯 한조각을 정성들여 썰었다. 버터에 셜롯을 볶는 것부터 리조또가 시작되는 거였다.

"씻지 않은 쌀에 셜롯을 넣고 살살 볶아야 하네. 쌀알이 끓는 버터액을 몸에 두를 정도까지만."

쌀알이 깨지지 않도록 조심스럽게 주걱으로 흔들어주었다. 좋은 밥을 짓기 위해서는 질 좋은 쌀을 쓰고, 깨지거나 갈라진 쌀을 피하는 건 한국이나 이딸리아나 매한가지였다. 쌀알은 주걱이 휘젓는 대로 가볍게 몸을 굴려 제 몸에 고르게 버터액을 묻혔다.

P 선생은 주걱의 소재가 올리브나무라고 했다. 기왕이면 백년쯤 묵은 나이 든 올리브나무 주걱이 리조또를 더 맛있게 만들어준다고 했다. 그건 마치 늙은 문어를 삶을 때 레드와인의 코르크를 넣으라는 것 같은 주방의 오랜 전언이었다. 비가 적게 내리는 지중해의 올리브나무는 수분이 적어 조직이 치밀하고 단단했다. 오랫동안 리

조또를 젓는 데는 올리브나무 중에서도 나이 들어 더 마른 나무가 필요한지도 몰랐다. 늙은 P 선생의 팔뚝도 늙은 올리브나무처럼 갈색으로 울퉁불퉁했다.

리조또는 끈기가 만들어낸다. 25~30분의 요리시간 동안 낮은 불로 천천히 익힌다. 주방이 까다로운 VIP 테이블 때문에 여러번 뒤집어져도 리조또는 천연덕스럽게 낮은 불 위에서 아주 낮게 보글거리고 있을 뿐이다. 재촉해도 리조또는 자신에게 필요한 시간을 모두 요구한다. 리조또 냄비 옆에는 역시 뜨겁게 끓는 많은 양의 송아지 다릿살 육수를 담은 냄비가 놓여 있다. 이 육수를 한번에 넣지 않고 쌀이 잠기지 않을 정도로만 적당히 국자로 떠넣어준다. 쌀은 육수에 잠겼다가 다시 공기에 노출되기를 반복한다. 마치 평영을 하는 수영 선수가 수면 바로 아래 떠서 움직이며 가끔씩 수면 위로 머리를 쳐드는 것 같다. 그러면서 쌀은 제 몸에 들어 있는 전분을 육수에 내어준다. 육수는 쌀의 전분을 빨아들인 후 다시 쌀 속으로 들어간다. 그리고 그것을 반복한다. 끈기 있게.

뽀 강을 끼고 있는 또리노와 밀라노는 이딸리아 최대의 숙적이다. 유벤뚜스와 밀란 팀이 맞붙기라도 하면 도시의 경찰력이 총동원된다. 그 적대감은 상상을 초월한다. 두 도시의 리조또도 이딸리아 대표 자리를 놓고 다툰다. 또리노가 최고의 와인인 바롤로를 듬뿍 넣고 만든 리조또 알 바롤로를 대표 선수로 내보내면, 밀라노는 싸프론을 넣은 리조또 알라 밀라네세로 맞받는다.

재료는 달라도 멋진 리조또는 마무리가 중요하다. 유벤뚜스든 밀란이든 골문 앞에서 마무리를 해야 이기는 것이다. 쌀알이 탱탱하게 익되, 그 심은 아직 살아 있어야 한다. 쌀의 마지막 심은 불과 물에 내어주지 않고 딱딱한 정도가 되면 리조또가 다 익은 것이다. P선생은 불을 끄고 버터 한토막을 넣은 후 냄비의 리조또를 올리브나무 주걱으로 최대한 빠르게 저었다. 버터의 부드러운 향이 쌀알 사이로 스며들었다. 주걱을 휘젓자 쌀은 탄식하듯 뻑뻑한 김을 마지막으로 토해냈다. 촉촉하면서 윤기있는 리조또의 마무리였다. 버터와 송아지 육수가 깊게 쌀의 부드러운 살 속에 배어들었다. 한입 가득 씹자 쌀이 으깨지면서 살 속의 맛을 다 내주었다. 살이 씹히면서 마지막엔 쌀의 자존심 같은 딱딱한 심이 가볍게 이에 닿았다. 다디단 곡물의 진액이 입안에 퍼졌다.

쌀은 외피가 단단해 많은 물이 있어야 먹을 수 있게 된다. 요즘에는 전기밥솥이 대신하지만, 과거에 밥을 할 줄 안다는 것은 곧 '물을 조절하는 능력'을 가졌다는 것을 의미했다. 손바닥을 넣어 물의 양을 가늠하는가 하면, 현대화(?)된 사람은 계량컵을 이용하기도 했다. 어떤 경우든 완벽할 수는 없는데, 쌀의 수분 함유량, 화력의 세기에 따라 결과가 달라지기 때문이다. 조금 전문적인 얘기를 한다면, 쌀을 익힌다는 의미는 물이 쌀의 전분에 들어가 그 단단한 분자 고리를 '파괴'한다는 뜻이다.

리조또는 한국의 쌀요리와 다른 경계에 있지만, 깜짝 놀랄 만큼 비슷한 면도 있다. 바로 '리조또 알 쌀또'라는 누룽지 요리다. 전날 남은 리조또를 팬에 한번 더 구워 누룽지를 만들어 먹는데, 이걸 이 딸리아인들은 일종의 컴포트 푸드로 보는 경우도 많다. 고소하고 바삭한 누룽지 같은 맛이다. 쏘스가 들어 있으니 맛이 더 진하다. 쌀또(salto)란 영어로 '점프'란 뜻이다. 팬에 꾹꾹 눌러 편 식은 리조또는 뒤집을 때 팬을 한번 휘둘러 점프시킨다. 팬케이크나 빈대떡처럼 말이다. 그래서 그런 특이한 이름이 붙었다.

잘 만든 리조또는 '파도' 같아야 한다는 말도 있다. 파도는 이딸리아어로 '온다(onda)'라고 부른다. 다 만든 리조또를 접시에 담고 기울이면 마치 파도가 밀어닥치는 것처럼 일정한 속도로 주르륵 흘러야 한다는 뜻이다. 쌀이 쏘스를 빨아들여 적당히 수분을 가지고 있어야 이렇게 주르륵 흐른다. 너무 익혀서 떡이 된 리조또는 흐르지 않고 굳어 있어서 금세 알 수 있다.

리조또에는 '자유로움'라는 별명도 붙어 있다. 빠스따는 엄격한 요리 질서에 따라 만들어지지만 리조또는 무엇이든 포용하고 녹여 낸다는 뜻이다. 게다가 계속 지키고 있어야 하는 빠스따와 달리 리조또는 익히는 동안 자유롭게 놓아둔다. 가끔씩, 누구든 그 솥을 지나가는 요리사가 한두번 획 저어주면 그만이다. 다 익을 때가 되면 굳이 타이머가 울지 않아도 쌀이 쏘스에 감기는 모습으로 알 수 있다. 촉촉하고 통통하게 익은 쌀이 쏘스와 싸우지 않고 어깨동무하는 타이밍이다.

3.
간?
간!

조금 그로테스크하지만 그 시절의
나른한 그림은 이렇게 시작된다. 청자 담배를 쭉쭉 빨며 한무리의
아저씨들이 누렁이를 물가로 끌고 왔다. "애들은 가라" 그 와중에
도 나무 뒤에 숨어 그 끔찍한 회식의 현장을 보는 아이들이 있었는
데, 나도 그중의 하나였다. 제법 머리가 굵은 애들은 갈빗대라도 하
나 얻어먹을 요량으로 아예 개를 그슬릴 나무를 구해다 바치기도
했지만, 나는 그것을 먹을 요량이 없었다. 그저 그 시절의 흔한 구
경거리로 살해의 현장에 참석했던 것 같다.

　어쨌든 개가 사후경직된 단단한 몸통으로 털까지 홀랑 잃고 나
면, 무리의 대장쯤 되는 아저씨가 미리 마신 막소주에 불콰해진 얼
굴로 식칼을 들었다. 그러고 배를 쭈욱 갈라 무언가 뜨끈한 것을 꺼
냈다. 그러면 무리는 일제히 군침을 삼키며 몰려들었다. 대장은 뜨
끈한 김이 무럭무럭 나고 피가 뚝뚝 떨어지는 그것을 도마 위에 올
려 썰었다. 막소금을 뿌려 살점을 한점씩 돌리는 그는 마치 샤먼이
나 제사장 같은 표정으로 위엄을 보였다. 사자가 영양을 공격해서
제일 먼저 입가에 피를 묻히며 먹는 붉은 내장. 그러니까 그건 간이
었다. 모든 영양이 농축되고 저장되는 장기. 토끼의 간과 용왕님의
커넥션은 간이 중세인들에게도 매우 의미있는 신체기관이었음을

잘 말해준다고 할 것이다. 사실 나는 토끼의 간을 무수하게 본 사람이다. 이딸리아에서는 토끼를 많이 먹는다. 푸줏간에 가면 토끼가 진열되어 있는데 귀에 고리를 걸어 냉장고에 주렁주렁 매달아놓았다. 특이한 것은 그 나라의 도축 관례상 반드시 머리와 내장 일부를 고기에 끼워 같이 판다는 점이다. 그 덕에 식당에 배달되어 온 토끼의 머리를 자르고 콩팥과 간을 추려내는 건 견습 요리사인 내 몫이었다. 토끼 머리는 잘 삶아 육수로 쓰고—소머리곰탕도 잘 드시는 분들이 이 대목에선 울컥들 하시는 이유를 잘 모르겠다—간은 다른 요리재료로 썼다. 간은 그 세포에 들어 있는 독특한 효소 때문인지 쓴맛이 난다. 그래서 오히려 입맛을 살려주곤 한다. 시장 순대골목에서 한접시의 순대를 시킬 때 간이 빠지면 안되는 것도 그런 이유다. 오랫동안 김을 쐬어 퍽퍽해진 간이지만, 그걸 두어점 먹어야 순대를 잘 먹은 것 같기 때문이다. 고춧가루소금을 슬쩍 묻혀서 말이다.

이딸리아에서 토끼 간을 요리하는 법은 용궁과는 다르다. 간을 숭덩숭덩 썰어 버터와 마늘, 양파를 두른 팬에 볶는다. 올리브유를 뿌려서 맛이 배게 한 다음 후추와 소금으로 간하고 믹서에 돌려 곱게 간다. 이걸 뜨거운 채로 빵에 바르거나 차갑게 식혀서 토끼고기 으깬 것과 섞어서 먹는다. 값싸고 영양 많은 서민의 요리이기도 하다. 이딸리아에서는 토끼 간 요리가 남자들에게 특별히 좋다고 하는데, 한국에서 토끼와 관련된 시중의 속설과는 정반대니 슬며시 웃음이 나온다. 사실 유난히 짧은 토끼의 교미 순간은 그 상황에서조차 포식자를 피해야 하는 초식동물들의 공통된 비애니 토끼만의 유전자도 아닐 터.

한국의 레스또랑들이 고급화되면서 푸아그라 요리도 부쩍 늘었다. 푸아그라가 고급요리의 상징처럼 되어 있는 까닭이다. 푸아그라를 얻기 위해 비윤리적인 사육방법을 동원한다는 논란이 일면서 서양에서는 이 문제에 대한 사회적 토론도 꽤 벌어지고 있다. 푸아그라는 문자 그대로 '살진 간'이라는 뜻이다. 오리든 거위든 소든 살진 간은 모두 푸아그라다. 일반적으로는 거위의 간, 그것도 특별한 사육법으로 비대해진 간을 뜻한다. 그렇지만 시중에 더 흔한 건 오리 간이다. 오리가 거위보다 사료를 덜 먹고, 더 빨리 비대한 간을 인간에게 내어주기 때문이다. 맛은 큰 차이가 없고, 거위 간이 더 기름지게 느껴지는 정도다.

푸아그라 요리를 아주 잘 만드는 프랑스의 미슐랭 원스타급 셰프를 만난 적이 있다. 그에게 푸아그라 논쟁에 대해 어떻게 생각하느냐고 물었다. 그는 라틴계 특유의 성격대로 금세 얼굴이 붉어지면서 열변을 토했다. 그의 요지는 이미 로마시대부터 먹던 푸아그라가 갑자기 무슨 죄가 있다고 그러느냐, 원시인들은 모두 모피를 입었는데 그렇다면 그들이 동물 학대자냐, 뭐 그런 얘기였다.

나는 그 논쟁에 깊숙이 개입할 능력은 없다. 다만 프랑스든 이딸리아든 헝가리든 푸아그라를 위해 오리나 거위를 기르는 동네에 직접 가서 보시라는 말은 해주고 싶다. 자동화된 씨스템으로 깔때기를 입에 물리고 사료를 주기적으로 마구 퍼넣는 장면을 보면, 그렇게 흔쾌할 것 같지는 않다. 어떤 이는 제법 논리적이고 과학적인 이유를 들어 푸아그라를 반대한다. 사람이 지방간이 되면 '질병'으로 보는데, 굳이 질병에 걸리게 만든 오리나 거위를 먹을 필요가 있느냐는 주장이다.

푸아그라는 보통 600그램에서 1킬로그램까지 나간다. 거위나 오리 간이 본디 제법 크겠거니 믿었던 나는 보통의 '건강한' 간을 보고 크게 놀랐다. 아기 손바닥보다 작고 가벼워서 한입거리밖에 되어 보이지 않았기 때문이다. 그렇게 작은 간을 키워서 푸아그라를 만드는 인간이란 얼마나 집요한 족속인가.

친구 A는 동물의 간도 좋아하지만 생선 간이라면 사족을 못 썼다. 그는 심지어 동네 횟집에서 오징어 간을 구해다 먹을 정도의 마니아였다. 살아 있는 오징어의 간은 고소하고 진하다. 그는 그걸 구해다 삶아서 술안주로 했다. 초간장에 찍으면 푸아그라 못지않은 훌륭한 안주가 됐다. 그러면서 그 귀한 걸 버리는 횟집 주인의 안목을 비웃었다.

"오징어 영양이 발로 가겠어, 몸통으로 가겠어? 몽땅 간에 들어 있다니까."

오징어는 엄청난 포식자다. 어마어마한 식성으로 새우와 조개, 게 같은 맛있는 먹이를 마구 먹는다. 그 알찬 영양이 다 간으로 간다—일단 간으로 가지 않으면 어디로 가겠느냐만. 그걸 먹으니 오징어의 진짜 영양을 빨아들이는 셈이다. 그것도 공짜로,라고 녀석은 주장했다.

울진군 죽변면의 어부들은 오징어가 산더미처럼 잡힐 때 특별한 안주를 만들어 먹는다. 산 오징어를 통째로 냉동고에 넣는다. 잘 얼면 그대로 꺼내서 얇게 잘라 와사비간장이나 초장을 찍어 술안주로 한다. 오징어 살은 녹으면서 이에 달라붙고, 얼었던 간도 차갑게 녹으면서 구수한 맛을 내준다.

한때 A는 수산시장을 돌며 아귀 간만 수집하기도 했다. 아귀 간은 바다의 푸아그라라고 할 만큼 고소하고 진한 맛이 일품이다. 일본에서는 '안끼모(あん肝)'라고 하여 이 간을 좋아한다. 그래서 산지에서는 아귀를 해체해서 말릴 때 간은 일본으로 수출했다고 한다. 요새는 아귀를 손질해 파는 상인도 간은 슬쩍슬쩍 따로 모아 팔지만, 옛날에는 말만 잘하면 거저 얻었다. 서울의 고급 일식집에서 아귀 간을 먹는 풍습이 없던 때는 구하기 어렵지 않았다. 아귀탕에 간이 빠져도 뭐라 하는 이가 없던 시절도 있었던 것이다. 요즘도 가끔 그런 경우가 있다. 한마디로 식당 주인이 당신을 호구로 봤거나 냉동 아귀를 써서 간이 따로 없는 때문이다.

A는 아귀 간을 모아오면 우선 엷은 소금물에 살살 흔들어 씻었다. 간의 특성상 열을 가하지 않은 상태에서는 아주 부드러워서 금세 조직이 깨질 위험이 있는 까닭이다. 그러고 체에 밭쳐 물기를 뺀

다. 찜통에 먹다 남은 소주나 청주를 붓고 물을 팔팔 끓인다. 여기에 대파 남은 것과 양파 따위를 넣기도 한다. 녀석은 그걸 '냄새 잡는다'고 표현했다. 아, 냄새는 없애는 게 아니라 잡는 거라는 것도 그때 알았다. 쪄낸 아귀 간은 뭐랄까, 이런 표현이 가능하다면, 따뜻한 아이스크림을 먹는 것 같았다. 부드럽게 녹으면서 마법처럼 사라졌다. 그리고 짜고 고소한 뒷맛을 혀에 남겼다. 오래도록 그 맛의 여운을 씻어내기 싫어서 소주잔도 기울이기 저어할 정도였다. 녀석은 먹다 남은 아귀 간에 삶은 두부를 으깨 넣고 찬밥을 말았다. 그것 또한 별미였으니, 아귀 간으로 코스요리를 만들어도 될 것 같았다.

A가 늘 아귀 간을 구할 수 있는 건 아니었다. 넉넉한 주머닛돈으로 푸아그라를 살 수 있었으면 그리했겠지만, 사정은 달랐다. 그때는 단골 대구탕집으로 갔다. 나도 몇번 그를 따라가서 대구탕 먹는 법을 배웠다. 그는 신참을 길들여서 대구탕의 심오한 세계를 과시했다. 대구탕이 갓 나오면 그는 신참에게 얼른 한술 뜨라고 권한다. 그러면 사정을 모르는 신참은 한순갈 그득 양재기 위에 뜬 국물을 먼저 퍼넣는다. 으악, 하는 순간 입천장이 홀랑 벗겨지는 건 물론이다. 대구 간의 기름이 워낙 많아 그것이 양재기 위로 뜨게 마련이고, 기름은 뜨겁지만 김이 나지 않으니 신참이 알 턱이 없다. 그렇게 살갗이 벗겨져야 비로소 대구탕에 입문하는 것이었으니, 요새 얼치기 대구탕집에서 간도 뭣도 없이 맵기만 한 탕을 내놓는 걸 보

면 입천장이 벗겨지더라도 그 고소한 대구 간이 그리워진다. 그 간을 숟가락 가득 퍼넣고 입가에 기름을 번들거리며 웃던 A도 그리워진다.

어렸을 때 간유구라는, 희한한 냄새가 나는 말랑말랑한 캡슐 약을 먹었다. 눈에 좋다는 것이었다. 듣기로, 일제시대에 일본은 우리 남해에서 대구가 잡히면 간을 징발했다고 한다. 기름으로 쓰기도 하고 그것을 농축해 카미까제 조종사들에게 먹였는데, 적 비행기나 적선을 잘 발견하게끔 시력을 좋게 하는 데 도움이 된다는 것이었다. 군대 시절, 내 입맛이 일찍이 도드라지기는 했다. 그때는 희한한 생선요리가 많이 나왔다. 청어찌개, 정어리찌개, 가자미튀김에다가 대구탕도 자주 나왔다. 원양어업으로 대구 값이 아주 쌀 때였다. 대구가 들어오면 취사병들은 도끼 같은 칼로 내리쳐 손질해서 탕을 끓였다. 어린 병사들이 대구 간 맛을 알 리 없었다. 대구 간이 국솥에 둥둥 뜨는데, 다 걷어내고 살만 먹었다. 물론 그 간은 내 차지였다. 그때 간을 한가득 퍼주면서 씽긋 웃던 취사반 병장이 생각난다. '야, 너랑 나만 아는 진미지?' 하는 눈빛.

4.
니들,
메밀부치기
먹어
봤나

언젠가 외국을 무시로 드나드는 이들 몇명이 음식 이야기를 죄다 풀어놓는 자리였다. 뒷골목 서민 음식이 주제였는데, 어찌어찌 얘기가 빠리로 흘렀다. 크레뻬가 한창 화제로 올라 입맛들을 다실 때였다. 일행 중 유일하게 프랑스 여행 경험이 없던 S가 묵묵히 듣다가 딱 한마디를 했다.

"니들, 메밀부치기(부침개) 먹어봤나?"

그가 특유의 강원도──그의 발음에 더 근접하자면 이응이 탈락되어 '가원도'──사투리로 툭 뱉었다. 이건 어느 작가의 고등어 얘기에 버금가는 절대적인 국면전환 발언인데, 틀린 말이 아니어서 우리는 더이상 크레뻬 얘기를 할 수 없었던 것이다. 국면전환 고등어로 말하자면, 어떤 작가들의 술자리 이야기다. 대다수가 호남 출신이었던 그들은 다들 들과 바다에 널리고 널린 미식의 궁극을 털어놓았다고 한다. 이때 미식 문화랄 게 없는 안동 출신 작가가 그 비장의 '딱 한마디'로 상황을 반전시켰다는 일화다. "니들, 간고등어 무 봤나?"

참고로, 나도 안동 옆동네 출신이라 그 작가의 심정을 십분 이해하고도 남는다. 다채로운 음식이라면 참 비애를 느끼게 되는 것이다. 그 고향에 맘씨 좋은 종형이 한분 있는데, 그는 내가 들르면 무엇이든 먹이고 싶어한다. 그가 내게 대접한 '미식'이란 이랬다. 복국, 광어회, 쇠고기구이, 돼지고기 석쇠구이…… 형님, 뭐 이 고장을 대표하는 음식은 없습니까? 하고 묻는 내게 그는 머리를 긁으며 "니 생선회 싫어하나?"가 고작이었다.

어느 동네에 가서 무얼 먹을까 고민하는 사람들이 늘 있다. 인터넷을 뒤적거릴 수도 없던 시절에는 더욱 그랬다. 이에 대한 처방도 꽤 있었는데, 무조건 법원이나 경찰서, 군청 앞에 가서 물어보라는 축부터 택시기사에게 물어보는 게 낫다는 축까지 다양했다. 나는 좀 다른 처방을 가지고 있었는데, 시장으로 가보라는 거였다. 시장에서는 그 동네 사람들이 무얼 먹고 무얼 좋아하는지가 손바닥처럼 드러난다. 예를 들어 부산 자갈치시장에 가서 곰장어구이, 그 옆 골목에서 곱창을 먹고, 국제시장 옆 부평깡통시장에서 어묵에다가 소갈비를 먹어본다면 수륙양용의 부산 입맛을 얼추 떠올려보는 게 어렵지 않다.

영월이나 정선, 평창 같은 동네에선 아하, 이 양반들이 메밀을 좋아하는구나 하고 알게 된다. 서울 같으면 순대와 떡볶이 좌판이 그득할 곳에 메밀부치기집이 주욱, 늘어서 있다. 그래, S가 큰소리쳤던 바로 그 부치기다. 나는 S의, 그 고고한 크레페를 능가해버린다는 부치기 한장이 먹고 싶었다. 영월 시장에 들어서면 고소한 기름 냄새가 나는데, 그건 기름집에서 풍기는 것이 아니다. 시장 한쪽을 거의 점령하다시피한 부치기 좌판 때문이다. 젊은 아낙은 별로 없고, 갑자가 한판은 돌았을 늙수그레한 할머니급 아주머니들이 냉난방도 안되는 좌판을 사시사철 끼고 앉아서 부치기를 부쳤다. 그런데 그게 사뭇 예술이었다. 크레뻬 굽는 빠리 뒷골목에 내놔도 겨뤄볼 솜씨였다. 주문을 하면 아주머니는 묽은 메밀반죽을 휙, 한번 더 저은 후 번철 위에 가볍게 착 끼얹듯이 얹는다. 국자로 동심원을 그리며 고르게 펴주고는 신김치 한쪽을 척, 올린다. 기름이 달궈지면서 메밀반죽을 천천히 익힌다. 두껍지도 얇지도 않은 반죽이 맞춤하게 익으면서 구수한 냄새를 풍기면, 아줌마는 널따란 뒤집개로 반죽을 뒤집는다. 이내 신김치가 기름에 지져진다. 그즈음에 누구나 조껍데기 막걸리 한사발을 들이켠다. 조화로운 맛이었다. 부치기 위의 신김치는 계속 막걸리를 부르고, 메밀은 여행에 허룩해진 배를 채운다. 빠리의 크레뻬 뒤집는 신공만큼 눈요깃거리가 센 기술은 아니지만 그 맛이야 뒤질 일이 없다.

크레뻬는 유럽 사람들의 부침개다. 달게 부치기도 하고 밥으로 먹게끔 소금과 치즈를 쳐서 굽기도 한다. 디저트이자 식사도 되는 특별한 존재다. 크레뻬가 빠리 뒷골목이나 까페의 인기 메뉴인 것은 사실이지만, 그렇다고 프랑스만의 것도 아니다. 이딸리아 사람들도 크레뻬를 부친다. 특히 식당에서 만만한 디저트거리가 없으면 꺼내는 비장의 아이템이다. 그냥 밀가루에 버터, 계란, 설탕 같은 주방에 널린 재료를 쓰기 때문이다. 평소에 채소나 고기 굽는 넓은 번철에 불을 살살 올리고, 반죽을 친다. 물을 넉넉히 잡아 묽게

반죽하는 게 핵심이다. 내 어설픈 책 『지중해 태양의 요리사』에도 나오는 삐삐는 크레뻬깨나 부치는 선수였다. 그는 거의 풀빵 반죽보다 묽은 크레뻬 반죽을 쳐서 버터를 바른 번철 위에 힘껏 뿌렸다. 반죽을 올리는 게 아니라 마치 대청소 시간에 양동이에 든 물을 뿌리는 것 같은 동작이었다. 그렇게 해야 찰나에 고르게 반죽이 펴진다. 습자지보다 얇게 펴진 반죽은 순식간에 익어서 저 혼자 꿈틀거린다. 그러면 삐삐는 다시 반죽 한쪽에 뒤집개를 넣어 마치 아침에 화난 엄마가 이불 뒤집듯 홀랑 뒤집어버린다. 주저하거나, 신중하게 손을 놀리면 반죽이 제대로 뒤집히지 않거나 찢어진다. 그야말로 바람이 마당에 널어놓은 홑이불 자락 흔들듯이 뒤집어야 한다. 구운 크레뻬는 사이에 크림을 넣어 이불 개는 것처럼 말아서 그 위에 캐러멜쏘스를 뿌렸다. 딸기나 한쪽 곁들이면 그럴 듯한 디저트가 되었다. 부치기든 크레뻬든 가장 맛있는 부위는 반죽의 둥그런 테두리다. '보르고(borgo)'라고 부르는──이딸리아어로 경계(境界)를 뜻한다──그 부위는 입안에서 바삭하게 부서진다.

크레뻬의 또다른 경계를 맛본 것은 뉴칼레도니아, 태평양에 떠 있는 자그마한 섬에서였다. 프랑스령인 그 땅의 한 유명한 크레뻬 집에 초청자가 일행을 몰고 갔다. 다들 크림을 잔뜩 쓰는 프랑스식 음식에 슬슬 물릴 때여서, 그날의 초대가 그다지 반갑지 않았던 것 같다. 느끼하고 떫은 입에 크림을 친 크레뻬라니. 차는 섬의 바람이 들이치는 언덕에 우리를 부려놓았다. 볼때기가 한쪽으로 밀릴 만큼 세찬 바람에 정신을 차릴 수 없었다. 바람 속에 언덕 위의 그 집이 보였다. 엉성하게 엮어놓은 가설주택 같은 집이었다. 그렇지만 결론부터 말한다면 끝내주는 맛이었다. 치아가 하얗다 못해 푸르게 보이는 검은 피부의 어린 여자아이가 우리에게 크레뻬를 날라왔다. 여자아이의 피부색을 닮은 매력적인 크레뻬였다. 나는 크레뻬의 얇은 귀를 잘라 입에 넣었다. 고소하게 풍기는 냄새가 코에 익었다. 흠, 무슨 냄새람. 여자아이가 투명한 이를 드러내며 설명했다. "메밀 크레뻬예요."

크레뻬의 귀를 다 잘라 먹고는 촉촉한 반죽으로 나도 모르게 손이 갔다. 얇고 부드러운 반죽이 천천히 입에서 녹았다. 구수한 메밀향이 퍼졌다. 내장까지 메밀이 번져가서 순수해지는 시간을 기다렸다.

우리나라는 메밀의 나라다. 조선조에 부자와 양반들은 중국 화베이 지방에서 수입한 밀가루로 국수를 만들어 먹었다. 메밀은 민중의 음식이었다. 거친 메밀의 이미지는 그때 만들어졌다. 일본은 좀 더 정교한 메밀을 즐긴다. 매년 11월에 일본의 어느 도시이든 메밀 국숫집에는 이런 글귀가 적힌 안내문이 붙는다.

"아다라시 소바 개시!"

막 수확해서 탈곡한 메밀이 나왔다는 뜻이다. 프랑스에서 11월 셋째 주에 나오는 햇와인 '보졸레누보'가 생각난다. 소설 『목로주점』의 주인공들도 아마 빠리의 노동자지구 '벨빌'에서 보졸레누보를 마셨을 것이다. 순정한 이들은 만물을 먹는다.

　언젠가 일본식 메밀국수를 먹는 한가한 여행을 간 적이 있다. 하네다공항에서 만난 토오꾜오의 여자들 몸에서는 향수 냄새가 났다. 나는 그 냄새를 면세점 냄새라고 칭했다. 면세점을 지나야 여행이 시작된다. 서울에도 내리지 않은 눈으로 토오꾜오의 교통이 마비됐다. Y 형과 H 형이 동행한 소바 여행은 메밀꽃처럼 날리는 눈발로 애를 먹었다. 토오꾜오는 어지간해서는 큰 눈이 오지 않는다. 텔레비전 뉴스 앵커는 백년 만의 폭설이라고 했다. 우리는 길을 만들어가며 소바를 먹으러 다녔다. 오페라 전문가 H 형이 말했다.

　"빠바로띠가 말이우, 인생이 살 만한 건 때가 되면 밥상에 앉아 무언가를 먹을 수 있기 때문이라고 했수."

　그런 빠바로띠도 죽었다. 고향 모데나의 명물인 늙은 호박을 넣은 만두를 더이상 먹을 수 없게 됐다. 살아 있을 때 우리는 더 먹어야 한다. 220년 된 소바집에 들어선다. '사라시나(更科)'라고 부르는, 메밀 속살을 도정한 하이얀 국수를 삼켰다. 스스루(후루룩), 일본은 국수를 소리 내어 먹는다. 그것으로 입술의 육감적인 쾌감을 얻는다. 저 사누끼 사람들이 국수가 놓인 탁자에서 목구멍까지 우동 면발이 단 한번도 끊어지지 않도록 '스스루' 하는 것을 진미로 치는 건 그런 이유다. 입술에서 얻는 쾌감이 식도로 이어지는 탐미다. 나는 토오꾜오역 앞에서 딱딱이를 치며 전도하는 일본 종교 신자들의 주문 같은 말을 외었다. 스스루, 사라시나, 스스루, 사라시나.

눈은 그쳤고, 소바의 맛만 남았다. 소바의 맛은 메밀의 맛이 아니다. 그 국수가 치고 지나간 통증의 맛이다. 소바에는 어울리지 않게 목을 조르는 것 같은 독한 술을 한잔 곁들인다. 토오꾜오에 다시 폭설이 올 날을 기다린다. 내 생애에는 오지 않을 것이다.

# 5.
# 자학음식

아마도 내 최초의 요리는 마늘 까기가 아니었을까 싶다. 통마늘을 물에 넣고 조각으로 나눈 후 하나씩 무딘 과도로 껍질을 벗겨내면서 요리에 참여했다. 마늘 속껍질이 애를 먹여서 손톱으로 벗기다보면 다음 날까지도 손톱 밑에 알싸한 마늘향이 남았다. 요즘은 블렌더로 손쉽게 갈아버리지만, 옛날에 김장이라도 할라치면 마늘을 절구에 넣고 빻는 건 남자들 일이었다. 매운 기운에 눈물을 찔끔거리며 하늘을 올려다보면 청량한 초겨울 하늘이 스크린처럼 걸려 있었던 마당의 기억들.

　이딸리아에서 요리학교를 다닐 때, 선생님의 시연 시간은 자못 기대되는 순간이었는데, 학구열이랑은 담을 쌓은 내가 개과천선해서는 아니었다. 오직 요리에 넣는 마늘을 챙겨 먹을 속셈이었으니, 무슨 소리냐면 이딸리아 요리에 마늘을 쓰는 법이 생각과 달라서 생기는 일이었다. 우리는 빠스따를 할 때 마늘을 저미거나 으깨 넣고 그대로 접시에 담는다. 그러나 이딸리아에선 향만 우려낸 후 여지없이 쓰레기통에 처박아버리던 것이었다. 올리브유에 고소하게 지진 향기로운 마늘! 그걸 버린다는 게 죄악이어서가 아니라, 그것이 마늘에 굶주린 나의 허기를 채워주었던 것이다. 아니, 어떤 인간이 이딸리아는 마늘 많이 쓴다고 뻥을 친 거야, 뭐 이러면서 말이다. 다시 말하지만, 이딸리아는 마늘을 요리에 많이 쓰기는 하지만 슬쩍 향만 날까 말까 할 정도만 쓴다. 내가 일하던 이딸리아 식당에서도 마늘 한상자를 사면 한달이나 두달을 좋이 버티곤 했다.

또스까나에 가면 간혹 마늘절임을 볼 수 있다. 그렇지만 식초와 소금물에 오래 담가 매운맛이 거의 완벽하게 빠지고 마늘의 향만 남아 있다. 그것 말고 마늘요리라고 부를 무엇은 참 드물다. 마늘은 요리의 맛을 돋워주고 나쁜 냄새를 제거하는 데 도움이 되지만, 그 자체로는 주재료의 맛을 반감시킨다고 믿는 것 같다. 그래서 마늘 신봉자인 한국인이 보기에는 쓰는 둥 마는 둥 하는 것처럼 보인다. 한국의 몇몇 이딸리아식 식당에서 마늘 잔뜩 들어간 요리를 드시고 현지에서 비슷한 걸 찾으신다면, 장담컨대 절대 불가능하다고 말씀드리련다. 생마늘을 달라고 해서 가져간 고추장에 찍어 먹는다면, 그들은 왕방울만 하게 눈을 뜨고 몬도가네의 한장면을 보는 것 같은 표정을 지을 게 틀림없다. 그건 '사람'이 할 일이 아니라고 생각하는 까닭이다.

서양에서 요리에 마늘을 좀 쓰는 나라는 오히려 스페인이다. 특히나 생마늘은 이딸리아에선 절대 먹지 않는다고 해도 과언은 아닌데—혹시 어느 마늘광이 토마토쏘스에 생마늘을 찍어 하루에 열통씩 우적우적 먹을지도 모르긴 하지만—스페인에선 빵에 으깨어 바르는 식으로 즐긴다. 빤 꼰 또마떼(pan con tomate)라는 요리는 태우듯 잘 구운 빵에 마늘을 으깨 바르고 역시 잘 익은 생토마토를 처바르는 것으로 맛을 낸다. 이거, 생각만 해도 군침이 도는데, 이딸리아에선 이런 식으로 생마늘 자학극을 벌이지는 않는다.

이딸리아 도시에서 버스나 지하철을 타서 중국인과 한국인을 구별하는 법이 있다. 입성도 다르지만, 무엇보다 냄새가 완연히 다르다. 서양인들은 구별하지 못하겠지만 우리 코는 분명히 구별해내고 만다. 한국인은 마늘 냄새, 중국인은 파 냄새다. 일본인은 무슨 냄새가 날까. 글쎄, 아마도 구찌와 프라다 냄새가 나겠지. 물론 요즘 중국인들이 파 대신 황금을 먹고, 면세점의 명품을 쓸어대는 것을 보면 이제 이런 말도 틀린 듯하다.

요새 마늘은 내가 어려서 깠던 것처럼 힘들여 물에 담가 불리고 손톱을 쓸 필요가 없다. 알뜰하고 깨끗하게 벗겨져 비닐 포장으로 팔리기 때문이다. 다지는 수고도 귀찮으니 아예 다진 마늘도 나온다. 언제부터인가 깐 마늘의 덩치가 유별나게 통통하고 커진 것도 큰 변화다. 버섯코처럼 날렵하고 초승달처럼 예쁜 그 육쪽마늘이 아닌 것이다. 마늘 서너쪽으로 4인 가족 된장찌개와 겉절이를 하고도 남을 만큼 크다. 알싸하고 매우면서 톡 쏘는 향 대신 마치 양파향을 넣은 감자를 씹는 것 같다. 감자와 교배를 한 걸까, 아니면 근육강화제라도 맞힌 걸까. 벤 존슨과 배리 본즈에게 물어봐야 할까. 작고 예쁜 마늘이 어떤 종자인가 싶어 채소상에게 물어본 적이 있다. 그의 대답은 "그냥 대중소예요. 크기로 분류할 뿐이죠"였다.

마늘은 굳이 설명하지 않아도 우리 민족의 어떤 영적 기운에 기여하는 향신료라고들 믿는다. 고추장과 마늘 먹고 금메달 땄다, 뭐 이런 제목의 기사도 심심찮게 나온다. 마늘환이며 마늘 '엑기스'와 마늘 농축액이 건강식품에서 절대 빠지지 않는다.

오스트리아에 취재 갔을 때의 일이다. 당시 린츠라는 도시에 한국의 축구 국가대표 강철, 최성용 선수가 뛰고 있었다. 최 선수 댁에서 밥을 한끼 얻어먹었다(감사합니다!). 그때 김치가 맛있다고 하자, 최 선수 아버님이 부엌에서 마늘을 가져와서 내게 보여주셨다.

"이게 터키산인데 독일까지 가서 힘들게 구한 거라오. 마늘이 좋아야 김치가 맛있고, 애들도 힘차게 뛰지."

과연 골이 깊고 묵직하여 썩 맛 좋은 육쪽마늘처럼 보였다. 마늘은, 아버님에게는 아들이 90분을 줄기차게 뛸 수 있는 힘을 주는 영약이었던 것이다. 마늘 덕이었는지 모르겠지만 최 선수는 그 프로팀에서 주전으로 잘 뛰다가 금의환향했다. 그 아버님은 요즘도 아들을 위해 좋은 마늘을 구하러 다니시는지 모르겠다.

마늘이 아무리 좋다고 해도 나로서는 고통스러운 경험도 많다. 특히 '을지로 골뱅이'로 통칭되는 저동식 골뱅이 요리 말이다. 매운 고춧가루도 모자라 간 마늘을 서너숟가락 듬뿍 얹어준다. 위에 폭탄을 쏟아붓는 것 같은 격렬한 통증을 유발한다. 그게 맛이 좋은지 어떤지를 떠나서 후후, 입을 불며 속을 쓸어내리느라 연신 차가운 맥주만 들이켜게 된다는 게 문제다. 음, 그러고 보니 맥주 판매를 늘리기 위한 마늘의 대량 투입? 사실이 아니겠지만 혹시 이 글을 읽으신다면 저동식 골뱅이집 사장님들, 마늘 좀 줄여주시길 간곡히 바란다. 그것은 아마도 통증으로 얻는 자학적 쾌감, 엔도르핀이나 도파민 같은 것일 게다. 그렇다면 저동 골뱅이집 사장님은 도시 뒷골목의 제사장 역할을 하는 것이다. '가벼운 우울증은 엔도르핀의 분비를 통해 치유가 가능하다'고 어떤 매운 닭발집에 씌어 있는 것을 보았다. 아, 우울증이 닭발처럼 흔해졌구나 하고 혼자 생각했다. 프로작, 자낙스, 렉사 같은 약물 이름들이 닭발 메뉴에 겹쳐 보였다. 매운 닭발, 덜 매운 닭발, 폭탄 닭발——주의: 방분방뇨할 위험이 있으니 임산부나 노약자는 섭취를 삼가시오.

친구는 양손에 비닐장갑을 끼고 입가에 붉은 쏘스를 묻히며 닭발을 뜯었다. 유명한 논현동의 뒷골목이었다.

"닭발집이 제일 잘되는 데가 어딘 줄 알아? 여기 같은 유흥가야. 이 동네서 일하는 여자들이 제일 스트레스를 많이 받잖아."

그녀들은 피곤하고 속상한 마음을 쥐어뜯듯이, 매운 닭발을 물어뜯으며 해장의 새벽을 맞이하는가보다. 자학은 상처의 딱지를 뜯어내듯이 도파민을 분비시키는 것이다. 유흥가에 손님이 제일 많은 금요일이 저물면 닭발집은 문전성시를 이룬다. 그리하여, 차가운 소주 병마개를 비틀어 식도에 붓고 매운 닭발을 연골까지 아득아득 씹는다.

메아 꿀빠, 메아 꿀빠, 메아 막시마 꿀빠(Mea culpa, mea culpa, mea maxima culpa)……

내 탓이오, 내 탓이오, 나의 큰 죄 탓이오…… 이 경건하고 소박한 종교적 통회(痛悔)는 모든 인간의 번민과 세속의 욕망에 대못을 박는다. 가슴을 치며 이 구절이 들어간 기도문을 외웠던 이라면 가시면류관의 자기희생을 떠올리는 건 자연스러운 일일 것이다.

중세 유럽에서는 자신의 신체를 학대하여 종교적 성취를 간구하는 일군의 사람들이 있었다. 가죽 채찍으로 자신의 신체를 학대하며 원죄의 속죄를 소원하였다. 소박한 종교적 반성에서 시작한 이 채찍질 고행단은 이내 피학증의 이상 현상에 휘말려 미친 듯 인기를 끌게 된다. 그리하여 교회의 권위가 통하지 않을 지경이 되었다. 교회의 말씀보다 '순회공연'을 온 채찍질 고행단을 뒤따르는 이들이 크게 늘었고, 교회는 고행단의 활동을 금지했다.

"지금 서울은 마치 모두들 고행단이 된 것 같아."

친구가 닭발을 다 뜯고, 차가운 소주로 입을 헹궜다. 그의 입술이 자극을 받아 붉게 부풀어오른 것처럼 보였다. 잔뜩 흘린 땀으로 셔츠 안쪽의 내의가 선명하게 드러났다. 그가 '하아' 하고 한숨인지 감탄인지 모를 신음 소리를 짧게 냈다. 용광로로 천천히 잠겨 들어가던 터미네이터의 기계손을 닮은 닭발이 숯불에 익으면서 탁탁, 소리를 냈다. 누군가는 저런 손으로 어린 인턴의 엉덩이를 쥐었을 것이다. 닭 발바닥의 폭신한 부분을 잘근잘근 씹었다. 미뢰를 마비시키는 엄청난 자극이 혀에 마구 퍼졌다. 소주를 털어넣고 한참이 지나자, 몽롱한 기분이 들었다. 엔도르핀인지 도파민인지 하여간 무엇이 나오는 중이군, 하고 나는 중얼거렸다.

"하하, 내일 아침 화장실에서 기막힌 2차 자극을 느껴보라구."

사람들은 마치 채찍질을 하듯 매운맛을 갈구한다. 누구는 매운맛이야말로 저강도의 마약이라고까지 말한다. 맵기로 말하자면 인도나 멕시코의 고추를 빼놓을 수 없겠다. 매운맛을 재는 단위로 보아 한국 청양고추의 수십배 수백배의 고추가 있다고 하니 말이다. 그 동네 고추가 팔자에 없게 한국의 김장용으로 쓰인 일도 있었다. 내 '국민학교' 시절, 이 나라는 이른바 '고추 파동'을 겪었다. 돌림병으로 고추 작황이 바닥을 기록했고, 김장 외에 별다른 반찬거리가 없던 그 시절 서민들의 민심은 최악이었다.

흑백텔레비전 뉴스 속의 이득렬 앵커가—이득렬이 아닐 수도 있다—수입 고추가 배급된다는 소식을 알렸다. 뉴스는 연이어 '배급딱지' 뒷거래 같은 추문을 보도했지만, 그 고추로 김장을 담근 사람들의 분노까지는 전하지 못했다. 그때는 그런 시절이었다. 어머니는 한마디로 '김치가 써서 먹을 수가 없다'고 울상을 지으셨다. 한국 고추는 단맛을 같이 품고 있어서 김치를 담그면 달큼하고 기분 좋은 매운맛을 낸다. 그러나 오직 매운 성분—그걸 캡사이신이라고 한다는 걸 그때 알았다—뿐인 수입 고추로 담근 김치는 고통스러운 자극만 남겼다. 고추라고 다 같은 고추가 아니었다. 짧고 통통하며 검정색에 가까운 그 고추들은 마치 정체불명의 외래종처럼 공포감까지 불러왔다. 봄이 되기도 전, 그해의 도시 변두리 마을의 더러운 개천에는 검붉은색의 김장 김치 포기들이 굴러다녔다. 먹을 수 없으니 사람들은 버렸다.

매운맛은 자학의 음식이다. 제 상처를 건드려 쾌감을 얻는. 아마도 인간만이 이 우주에서 유일하게 자학의 음식을 즐길 것이다. 오래전, 중국 쓰촨에서도 그랬다. 쓰촨은 중국음식의 매운맛을 전설로 간직하고 있는 땅이다. 척박하고 추운 대륙의 땅 쓰촨은 매운 음식이라도 먹어야 그 매서운 추위와 여름의 혹독한 더위를 견뎌낸다고 한다. 차오라자오(炒辣椒), 그러니까 매운 고추볶음은 쓰촨식 고추요리의 정점이다. 오직 고추를 볶은, 고추를 위한, 고추에 의한 요리다. 고추가 다른 재료를 북돋우는 양념이 아니라 재료의 전부인 이 기막힌 요리를 상상해보시라. 그걸 먹고 치킨집 앞 할아버지처럼 인자하게 웃을 수는 없을 것이다.

쓰촨 고추는 자그마하고 야물딱지게 생겨먹었다. 그 고추를 오직 기름에 볶아 내준다. 쓰촨 사람들은 그 고추를 마구 집어 먹는다. 소금을 뒤집어써서 짭짤하지만, 이내 격렬한 통증이 혀를 조인다. 위가 횟횟해지면 다시 열심히 젓가락으로 그 고추를 집어 입에 넣는다. 그리하여, 대책 없는 쓰촨의 기후와 환경에 한판 붙어보는 것이다.

매운 게 꼭 고추만은 아니다. 통각을 일으키는 여러 재료 가운데 산초 같은 것도 있고, 전통적인 마늘도 있다. 마늘의 매운맛은 고추와는 또다르다. 천천히 혀와 위를 조인다. 그리고 그 특유의 휘발성으로 코를 자욱하게 포위한다. 비강을 마비시킨다. 서울 저동의 골뱅이집들은 마늘 매운맛의 절정을 보여준다. 소박한 인쇄골목 사람들은 차가운 병맥주에 마늘 맛 골뱅이를 입에 넣으며 고단한 일상을 정리한다. 기계로 성의 없게 다진 엄청난 양의 마늘이 골뱅이 위에 척 하니 얹히면서 저동식 골뱅이의 형식을 만든다. 곱게 간 고춧가루와 생마늘 다짐이 달짝지근한 통조림 골뱅이 양념국물에 비벼지면서 만들어내는 맛이다. 여기에 이젠 북어포나 대구포 대신 쥐치포를 얹지만, 그래도 저동 골뱅이의 한 역사가 사라지지 않는 건 저 놀라운 생마늘 폭탄 덕분일지도 모른다. 나도 가끔 들러서 먹는 저동식 골뱅이. 이 글을 쓰고 있는 지금 이미 속이 쓰려온다. 그것은 놀랍게도 침을 고이게 만든다. 묘한 일이다. 통각과 미각의 은밀한 내통일지도.

때로 매운맛의 자학극은 가능한 모든 재료를 동원하기도 한다. 매운 풋고추에 고추장을 찍어 먹는 한국인다운 다양한 요리가 모두 등장한다. 김치찌개에 풋고추와 다진 마늘은 물론 고춧가루까지 넣어 먹는 한국인의 매운맛에 대한 무심한 몰두를 어떻게 다 설명할 수 있을까. 그런데 외국인은 이 매운 종합선물세트에 한가지를 더 발견하곤 한다. 그 찌개를 상 위에 올려놓고 펄펄 끓여가면서 입천장이 홀랑 벗겨지도록, 잇몸이 화상을 입도록 뜨거울 때 먹는 행위다. 내 일본인 친구가 딱 그랬다. 그이는 고춧가루나 마늘보다 뜨거운 찌개가 더 무서웠노라고 고백한다.

"일본에서도 상 위에 화로를 놓고 찌개를 먹지만, 어디까지나 식지 않기를 바랄 뿐이에요. 한국처럼 찌개를 끓이지는 않죠."

그러면서 그이는 '한국인은 섭씨 100도씨'라고 혼자 중얼거렸다.

"You are what you eat(네가 먹는 것이 곧 너다)."

언젠가 뉴질랜드의 기념품점에 붙어 있던 돼지 모양 인형에는 이런 글귀가 적혀 있었다. 이 글귀가 생각난 건, 아마도 내 몸은 고추로 이루어져 있을 것 같다는 생각이 들어서이다. 아니, 내 주위의 한국인은 대부분 그럴 것이다. 당신은?

# 6.
## 연등천 45번집 김여사 기절 전말기

자동차의 내비게이터는 '목적지를
다시 입력해 주십시오'라고 말했다. 글쎄, 교동시장이 맞다니까. 결
국 운전을 하던 친구가 스마트폰을 꺼내고서야 해결이 났다.

"교동시장이 아니고 서시장이란다."

여수의 서쪽에 있다고 해서 서시장인가보다. 공식적인 이름이 그
렇다. 교동시장이라는 멋들어진 이름을 내버리고 왜 동서남북을 이
름에 붙일까.

"그래도 봉천12동보다는 낫잖아."

봉천동이 12동까지 있는지는 모르겠지만, 군인 출신 행정가나
딱 좋아할 법한 이 한심한 명명법이 여전히 대한민국에 존재한다.
동대구, 서대전, 북구에 남구, 동구와 중앙동…… 차라리 좌표를 지
명으로 하면 어떨까. 어이 친구, W132 N243에서 오늘 저녁에 만나
자구.

교동시장, 아니 서시장으로 친구가 차를 몬 건 역시나 우리의 인
생처럼 우연이었다. 노량진 새벽시장에서 병어를 봤고, 병어 하니
까 그 눈 작고 내장 적은, 생김새가 딱 남방 쪽인 이 희한한 고기의
전문가인 소설가 한창훈이 생각났고, 그러니 연등천에서 한잔해야
했기 때문이었다. 그러니까 우리는 교동시장도 서시장도 아닌, 연

등천으로 가는 길이었다. 그것도 순전히 포장마차를 찾기 위해 여수에 간다는 건 좀 미친 짓 같아 보였지만, 친구는 가속기를 신나게 밟아댔다. 내가 한창훈의 병어 스토리를 맛깔나게 들려줬던 까닭이다.

한창훈은 거문도 사람이며, 여수에서 오래 생활했다. 그러므로 여수는 그의 손바닥 안이다. 그는 한 신문에 오랫동안 「신판 자산어보」를 연재했었는데, 말하자면 건조한 어류 편람이 아니라 여수와 거문도 일대의 바닷속 안줏거리 편력기였다. 그 글은 도저히 맨정신으로는 읽을 수 없을 만큼 술맛 당기게 했다. 여수 연등천 포장마차는 그의 글에서 병어와 함께 등장한다.

몇해 전, 해돋이를 보자는 후배들 사이에 끼여 여수에 간 적이 있었다. 지금은 불타버린 향일암에서 해돋이를 보는 게 목적이었는데 어찌나 바닷바람이 차고 매섭던지 해맞이고 뭐고 따끈한 어묵국물밖에 생각이 나지 않았다.

여수를 다시 찾은 건 시원한 가을의 초입이었다. 연등천은 여수의 생활하수를 쓸어모아 바다로 뱉어내는 종말 하천이다. 그 겨울에는 물이 말라 건천 같은 모양이었는데, 올가을은 잦은 비에 제법 수량이 있었다. 그래 봐야 발목이나 겨우 적실 높이였지만, 그래도 '천'이라는 이름이 남우세스럽지는 않을 양이었다.

연등천에는 오래전부터 포장마차가 성업했다. 일과를 마친 여수 사람들이 하나둘 모여 쓴 소주와 제철 해물 안주를 먹는 명물거리

가 됐다. 지금은 그 위세가 사그라들어 수량 잃은 연등천마냥 처량
해졌다. 특이하게도 이 포장마차들은 1부터 시작하는 일련번호를
가지고 있다. 정든집, 한잔집, 호남집 따위의 호칭 대신 쭉 숫자로
만 명명되었다. 하나둘 폐업하는 집이 늘면서 숫자도 늙은 할매처
럼 이가 숭숭 빠져버렸다. 5 다음에 11, 그다음에 16, 18, 22…… 우
리가 가는 집은 45번집이었다. 스무살에 시집와서 30년을 지켜온
'아짐'이 여전히 이 집에서 안주를 만든다. 그이의 부엌은 마법 같
다. 포장마차이니 변변한 설비도 없고, 냉장시설도 빈약하다. 그러
나 오직 30년을 지켜온 그이의 솜씨와 물을 물어보면 실례인 싱싱
한 해물이 마법의 재료다.

이 집에는 먹는 법이 있다. 입 다물고 주는 대로 먹는 게 고수고,
먹고 싶은 걸 줄줄이 외는 건 중수다. 제일 하수는 '이거 물 좋아
요?' 하고 되묻는 이다. 그러면 아짐은 딱 한마디 하신다.

"물 안 좋으믄 저 개천(연등천)에다 확 버려야쓰것네."

고수건 하수건 공통점도 있다. 누구도 안주의 값을 묻거나 요리
법을 챙기지 않는다. 알아서 먹을 만하게, 가장 어울리는 요리법으
로 회 치고 지지고 볶는 까닭이다. 일식으로 치면 절세의 '오마까
세(お任せ, 주방장이 재료와 요리법을 선택해서 자유롭게 구성하는 것)'가 여기
와서 울고 간다. 아짐의 요리 배열은 미슐랭 스타 셰프 뺨도 쳐버린
다. 차갑고 부드러우며 살이 단 재료부터 시작해 슬슬 입맛을 돋우
다가 점차 진하고 구수한 쪽으로, 자극적이고 혓바닥이 홀렁 벗겨

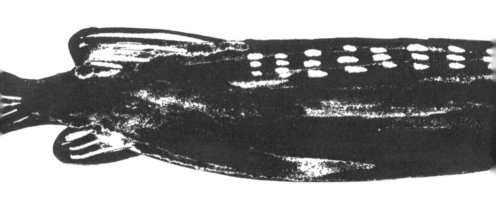

질 것 같은 쩌르르한 맛으로 자연스럽게 넘어간다. 미식이 폭식이라면, 틀린 말이 아니다. 아랫도리가 휘청거리게 취해서 일어날 때가 되면 도대체 그 많은 요리를 어떻게 다 먹었는지 이해가 안될 지경이다.

"요즘은 삼치가 살이 오르제."

삼치와 병어부터 세례가 시작된다. 여수 사람들은 시끄럽지 않다. 외지인들이 와도 못 본 척 점잖게 잎새주, 그러니까 과거의 보해소주를 넘긴다. 그런 온화하고 푸근한 분위기가 포장마차의 격을 높여준다. 포장마차에도 격이 있다는 말, 연등천 아니면 써보기 힘들 것이다.

삼치는 '고시'라고 부르는 어린 것은 맛이 없다. 서너자는 되어야 살에 맛이 들어 있다. 과연, 간장과 고춧가루로 버무린 장에 찍은 삼치회가 잇새에 쑥쑥 박힌다. 씹으니 단물이 연등천 물살처럼 흐른다. 가을이 되면 삼치회가 먹고 싶어 여수 사람들은 몸살이 날 것이다. 아니면 여수 사람 아니다,라고 나는 생각한다. 어쩌면 저 구석자리의 두 사내도 여수 삼치가 그리워 외지서 고향에 찾아든 사람들일지도 모른다고 나는 상상한다. 오랜 경력의 아짐은 자유롭게 주무르지만, 해물요리는 특별히 까다롭다. 저 바다 밑, 미지의 푸른 파도 아래, 심해에서 건져낸 재료들이란 까다롭게 마련이다. 서식하는 물 높이에 따라 살의 탄력이 다르고, 불과 칼로 다룰

때 또 달라진다. 누군가 바다는 거대한 한그릇의 수프라고 했다. 그 용광로에서 뭍으로 올라온 살점들이 다 내력이 있을 것이다. 그래서 시집와서 비 가릴 데 없는 포장마차에서 서른해를 보낸 아짐이야말로 그 살점을 만질 자격이 있어 보인다.

병어는 큼지막한 놈을 툭툭 자르는데, 어리지 않아도 뼈가 억세지 않다.

"여수 병어는 뼈도 달아. 큰 놈도 잘 씹히제. 병어는 마늘된장에 찍어부러."

해물마다 장이 다 따로 있다. 간드러진 와사비간장 빼곤 다 있다. 이게 진짜 마리아주(mariage, 음료와 음식이 잘 어울리는 조합)다. '까시스 향이 나는 어린 까베르네 쏘비뇽 품종에는 진한 송아지 골수 양념 쏘스의 소 허릿살 그릴구이가 마리아주로 잘 어울리고……' 이렇게 띠들었던 내가 웃겨서 혼자 쿡쿡 웃었다.

잎새주 병을 한창훈식 표현으로 '연달아 비틀었다'. 양식한 광어나 우럭 같은 미끈한 어종은 여기 없다. 활어도 없다. 오직 주인과 손님이 믿음으로 주고받아 먹는 물 좋은 선어가 있을 뿐이다. 얼음장 위에 가지런히 누운 어물들이 끝도 없이 주인 아짐의 손에 의해 작살이 났다. 어린애 키만 한 삼치가 이내 거대한 옷핀처럼 대가리만 덩그러니 남았다. 서해안산과는 종이 다른 것 같은 주꾸미를 삶아 내왔으며, 먹통 갑오징어를 통째로 삶아서 접시에 냈다. 동행한 영화평론가 정 형의 아내 김 여사는 옆자리의 현지 아낙들과 한창

수다가 재미지다. 얼큰한 아낙이 우리 자리에 덥석 앉더니 먹통 갑오징어를 손으로 집어 일행들에게 권한다. 먹물이 뚝뚝 흐른다. 고소하기가 참깨보다 낫다.

"아짐, 듣기로 연등천에 남녀가 같이 빠지면 사랑하게 된다던데 사실이오?"

우리 일행이 물었고, 아짐은 웃었다.

"지금은 안 빠져, 난간이 세워졌응게. 여자가 빠지고 남자가 구해주면 그 술에 사랑 안하고 배기겠소?"

아짐은 알듯 말듯 웃었다. 그럴 것이다. 포장마차는 연등천에 바짝 붙어서 있고, 한잔 취한 술에 빠지지 않을 재간도 없었을 것이다. 지금은 철제 난간이 튼튼하게 설치되어 있으니 연등천 동반 낙하 사건 같은 것도 이젠 전설이 되어버리는 걸까. 병어 맛은 여전하고, 삼치도 때가 되면 올라오지만, 시속은 그렇게 바뀌고 마는 것일까.

김 여사는 억센 아낙들과 술잔을 주고받다가 술이 넘쳤다. 그리고 등받이 없는 포장마차용 좁다란 나무 탁자에 누웠다. 초겨울 비가 들이쳤다. 포장마차는 대충 비닐을 치고 장사했다. 부엌 아닌 부엌에서 안주 만드는 아짐에겐 비가 반가울 리 없을 것이지만, 이런 운치가 또 어디 있나.

아짐이 여수 특산의 장어구이를 올렸다. 매운 양념을 발라 껍질은 파삭하고, 속은 촉촉하게 잘도 구웠다. 불 냄새 풀풀 날리며 맛있는 장어구이가 입에 들어가면 잎새주가 다시 연달아 쓰러졌다.

연등천 45번집 김 여사는 기절하고, 포장에 비가 들이쳤다.

"아짐, 이제 뭘 주실라우?"

허벅지라도 베어 구워주실라우. 연등천에서 비 냄새인지 하구의 밀물에 들어온 갯내인지 비릿한 물 냄새가 자욱하게 피어올랐다.

7.

몬딸치노,
개에게
불성이라니

간요리에 대해 쓰면서 개고기 얘기를 얼핏 꺼냈었다. 본격적인 개고기는 나도 잘 모르겠거니와, 강호의 구육지존과 보신호걸들께 감히 필봉을 들이대는 결례를 범하고 싶지도 않다. 어쨌든 초라한 미식의 개인사에 간혹 개고기가 등장하곤 하니, 삼가 들어주시는 것만으로도 감사할 따름이다.

　한 친구가 내 칼럼들을 읽고는 슬슬 시비를 걸어온 적이 있다. 그의 말을 옮기면 '개고기도 모르면서 음식 얘기를 쓰는 건 도리가 아니다'라는 거였다. 그러면서 왜 개 삼겹살은 따로 구워 먹지 않는지도 모르잖니,라고 했다. 그렇군. 삼겹살을 그토록 좋아하는 한국인이 왜 개고기는 건드리지 않았을까, 하고 자문했다. 물론 개고기의 삼겹살에 해당하는 부위를 다들 좋아하기는 한다. 그렇다면 개 삼겹살을 따로 발라내어 굽는 방법도 생길 만한데 말이다. 개를 잡아보지는 않았지만 돼지와 염소, 양 따위를 잡아본 경험에 의하면 의외로 의문은 쉽게 풀릴 듯하다. '개에게는 삼겹살이 거의 없다'가 정답에 가깝지 않을까 생각한다. 삼겹살이라고 불릴 만한, 비계와 살코기가 퇴적층의 단면처럼 교대로 쌓여 보기만 해도 식욕이 돋는 그런 부위가 적다는 뜻이겠다. 있다고 해도 구워 먹을 만한 양이 되지 않아서 상업적으로 팔기에는 부족할 것이라고 짐작되기도 한다. 3개월 정도 자란 돼지조차 삼겹살이라고 할 만한 부위가 별로 없으니까 말이다. 삼겹살이 먹을 만하게 두드러지려면 6개월 정도는 길러야 하고, 결국 우리가 먹는 돼지는 대개 이 정도 연령이다.

궁금한 건 못 참는 성격이라 장안에서 제일간다는 천하의 '새김꾼'에게 전화를 걸었다. 새김꾼이란 정육 기술자를 뜻하는 도축장 바닥의 땀 냄새 나는 용어다. 그의 대답은 좀 싱거웠다.

"개 뱃살 새길 게 뭐 있어. 그거 새겨봐야 칼만 쪽팔린다."

척 하면 착 하고 알아듣는 내 해석으론, 개는 덩치가 작으니 정육 분할용 칼을 들이대는 것이 창피하다는 뜻이었다. 바야흐로 삼겹살이란 사료발이 팍팍 올라 더이상 살찔 데가 없어 터져버릴 것 같은 한창 덩치의 돼지에나 생기는 부위가 아닌가. 그는 마장동 30년 새김꾼의 도통한 기운이 가득한 양반이었다. 마장동 어느 집 누구 칼이 더 잘 드는지 뚜르르 꿰고 있을 정도였다. 그가 칼을 잡은 걸 언젠가 본 적이 있는데, 살코기 한점 허투루 날리지 않고 딱, 딱 근육과 근육 사이의 막에 칼을 넣었다. 힘들이지 않아도 근육이 스스로 가지고 있는 무게와 만유인력의 법칙에 따라 툭, 툭 끊어졌다. 고기가 갈고리에 걸려서 공중에 떠 있는 까닭이었다. 소 반마리가 금세 해체됐다. 칼날이 밑으로 가도록 세워 잡거나 바로 잡거나 고기 부위의 결에 맞춰 자유자재로 살덩어리들을 튕겨냈다.

그는 새겨서 사는 사람이다. 그가 새길질 ─ 이때는 소화작용이란 뜻이다──하는 소를 칼로 새김질하게 된 역사는 모르지만, 그가 천상 새김꾼이라는 건 누구나 다 아는 사실이다. 보통 20년 정도 새김질을 하면 지쳐서 직접 칼을 잡지 않는 게 보통인데, 그는 여전히 현장에 있다.

여하튼 개고기 논쟁이 이어진다. 누구는 다른 해석을 내놓는다. 자칭 개고기 전문가 K 형이다. 그는 진짜 전문가라고 불릴 만하다. 유명 개고깃집은 왜 하나같이 감나무집, 싸리나무집, 등나무집이어야 하는지에 대한 심도 있는 연구를 수행했다. 연구 결과는 이랬다.

"과거 개고깃집은 번듯한 건물 대신 허름한 옛 주택을 개조해서 만들었는데 그 집들 마당에는 대개 무슨 나무가 한그루씩은 있었다. 무허가라 세무 등록이 없으니 정식 상호도 없어서 사람들이 그냥 나무 이름을 붙여 부르기 시작한 것이 그리되었다."

양념상에 들어가는 들깨와 겨자, 기름과 식초의 황금비에 대한 논의도 있었다. 그 황금비는 잘 기억나지 않지만, 들깨는 넣지 않는 것이 핵심이라고 했다. 들깻가루가 개고기의 맛을 해친다는 논리였다. 그는 간단히, 개고기 특유의 냄새가 구이에 적합하지 않기 때문이라고 밝혔다. 수육조차 된장과 깻잎, 들깨와 마늘 같은 온갖 향신료를 넣어 냄새를 잡는 판에 구이라니 얼토당토않다는 주석을 달았다. 그것도 맞는 말 같았다. 그 해석을 뒷받침하는 건 개의 어떤 부위든 구워 먹는 방법은 일반적이지 않다는 사실이다. 개고기 요리에는 삶거나 찌거나 끓이는 방법이 적용된다. 무침이라는 것조차 결국은 삶은 고기에 양념을 한 것일 뿐이다.

내가 개고기 요리에 대해 번민에 빠진 것을 눈치챈 한 친구는 제법 혁신적인 이론을 들이댔다. 개고기는 전통을 수호하거나 수구적 태도를 고수하는 애호가들이 많기 때문에 탕이나 찜으로 요리하는 게 아니겠느냐는 조심스러운 진단이었다. 10대 어린이가 '엄마, 개고기 먹고 싶어. 3분개고기 해줘'라고 하지는 않는다, 20대 연인이 개고깃집에 와서 데이트하거나 소개팅을 하는 걸 본 적이 있느냐―내가 아는 어떤 에디터는 자신의 전 남자친구가 개고깃집에서 이별 통보를 했다고 분개한 적이 있다. 정말 개새끼다―대개의 애호가들은 40대 이상이다, 그들은 본질적으로 보수적이다, 그래서 전통 요리법이 그대로 남아 있는 것이다, 만약 미국이나 프랑스 유학파가 개고기를 좋아해서 그 문화를 한국에 전파했다면 당연히 개고기구이가 있었을 것이다, 뭐 이런 주장이었다.

"그러면 개고기 쑤플레나 개 푸아그라 떼린, 개고기 오늘의 수프, 감자 밀푀유를 곁들인 부르고뉴식 개고기 스테이크가 나오지 말란 법도 없었을 것이야."

이런 개고기 수프 같은 황당한 고민에 빠져 몇주일을 보내는 동안, 나와 개고기 동서인 소설가 K 군을 만났다. 그와 혓바닥 동서가 된 건 아주 우연한 일이었다. 둘 다 개고기를 좋아하는 위인은 아니었기 때문이다. 그러니까 갑자기 개고기가 먹고 싶어진 또다른 동행 때문에 일어난 일이기는 하다. 그것도 몬딸치노 와인과 함께 말이다. 개고기에 웬 몬딸치노 와인이던가. 그건 바로 우리가 몬딸치노 여행을 마치고 한국에 도착한 날, 곧바로 부평의 한 야산에 있는 보신탕집으로 직행하여 개고기 수육과 탕에 그 와인을 땄던 까닭이다. 개고기에 몬딸치노 와인이 어울린다고 생각해서 일부러 거창한 마리아주를 고려한 건 물론 아니었다. K 군의 증언에 의하면 그냥 그러고 싶었던 거다. 어떻게든 우리가 또스까나의 몬딸치노에 있던 기분을 연장하고 싶었던 건지도 모른다. 그도 그럴 것이, 비행기가 영종도 하늘을 빙빙 돌며 착륙을 준비할 때 하나같이 상한 개껍질 씹는 것 같은 표정을 지었기 때문이다.

그리고 우린 가지고 있던 고가의 몬딸치노 와인을 모두 작살냈다. 그래서 지금도 K 군은 개고기에 그 와인 마신 얘기가 누설되는 걸 극도로 꺼린다. 그는 아내에게 선물로 줄 와인까지 마셔버렸던 것이다. 중국 속담에 '네가 먹는 건 너를 더럽히지 않는다'라는 말이 있다. 인간이라는 존재는 무엇인가 먹어야 할진대, 그것에 우열이 있을 수 없다는 뜻이다. 그런데 나는 한동안 개고기는 절대 안 돼, 하고 생각했다. 아주 오래전의 트라우마 때문이다. 당시 내 친구는 내륙의 어떤 시골 마을에서 개를 기르고 있었다. 그의 가족의 생계였다. 당연히 그의 농장은 개판이었다. 연령별로 각기 다른, 그러나 비슷한 용모의 — 친구 말에 의하면 도사견과 한국 누렁이의 잡종인 — 개가 셀 수 없이 많았다. 그렇다. 그건 개농장이었다. 나는 그 수백마리의 개들 중에 어느 누구도 이름을 갖고 있지 않다는

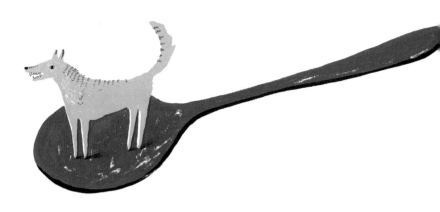

데 놀랐다. 비육하는 소가 그렇듯이, 케이지의 닭이 그렇듯이, 돈사에 바글바글 갇힌 돼지들이 그렇듯이. 워리든 해피든 종이든, 하다 못해 누렁이도 아닌 그냥 한떼의 개였다. 짐승이 이름을 얻는다는 건 어떤 의미에서 반려의 약속이니, 이름이 없다는 건 '출하'나 '비육' 같은 수식어로만 남는다는 걸 뜻한다. 그들에게 '돈 워리 비 해피'라고 말해줄 수는 없었다.

그 개들은 우울하게도 어느 누구도 짖지 않았다. 짐승은 두려우면 짖는다. 거기서 두려운 개들은, 늘 짖었을 것이다. 수백마리의 개가 일제히 짖는다는 건 농장을 꾸리는 친구로서는 매우 불행한 일일 수 있었다. 시끄러워 견딜 수 없다는 마을 주민들의 민원이 하늘로 뻗치기 때문이었다. 그 비육견들은 모종의 조치로 귀를 잃었고, 그리하여 소리도 잃었다. 요즘 아파트에서 고가의 성대 불용 수술을 받고 사는 개들은 누가 뭐래도 그 쓸쓸한 운명의 개들에 비하면 주인의 사랑을 듬뿍 받고 있는 셈이다. 어쨌거나 녀석들은 이름이 있지 않은가. 심지어는 가족들의 돌림자까지 선사받기도 하고.

어쨌든 한동안 개고기는 먹어보지 않았다. 그러다 올해의 여름, 몇년 만에 어찌어찌 개고기 수육에 소주를 돌리는 자리에 앉게 되었는데 여지없이 개고기 난상토론이 벌어졌다. 세상에, 개고기처럼 끊임없이 먹는 이들의 화제를 모으는 안줏거리도 없을 것이다. 박지성의 개고기쏭에서 브리지뜨 바르도, 고야의 개, 한국인이 애완용으로 기르는 3대 지랄견의 만행—기억나는 건 '코커스패니얼종은 뇌가 근육으로 이루어져 있어서 생각하기 전에 일단 저지르고 본다더군'이다—까지 줄줄이 술상에 올라왔다. 그러나 압권은 개의 불성(佛性)이었다.

"지랄견이라는 것도 다 주인의 성품을 따르게 마련이지. 한 친구는 지랄견 품종을 세트로 기르고 있었다네. 그런데 어떤 녀석도 지랄은커녕 점잖기가 소 같더군. 아니, 이게 무슨 조화인가 물었네. 그는 염화시중의 미소만 지을 뿐이었네. 그리고는 말없이 텔레비전을 가리키더군."

출근하면서 개들이 보건 말건 늘 불교방송을 틀어놓길 어언 3년. 놀랍게도 개들에게 불성이 생기더란다. 관심있는 지랄견 소유자들은 새겨들으시길. 참, 평화방송이나 원음방송을 틀어놓으면 효과가 어떤지 실험해보신 분은 결과를 알려주시라. 3년 후에.

# 8. 부대찌개, 이빨 자국을 찾으십니까

십수년 전, 장안의 음식재료 값을
올리던 청담동의 한 식당이 있었다. 요새는 허름한 주점에서조차
퓨전요리라고 써붙여 놓는 시절이지만, 당시 퓨전은 전무후무한 새
로운 요리 경향으로 크게 주목을 받았다. 고급차 좀 몬다는 사람들
은 예약 리스트에 이름을 올리기 바빴고, 요즘 물가에도 어지간한
식당에서는 이루기 힘든 하루 매출 1천만원을 팍팍 올리던 집이었
다. 그 집 요리가 맛이 있었는지 어땠는지는 모르겠으나, 누구도 추
종할 수 없는 위엄이 있었으니 그건 식당의 슬로건에서 비롯한 거
였다. 바로 '퓨전'이라는 두 글자다. 누구는 크림쏘스에 간장 두어
방울 섞으면 퓨전이냐, 와인 대신 청주를 넣으면 퓨전이냐고 비웃
었지만 그게 그 시절 고급 식도락의 한 유행이었다.

　퓨전은 동네 식당에도 바람을 일으켰다. 케첩과 마요네즈, 간장
과 고추장 사이를 아슬아슬하게 오가면 퓨전이라고 불렀다. 그때,
강호의 강력한 퓨전 거사께서 일갈하셨다.

　"누가 나의 퓨전 아성에 도전하느뇨. 건방지도다."

　그의 옆에는 좌 쏘시지, 우 스팸의 건장한 외래 무사가 호위하고
있었고, 열이 받으면 거대한 라면사리 특공대를 투입해 퓨전 동네
를 평정하곤 했다. 그는 스스로 퓨전의 전설을 이루려고 했는데, 그

근거는 이랬다.

"라면이란 원래 중국 내륙의 음식이 일본을 거쳐 한국으로 들어온 것이니 이 또한 유서 깊은 퓨전의 원조로다. 김치와 두부에 빛나는 세례를 해주신 쏘시지와 햄, 체더치즈의 카오스적 융합은 또한 퓨전의 신세기일진저."

그가 퓨전 창세기에 버금가는 위세로 그렇게 일갈하였지만 쉽게 풀어보면 부대찌개가 퓨전이란 얘기고, 그게 맞긴 맞다. 묵은 김치와 미군 부대의 짬밥이 만났다는 사실만으로도 미지와의 조우, '크로스 인카운터(cross encounter)'가 아니더냐는 말이다. 누구는 그런 음식이야말로 모멸의 극치라고 부끄러워하였고, 그 때문에 작금의 한식 세계화—찌개급도 아닌 간식급 떡볶이가 선두에 서 있는—흐름에도 등재되지 못한 게 아니냐고 따질 만한 일이다. 그러나 동두천과 의정부, 그리고 용산과 송탄의 부대찌개집들은 오히려 그런 모멸을 뒤집고 해학과 전세계 B급 재료의 대동단결을 일개 찌개에 녹여내는 골계미를 창출하고야 말았다.

부대찌개라면, 내가 그 음식과 치른 '크로스 인카운터'를 언급하지 않을 수 없다. 시계는 30년 전으로 거슬러올라간다. 1984년이면 짜장면이 대략 500~600원 했고, 대학등록금이 50만원이었다. 그리고 그해는 내가 아마도 처음으로 정치적 각성(?)을 시작한 해인 것도 같다. 그래 봐야 신문의 정치면을 유심히 보던 정도였지만. 내 또래 이상이라면 신민당의 총선 압승을 기억할지도 모르겠다. 민주화 열망은 군사정권의 폭압에도 도도한 흐름으로 커져갔고, 결국 그 흐름이 나중에 87년 6월항쟁으로 이어졌던 것이다. 기억나는 건 '학생 사형수'였던 이철이 성북구에 출마, 상복을 입고 유세까지 펼치며 시민들의 환호를 얻어내던 장면이다. 내게 정치란 그렇게 극적이고, 약간은 희화적인 기억으로 남아 있다. 우리에게 민주주의란 재미난 마당굿 같은 거였는지도 모르겠다.

고등학교를 막 졸업하고 대학생도 사회인도 아닌 어정쩡한 그해 초봄, 나와 친구들은 군대 간 친구를 면회했다. 또래보다 한살 더 많아 일찍 군대에 간 녀석은 갓 이등병이었다. 그때까지도 교련복 바지를 입고 다닐 만큼 주변머리 없고 가난했던 우리는 잔뜩 주눅이 들어 의정부행 터미널로 갔다. 어쩌면 험난한 군대생활의 현장을 미리 체험해보겠다는 뜻도 있었을 것이다. 믿기지 않겠지만, 그때는 시외버스에서 언제든 흡연이 가능했다. 심지어 시내버스에서조차 담배를 피우는 할아버지가 적지 않던 때였으니까. 담배를 한 대씩 꼬나물고, 덜컹거리며 돌고 돌던 완행버스 속에서 황량한 병영 지역을 수없이 통과했다. 잔뜩 주눅이 든 채 아무도 오가지 않는 부대 정문을 지키는 얼뜨기 이등병은 우리의 미래였다. 우리는 이내 의정부 외곽의 군부대에 당도했다.

아아, 차라리 보지 말 것을. 칼바람 부는 야외 면회소에서 쭈뼛거리며 서 있던 우리는 녀석이 연병장 저쪽에서 목각인형처럼 뻣뻣하게 다가오는 것을 보았다. 다 해진 오렌지색 '추리닝'은 무릎이 튀어나와 있었고, 손등은 거북 등딱지처럼 붓고 갈라져서 자줏빛을 띠었다. 미구에 닥칠 이등병의 운명을 너무도 생생하게 본 우리는 기가 죽어 담배만 빨아댔다. 그의 표정은 상처 입은 짐승 같았다. 눈빛은 친구들과 만나고서도 부드럽게 풀리지 않고 깊은 경계심으로 가득했다. 이등병의 면회 외출은 금지였지만, 그때까지 가족조차 면회 한번 오지 않은 녀석에게 일직사관은 아량을 베풀었다.

녀석에게 쥐여줄 용돈 약간을 빼면 우리가 회포를 풀 자금이 턱없이 적었다. 값싼 식당을 찾아야 했다. 녀석이 부대 선임에게 주워들은 정보로 물어물어 찾아간 곳이 지금으로 말하면 의정부 명물거리, 그러니까 부대찌개를 파는 동네였다. 지금처럼 그럴듯한 이름은 없었고 기억에는 그냥 부대찌개 골목이라고 불렀던 것 같다. 그러나 뭔가 비슷한 업소가 북적이면서 몰려 있는 '○○골목'이라고 하기엔 당치도 않게 허름한 식당 몇개만이 장사를 하고 있었다. 한심하기 짝이 없는 이등병을 앞세우고 우리는 부대찌개를 시켰다. 분별력이 있는 나이가 아니었다. 이등병에게 '부대'찌개라니. 기왕이면 '사제' 냄새 팍팍 나는 음식을 시켜주었어야 하는 것은 아니었을까. 그 와중에도 나는 왜 그게 부대찌개라고 불리는지 이해하지 못했다. 그저 도시락 반찬으로 쓰는 쏘시지와 싸구려 햄 조각이 든 김치찌개에 불과해 보였다. 그러나 그 햄은 밀가루 맛이 나는 '진주햄'과는 다른 녹진하고 기름진 맛을 지닌 특별한 녀석이었다. 햄의 기름이 녹으면서 찌개는 단맛을 냈다. 걱정했던 노린내 같은 건 나지 않았다. 한 친구녀석이 '부대찌개에서는 미군 노린내가 난대' 하고 말했었던 것이다. 옆 테이블에 앉아 있던 병장이 우리에게 농담을 던졌다. 우린 생전 처음 경양식집에서 '비후까스'를 받아든 것 같은 영락없는 촌뜨기들이었으니까.

"찌개를 잘 뒤져봐요. 이빨 자국 있는 햄이나 쏘시지가 나올 거예요. 그게 진짜예요. 부대찌개니까. 미군 부대 찌개니까."

우리는 고개를 숙여 그의 충고에 감사를 표하고, 진짜로 숟가락을 들어 일제히 찌개를 뒤졌다. 토미 일병이, 조너선 상병이 씹다 뱉은 햄 조각을 찾으려고 말이다. 나는 그 순간에도 흑인 병사의 어마어마하게 큰 앞니 자국은 어떨까, 상상하고 있었다. 삼촌이 씹은 총각무의 이빨 자국 같을까. 아니, 그보다 훨씬 크겠지.

병장이 크게 웃음을 터뜨리고 나서야 농담이라는 걸 알았고, 우리는 어설픈 소주 몇잔에 푸하하, 웃음을 터뜨렸다. 조금 긴장이 풀린 이등병 녀석도 얼굴이 붉어져서 빙그레 웃었다.

제대하고 오랜만에 모인 우리들은 옛 추억을 씹으며 부대찌개에 소주를 나눴다. 누군가 앞으로 먹고살 걱정을 시작했고, 모두들 자못 심각해져서 소주잔만 뒤집었다. 그때 의정부 출신 녀석이 한마디 던졌다.

"부대찌개집을 하면 어떨까. 으흠, 이름은 말야, '이빨 자국 부대찌개'로 하고 말이지. 밑에 카피를 하나 쓰자구. 진짜 미군 부대에서 이빨 자국 쏘시지가 직송됩니다, 어때?"

녀석은 진짜로 부대찌개를 좋아했다. 그래서 부대찌개에 관한 논문 한편을 쓸 정도의 실력은 되었다.

"문산식, 용산식, 의정부식…… 맛과 스타일이 다 달라. 용산식은 존슨탕이라고 부르지? 60년대에 당시 미국 대통령 존슨이 용산 미8군을 방문한 기념으로 치즈와 쏘시지, 햄을 넣은 한국식 부대찌개를 먹고는 '존슨탕'이라고 명명했다더군. 솔직히 말도 안되지? 그래서 용산식은 김치를 넣지 않아 매운맛이 없고 치즈를 넣어 느끼하게 요리한다는 거야. 내 입맛에는 문산식이 최고야. 대파를 넣고 시원하게 끓이는 스타일이지."

이 땅에 미군이 들어오면서 우연히 만들어진 새로운 음식이 한 시대를 풍미한다. 역사는 흘러가고 우리에게는 이제 부대찌개만 남았다. 나는 부대찌개가 부글부글 끓으면 다이알비누와 땅콩버터를 팔던 미제장수 아줌마와 남대문 도깨비시장의 블루리본 캔맥주, 말보로와 켄트 담배 같은 전설이 냄비 가득 피어나는 것을 느낀다. 그 겨울의 의정부 부대찌개가 마음 한켠에 서서히 끓기 시작하는 것이다.

9.
어린
짐승을
먹다

아마도 한국인처럼 '어리고 연한 것'을 좋아하는 민족도 드물 것 같다. 닭은 고작 40일 정도 길러 세상에 내놓는다. 닭의 생애가 10년이라고 치면 불과 100분의 1 정도를 살고 삶을 마치는 것이다. 그래, 맞다. 10분의 1이 아니라 100분의 1이다. 그나마 그건 튀김용 닭에나 해당된다. 삼계탕에 넣는 영계는 그 절반의 삶으로 만족해야 한다. 40일이나 20일이나 별 차이가 없기는 하다. 오직 연하고 달고 은근한 무엇을 위해 생명이 필요해진다. 우리는 '닭'이라고 명명된 어떤 식품을 얻기 위해 컨베이어처럼 정확히 사료 공급─이걸 먹이 주기라고 하기도 뭣하다─과 급수를 하고, 적당한 온도의 사육장을 만든다. 여기에는 몇 럭스의 밝기와 몇 씨씨로 계산될 각종 약품이 포함될 것이다. 우리는 그걸 사서, 또는 요리된 형태로 먹는다. 그리고 온갖 수식어로 그 요리를 설명하기도 하고, 기념비적 기억을 불어넣기도 한다. 말하자면 돌아가신 아버지가 마지막 생신에 드셨던 닭볶음이나 발랄한 청춘의 끄트머리에서 친구와 즐겼던 양념통닭 같은 것들이다.

닭만 그런 건 아니다. '세고시'(背越し)라고 부르는 뼈째 썰어 내는 회에도 허다한 어린 생선이 필요하다. 생맥줏집의 안주 목록 맨 위에 오르는 노가리며, 조려 먹는 갈치 새끼인 풀치 같은 생선도 우

리 입에 들어간다. 어린 생명은 절정에 다다른 맛은 없지만, 어리다는 이미지로 입맛에 봉사한다. 부드러워서 왠지 소화기관에 부담을 주지 않을 것 같고, 덜 성숙된 이미지는 '처녀'를 갈구하는 인간의 욕망에 소구한다. 어린 암소도 아니고 '처녀 소'라는 걸 광고하는 고깃집은 그래서 쓸쓸하다. 사람들은 여전히 달뿐만 아니라 새로운 처녀지에 발을 디디려는 욕망에 사로잡혀 있는 것이다. 겨울에 만들어진 눈밭에 누구나 첫 발자국을 찍고 싶어하는 것과 같은 이치일까.

하지만 닭이나 생선 정도의 '하등한' 생명을 넘어서면 한국인은 급격하게 어린 생명에 거부감을 보인다. 돼지와 소 같은 '고등동물'은 어린 것을 먹는 경우가 아주 드물다.

고백하자면 30대의 몇년은 꽤나 음식을 찾아 돌아다녔다. (중략) 음식만큼은 잘 먹어야 한다는 단순한 신념에 사로잡혀 있을 때였다. 그러던 어느날 나는 커다란 거울이 걸려 있는 외국의 한 식당에서 새끼돼지 통구이를 혼자 게걸스럽게 먹고 있는 내 모습을 발견하고 말았다. 그 탐욕스러운 모습에 나는 이루 말할 수 없는 역겨움을 느꼈다.

—윤대녕 『이 모든 극적인 순간들』(푸르메 2010)에서

내 생각에는 윤대녕이 어린 돼지 대신 영계를 먹고 있었다면 그

처럼 절망적인 자기혐오에 빠지지는 않았을 것 같다. 그렇다고 내가 돼지와 닭 사이에 어떤 분명한 진화의 우열이 존재한다고 믿는 것은 아니다. 돼지가 영리한 짐승이기는 하지만, 닭의 지능도 결코 형편없지는 않은 까닭이다. 최재천 같은 학자는 지면에서 닭의 지능이 낮지 않다고 기록하고 있고, 내 개인 체험에 비추어봐도 닭이 개나 돼지보다 지능이 낮다고 인정할 수 없다. 아주 오래전의 일인데, 누이가 학교 앞에서 병아리 몇마리를 사왔다. 그중 한마리가 살아남았으니 녀석의 이름은 삐약이였다. 그러니까, 녀석은 이름이 있었다. 우리가 녀석에게 이름을 부여한 이후에 똑똑해진 것인지, 아니면 원래 지능이 탁월했던 것인지, 그도 아니면 원래 닭이란 존재가 높은 지능을 가지고 있는지 모르겠지만 이름뿐만 아니라 녀석은 실제로도 우리 집의 막내다웠다. 놀랍게도 녀석은 식구들의 서열을 모두 기억하고 있었다──어머, 우리 강아지 뽀삐가 아빠의 권위를 알아보네 하고 놀랄 필요는 없다. 닭도 충분히 그러니까. 애완견이 영리하다고 칭찬하려거든 적어도 은행 입출금을 시킬 수 있거나, 슈퍼에서 태양초 든 고추장과 안 든 고추장 정도는 구별해내야 한다고 나는 믿는다.

삐약이는 식구들의 서열과 관심도에 따라 적절히 애정을 나누어주었다. 특히 아버지가 밤에 대취해서 들어오실 때마다 주인집이 깨지 않도록 적절하게 짖어서(?) 우리의 주의를 환기시켜 주었다. 그의 일과는 매우 일정했다. 마당에서 아주 의젓하게 벌레를 잡고,

밤이면 주인집의 눈치를 피해 부엌의 소쿠리에 기어들어가 잤다.

문제는 녀석이 너무 똑똑했다는 것이다. 여섯 식구 가운데 다섯 식구가 외출할 때까지만 해도 마치 소 닭 보듯 마당에서 놀다가 마지막 여섯번째 식구가 문을 열고 나가려면 난리가 났다. 새벽이 아닌데도 닭 모가지 비트는 소리—표현이 미안하구나—를 내고 요란스럽게 활개를 치면서 대문을 막아섰다. 여섯번째 식구에게는 육탄돌격도 감행해서 제법 날카로운 발톱으로 손등을 할퀴기도 했다. 겨우겨우 삐약이를 떼어내고 대문을 닫고 나서면 골목 어귀까지 먹따는 소리가 들려서 나는 심통맞은 주인집 아낙이 진짜로 목을 비틀어버리는 것이 아닌가 하고 몇번이고 집으로 되돌아가기까지 했다.

파브르 곤충기와 씨턴 동물기에 심취했던 내 친구는 제법 멋진 해석을 내렸는데, 삐약이가 자신을 사람으로 착각한다는 진단이었다. 그럴 만했다. 누가 뭐래도 녀석은 막내처럼 굴었다. 특히 막내인 여동생을 보면 고개를 옆으로 툭툭 꼬면서 비웃듯이 외면한다거나 여동생이 여섯번째 식구로 외출할 때는 형식적인 배웅행사를 치름으로써 서열에 대한 도전의욕을 내비치곤 했으니까.

삐약이가 털갈이를 다 해서 뻣뻣하면서도 기름기가 잔뜩 밴 의젓한 깃털이 수북하게 나올 무렵, 올 것이 오고 말았다. 주인집에서 마당의 닭똥에 대해 불평을 늘어놓기 시작한 것이다. 덩달아 삐약이를 노리는 고양이패들이 집 주위를 어슬렁거리는 것에 대해서도 심각한 걱정을 했다. "글쎄 재수없게 검정고양이까지 오잖수, 애기 엄마."

삐약이와 이별할 날이 왔다는 것을 알았다. 다행히도 닭목 잘 비트시던 아버지조차 집에서 기르던 짐승인지라 아무 말씀이 없으셔서 그간 생명을 부지할 수 있었다. 그 덕에 학교 갔다가 돌아와서 먹은 맛있는 고깃국이 워리나 메리의 살점이었더라는 식의 슬픈 동화는 생겨나지 않았다. 삐약이는 곱게 자기가 자던 소쿠리에 담겨 심심풀이로 닭을 여러마리 치던 경기도의 큰집으로 이민 갔다. 여담인데, 녀석은 참혹한 최후를 맞았다고 한다. 목격한 사촌 형에 의하면, 닭장에 넣자마자 녀석은 촌놈들 무리를 무시하는 듯한 태도를 보였고, 이내 몇마리의 거친 수탉들의 부리 공세를 받고 허망하게 삶을 마감했다. 워리나 메리를 잃은 것과 같은 슬픔이 밀려왔던 기억이 난다.

삐약이의 생애 가운데 중요한 조연으로 등장했던 우리 아버지는 닭고기를 사랑하셨다. 돼지나 소도 좋아하셨겠지만 뭐, 그 시절 다들 주머니가 그랬으니까. 식구들의 뺨이 푸석해지고 고기 좀 먹어야 할 것 같은 시기가 오면 아버지는 내 손을 잡고 시장에 가셨다. 그때는 닭집과 얼음집, 기름집이 나란히 있는 게 서울 변두리 시장의 전형이었다. 아버지는 두어개가 경쟁하듯 붙은 닭집 가운데 인상 좋아 보이는 주인이 운영하는 곳을 즐겨 찾았다. 담배를 한대 물고 닭장에 들어서선 닭들을 슬슬 쩨려보셨다. 식구들의 얼굴에 핀

마른버짐을 완화해줄 적임자를 찾는 눈빛이었다. 아버지는 그때 프로 같았다. 위인이 순하고 모질지 못하다는 어머니의 평과는 사뭇 다른 사람이었다. 아버지의 손가락이 지목한 닭은 목이 날아가고 털 뽑는 기계로 던져졌다. 그러고는 커다란 나무 도마 위에서 배가 갈려 내장을 드러냈다. 나는 그때 해부학의 기초를 배웠다. 콩팥이 정말 콩이나 팥같이 생겼다는 것도 알았고, 모래집을 칼로 잘라 그 안에 든 노란 모래를 구경하기도 했다. 이런 과정이 아예 우리 집 부엌에서 이루어지기도 했다. 닭 잡는 몇푼의 '도축비'를 아끼려는 의도였는지, 아니면 더 싱싱한 닭을 식구들에게 먹이려는 욕심 때문이었는지는 잘 모르겠다. 물을 뜨겁게 데우고 칼을 갈면서 아버지는 모처럼 남자다워 보였는데, 아마도 그런 의도로 집에서 손수 닭을 잡으셨던 것 같기도 하다. 닭백숙을 해서 식구들에게 마지막 살점까지 알뜰하게 나눠준 후 아버지는 닭모가지에 붙은 살점을 뜯었다. 어허! 이놈 참 실하네, 뭐 이러면서. 아버지는 모처럼 위엄이 있어 보였고, 아버지 옆에 앉은 어머니가 참 새색시 같다는 생각도 들었다.

동물의 어린 것을 인간은 따로 이름 지어 불렀다. 가오리는 간재미, 열목어는 팽팽이, 명태는 노가리, 방어는 마래미다. 삼치는 고시이며, 청어의 새끼는 굴뚝청어다. 호랑이는 개호주이며, 꿩은 꺼병이이고 곰은 능소니이다. 어린 것은 이름만 다른 것이 아니라 맛도 그렇다. 그 지방과 고기에 충분히 맛이 깃들지 못한다. 풍만한 맛을 선사하는 지방은 아직 성숙하지 못해 겉돌고, 단백질에는 아미노산 구성이 엉성할 뿐이다. 그래도 사람들은 어린 것에 열광하곤 한다. 오직 혀에 닿는 공기 같은 질감, 씹으면 치아에 닿는 연한 조직감, 그리고 아마도 사람의 유전자에 있는 듯한 '부드러운' 것에 대한 열망을 사랑하기 때문인 것 같다. 어린 돼지의 배를 가르면 아직 맛이 충분히 올라오지 않은 엉성하고 가련한 삼겹살이 드러난다. 한번은 어린 돼지─물론 배 속에서 갓 꺼낸 것 같은 어린 녀석은 아니고, 3개월 정도 자란─를 사서 여러가지 육가공품을 만들었다. 등심과 갈비는 수직으로 잘라 뼈가 붙은 멋진 스테이크감을 마련했다. 혀에서 살살 녹았다. 안심은 연하다 못해 씹으면 스르륵 녹아 없어지며, '부드러운' 것의 절정을 보여줬다. 그러나 돼지에서 가장 인기있는 부위인 삼겹살은 형편없었다. 선명한 백색과 붉은색이 교차하는 그런 삼겹살이 아니라, 연분홍색이 희미한 고기 부위가 층을 이루려다 만 듯했을 뿐이었다. 이런 것은 굵은 천일염과 허브를 쳐서 숙성시켜봐야 맛있는 베이컨이 될 수 없다. 기름에 맛이 배어 있어야 좋은 베이컨이 된다. 어린 돼지는 기름과 고기의 밀도가 떨어져 감칠맛을 내지 못한다.

한국은 아직 대중적으로 어린 돼지나 소를 유통하지 않는다. 닭은 영계를 흔히 볼 수 있지만 말이다. 각별하고 개인적인 미식을 충족시키는 그런 동물을 공급하기에는 아직 우리는 미식의 단계에

와 있지 않은 것일까. 고기든 곡물이든 질보다 양인 세기를 건너온 지가 얼마 되지 않은 셈이다. 진안 지방의 명물로 애저탕이 있다. 어미 배 속에서 꺼낸, 그러니까 태중의 미숙아를 삶아서 먹는 이 놀라운 육식습관은 몇몇 지방에서 특산물이라는 이름으로 법적인 통제에서 벗어나 있다. '크게 키워서 식량 증산에 기여하라' 같은 교조적 통제 말이다. 어린 돼지를 먹는 문제에 걸린 윤리적 해석을 떠나 음식의 다양성만으로 보면, 애저탕은 우리 곁에 그냥 놓여 있어도 될 것 같다.

윤대녕이 절망했던 새끼돼지 요리는 어쩌면 인간의 카니발리즘적인 식습관의 다른 분출 같기도 하다. 카니발리즘에서는 대체로 다른 부족의 어린것을 먹는 것이 가장 수월했을 테니까. 스페인 쎄고비아 지방에서 성행하는 어린 돼지 요리 꼬치니요 아사도(cochinillo asado)는 문자 그대로 '새끼돼지 구이'란 뜻이다. 이 요리의 맛은 오직 바삭한 껍질에 있다고 해도 과언이 아니다. 특별하게 고안된 화덕에서 장작으로 구운 꼬치니요는 훈연향이 껍질에 고루 배고, 씹으면 마치 과자처럼 바삭하게 부서진다. 이에 닿는 촉감으로 맛의 등급을 표현할 때 쓰는 '겉은 바삭하고 속은 촉촉한'의 명제에 가장 충실한 요리다. 지구상의 수많은 제빵사들이 그런 빵을 구우려고 노력하는 것처럼 말이다. 껍질은 포크로 툭 치면 부서질 듯 갈라지고, 그 속살은 약간의 기름을 먹어 부드럽게 녹는다. 돼지고기가 연상시키는 그 어떤 냄새도 포함하고 있지 않다. 살은

마치 푹 삶은 닭백숙처럼 부드럽게 녹는다. 이 어린 돼지의 껍질은 초대받은 손님에게 가장 많은 몫을 내주는 게 관습이다. 왜냐고? 가장 맛있는 부위니까.

껍질을 바삭하게 굽는다는 건 쉬운 일이 아니다. 이 대목에서 묘한 감정의 동요가 인다. 그건 닭고기와 달걀의 조합으로 만드는 일본의 덮밥 오야꼬동을 연상시키는, 동족 동시 요리쯤 되는 인간의 요리법 때문이다. 오야꼬동(돈부리)은 한자로 '親子井(친자정)'이라고 쓴다. 일본의 거리 식당에서 이 한자 메뉴를 발견하면 나는 종종 흠칫 놀라게 된다. 이 소름 돋는 작명법 또한 일본인 특유의 정서로 읽힌다. 어쨌든 껍질을 바삭하게 굽기 위해서는 '어른돼지'의 비계가 필요하다. '친자'는 아닐지언정 동족의 기름을 뒤집어쓰고 바삭해지는 새끼돼지 껍질이 흔쾌한 것만은 아닌 것 같다. 그러나 그 껍질의 '파삭한' 질감을 맛보게 되면 얘기가 달라진다. 혀처럼 간사한 존재가 어디 있으랴. 어른돼지 껍질로는 절대 그런 파삭한 과자의 질감을 만들 수 없으니 결국은 새끼돼지를 잡아야 하는 것인가—마포 껍데기집에서 볼 수 있는 그런 피부로는 파삭한 질감이 절대 안 나오니 시도도 하지 마시라.

그렇지만 새끼돼지 요리는 어쩌면 조금 더 자연과 생명에 대해 경건해지는 요리라고 강변할 수도 있다. 생각해보라. 새끼돼지는 부위별로 잘려 예쁘게 랩으로 포장한 멋진 '제품'과는 다른 원시성을 그대로 가지고 있지 않은가. 그걸 징그럽다고 하는 건 그야말로 눈가리고 아웅 하는 거다. 어차피 먹는 것은 인류의 숙명, 게다가 육식 또한 원시적 습속인 바에는. 돼지가 어른으로 성장한다고 해도 결국은 자기 수명의 20분의 1쯤 살 뿐이라고 위안해보는 수밖에.

스페인의 전통적인 새끼돼지 요리는 크기가 5킬로그램 정도인 어린 돼지를 고른다. 재료라고는 앞서 말한 어른돼지의 기름과 월계수잎, 마늘과 소금이 고작이다. 도기에 월계수잎을 깔고 돼지를 올린 후 비계를 얹어 맛을 더한다. 마늘을 으깨어 돼지 피부에 문지른 후 화덕에 은근히 굽는다. 마지막으로 불을 더 낮춰 천천히 익히는데, 수분이 달아난 껍질이 누룽지처럼 바삭하게 익는다. 전통적으로 스페인에서는 이 요리를 시키면 노련한 웨이터장이 직접 써빙한다. 커다란 포크와 칼로 배를 가르고 손님 숫자에 맞춰 접시에 나눠 담은 후 껍질을 다시 분배해준다. 윤대녕의 접시에도 그 고기가 놓여 있었을 것이다.

이딸리아도 새끼돼지 통구이를 먹는다. 스페인의 그것보다 훨씬 커서 30~40킬로그램짜리가 주로 쓰인다. 보통 이틀에 걸쳐 요리하는데, 고기가 크므로 허브와 마늘을 으깨서 피부에 발라 맛을 들이고 숙성하는 과정이 필요하기 때문이다. 원래는 포도나무 가지와 참나무를 때서 천천히 굽는데, 현대에서 이런 요리법은 약간의 낭만으로 포장한 장터에서나 볼 수 있다. 전통을 고수하는 걸 즐기는 이딸리아에서조차 이제는 그런 사례를 보기 힘들다.

이딸리아의 새끼돼지 쌘드위치는 장날에 모인 장꾼들의 정서를 한데 그러모으는 향수음식이다. 심지어 엄격하지 않은 채식주의자까지 기름이 뚝뚝 흐르는 그 쌘드위치를 들고 친구들과 이야기를 나눈다. 그걸 먹는다는 건 공동체의 연대, 씨족 간의 혈연을 확인하는 방법이기 때문이다. 쌘드위치 사이에는 어떤 쏘스도 없다. 그저 로즈메리 향이 고기에서 피어오르고, 그득한 기름이 쏘스 역할을 한다. 입가에 번들거리는 기름기를 빵 거죽으로 닦아내며 먹어야 제맛이다. 누군가 이딸리아의 빵은 최악이라고들 한다. 나는 그 이유를 알 것 같다. 빵이 맛있으면 요리가 죽는다던 어느 할머니의 말에 나는 동의한다. 요리의 맛—돼지 쌘드위치에서는 기름기 흐르는 돼지고기—을 살리기 위해 빵 따위는 죽어버리는 것이다. 멋을 위해 무엇이든 포기할 수 있는, 정녕 이딸리아다운 빵 아닌가.

새끼돼지를 먹는 건 우리 식생활에도 있다. 제주의 애저회가 그것이다. 토박이의 음식은 외부인의 시선으로 볼 때 엽기로 느껴질 때도 있다. 모든 문화는 상대적이다. 스테이크만 먹을 것 같은 이른바 문명국가의 선두라는 유럽에서 먹는 음식의 각색(各色)은 그 면면이 낭자하기도 하다. 유럽에서 광우병 사태가 벌어졌을 때 나는 하필 현지에서 일하고 있었다. 소고기를 저어하게 되자 말이 등장했다. 원래 말고기는 그들의 기호품 중의 하나이기도 하다. 고기까진 좋았는데 뇌를 쓰는 것이었다. 원래 송아지 뇌는 유럽 요리에서 중요한 요리 재료다. 송아지 뇌가 두려우니 말을 동원한 것이다. 인간의 그것과 아마도 비슷한 크기와 모양의, 선명하고도 붉은 빛의 주름들, 회백색의 뚜렷한 조직들이 눈에 들어 조금은 괴로웠다고 해야겠다. 음식에 있어서 지구와 인간의 역사에서 부끄러운 것은 존재하지 않는다. 굳이 설명하지 않아도, 먹어야 살도록 진화한 생명의 한 현상인 까닭이다. 그래서 나는 그 뇌를 익혀서 갈아 쏘스를 만든 요리를 천연스럽게 먹어치웠다. 인간은 희생물을 더 철저하게 먹어야 한다. 그래야 덜 죽이게 되기 때문이다. 이것은 소설가 한창훈의 낚시론이기도 하다. 일단 낚으면 알뜰하게 먹는다. 그럼으로써 덜 낚게 된다는. 어쨌든 제주 동문공설시장에서 만난 애저회도 딱 그 느낌에서 별로 벗어나지 않았다. 연한 글루탐산의 맛과 비릿한 어린 조직의 모자란 맛, 그리고 참기름과 매운 양념의 맛이 전부였다. 거기서 생명이 태동하는 맛이라든가 저 원시의 태반에서 헤엄치던 자유의 질감을 생각한다는 건 과잉일 테다. 술안주로 가오리무침과 자리물회를 잘하는 희정식당의 주인은 올해 일흔이 다 되어가는 박춘희 씨다. 전라도 고흥 녹동에서 시집와서 제주 사람으로 산 지 쉰해다. 이곳 시장에서 장사를 시작한 것은 30년 전이다. 익숙한 솜씨로 애저회를 만다.

"시장에서 가져와. 다 곱게 갈아서."

제주 말로 새우리라고 부르는 부추에 마늘, 후추, 풋고추와 생강, 식초와 참기름 등 갖은 양념으로 여러 맛을 더하고 달걀도 넣는다. 아마도 '영양'과 밀도를 내기 위한 것인 듯하다. 현대 한식당의 비밀무기인 사이다도 좀 넣고 휙, 젓는다.

"끝이야. 들어봐."

곱게 간 참치회에 양념 뿌려 먹는 맛이랄까. 지방의 맛이 더해져서 버터를 조금 넣은 것 같다. 혀뿌리에 은근한 비린 맛을 남기고 지나간다. 육것의 '회'니까 당연하다. 그 맛을 지우려고 온갖 양념을 넣는 것이다. 먹을 것 적고 영양물 모자라던 시대의 유산이란 것을 그대로 깨닫겠다. 당연히 요즘은 거의 먹지 않는다. 제주 향토음식이라면 명물일 것인데, 아마도 보존이랄까 그런 조치를 취하지 않으면 사라질 음식이다. 그다지 맛으로 호소하는 부분이 별로 없기 때문이다. 게다가 혐오와 동정이라는 미묘하고도 무신경한 시선이 존재하는 탓이기도 하겠다.

"이것이 제주 해장음식이야. 제주는 바람도 씨고(세고) 맛도 까칠까칠해. 별미로 먹기도 했어. 남자들 음식이지."

정력에 좋다는 뜻이다. 어린 것을 통째로 먹는 건 모든 영양을 고스란히 받아들여 정(精)을 수렴하는 취식행위로 이어졌다. 그것은 남성중심 사회의 흔적이기도 하다. 이제 그런 역사는 사라지려는가. 제주에서도 애저회를 먹을 수 있는 곳은 드물다. 시장에서 애저를 대는 집을 찾았더니 달랑 하나고, 그나마 가져가는 집이 없어서 어쩌다가 판다고 한다. 애저는 전라도에선 태어난 지 몇달 안된 젖안 뗀 새끼를 의미하지만 제주에선 태중의 것을 말한다. 돼지를 잡았는데 우연히 발견하게 된 어린 돼지다. 굽거나 삶기에는 부족한 것을 그대로 다져내어 먹는 풍습이 생겼을 것이다. 과거에 버릴 음식이 어디 있었겠나. 이 음식은 겨울에 많이 먹었다. 돼지는 아무래도 겨울에 잡는 가축이었기 때문이다. 탕을 하면 밥도 말고 그저 훌훌 마시기도 한다. 소주 안주로 좋다고 한다. 주인 박씨는 한마리를 1만 2천원에 받아다가 2만원을 받고 판다. 장사로 치면 남는 게 없다. 그래도 찾는 이들이 있으니 팔고 있을 뿐이다. 문에 메뉴를 써 놓았는데, 그저 '새끼회'다. 애저란 말도 기실 민중의 말은 아니었을 것이다.

닭이나 돼지만 어린 것을 즐기지는 않는다. 어린 양과 말, 소도 어김없이 사람들의 식탁에 오른다. 야들야들하고 한없이 부드러우며 씹자마자 녹아버리는 질감——풍미를 희생하면 질감을 얻는다——을 우리에게 제공한다. 한국에서도 어린 양과 송아지 고기를 먹을 수 있다. 물론 대개 수입 고기다. 닭이나 돼지와 달라서 소와 양은 어린 것을 먹는 이유가 조금 다른 각도로 보이기도 한다. 돼지나 닭은 젖을 사람에게 바치지 않는다. 그러나 소와 양은 젖을 내어주고, 그것은 서양인들이 아끼는 치즈가 된다. 그러나 운 나쁘게도, 그것이 자연의 섭리겠지만, 절반의 개체(수컷)는 젖을 만들 수 없다. 그런 소는 결국 고기로 팔리는 운명에 처한다. 다만 그것을 크게 길러 먹느냐, 어린 상태에서 먹느냐의 차이뿐이다. 우리는 '육우'라는 이름으로 젖소 수컷을 크게 길러 먹는다. 그러나 그 무엇도 그 소의 수명을 보장하는 것은 아니다. 불과 2년이면 도축장에서 전기충격기 세례를 받는다. 소의 수명이 얼마냐고? 「워낭소리」에 나온 소가

96

마흔살이 넘었다는 사실을 기억하시라.

서양에서는 도축이 자유로워 송아지를 잡는다. 송아지는 아직 세포가 어려서 고기가 분홍빛을 띤다. 모든 것이 사람의 미각과 경제적 효율에 맞춰 움직이는 지구에서 송아지고기는 두가지를 충족시켜준다. 살살 녹는 연한 고기의 맛, 그리고 젖도 얻지 못할 존재는 일찍 마감시켜주는 경제적 효율 말이다.

사람들은 무자비해서 송아지고기 중에서도 아직 젖도 안 뗀 녀석들을 더 사랑한다. 감별을 마친 수평아리를 그대로 살처분하는 것보다는 나은 처사라고? 그럴지도 모른다. 어쨌든 오늘도 어린 생명이 식품이 되어 사람의 입에 들어간다. 한식에 죽으나 청명에 죽으나 매한가지인가. 아니면 육식에도 어린이와 여자는 공격하지 않는다는 제네바협정 같은 인간의 윤리적 잣대가 있어야 하는 것일까.

10.
참깨는
싫어
요

"호홋, 참깨는 싫어요."

Y의 입맛은 독특해서 음식에 뿌려진 참깨는 절대 먹지 않았다. 그녀의 식성을 아는 주변 사람들은 함께 식당에라도 갈라치면 주문과 동시에 이렇게 외쳐야 했다.

"참깨 빼고요."

제육볶음이나 비빔국수, 냉콩국수 따위처럼 참깨를 치는 요리는 그렇게 방어를 하면 됐다. 문제는 전혀 엉뚱한 참깨의 공습이었다. 이를테면 짜장면이나 짬뽕에도 뿌려 내는 데는 당해낼 재간이 없었다. 최악의 깨소금 레시피라고 할 만한 요리도 있었다. 물김치에 뿌린 참깨를 본 적이 있는지. 남도식의 젓갈 많이 쓴 김치에 뿌린 참깨는 나름 그 몫을 하는 것 같지만, 아아 저주받은 물김치라니. 시원하고 아삭해야 할 물김치에 참깨라니.

그래서 그녀 주변의 모든 이들은 아예 모든 주문에 반드시 '참깨 배제'를 외치기로 작정하였던 것이다. 심지어는 근사한 호텔 식당에서조차 한 녀석이 이렇게 물었다.

"저, 스테이크에는 참깨 안 들어가나요?"

녀석이 그처럼 모자란 척 궁상을 떤 건 아마도 그녀를 좋아했기 때문이리라고 나는 믿는다. 어느날 함께 추어탕집에 가서 그가 이

랬기 때문이다.

"저, Y, 들깨는 괜찮지?"

'깻잎은 괜찮지?'라고 하지 않은 게 다행이라고 해야겠다.

참깨를 디저트처럼 즐기는 사람들, 말하자면 나 같은 이들은 절대 이해할 수 없는 Y의 식성이었다. 식사를 마치고 한두시간 후 우연히 잇새에 낀 참깨가 잘근 씹힐 때의 그 고소함이란 뜻밖의 횡재 같은 것이기 때문이다. 내 말에 동의해줄 사람들이 많다고 믿는다. 고춧가루나 김치쪽이 나오는 것과는 도저히 비교할 수 없는 그 충만한 고소함을 기억한다면 말이다.

물론 나는 참깨를 잘못 쓰는 것은 그야말로 조용한 기차 객실에서 요란하게 울리는 휴대전화 벨소리의 소요(騷擾) 같은 거라고 생각한다. 마구 뿌리는 참깨란 지하철의 '응, 난데' 하는 소음 같다. 없었으면 하는데 갑자기 정적을 깨고 나타나 판을 깨는 요수다. 누구는 참깨야말로 카레에 곁들인 김치라고도 말한다. 카레의 향을 은근히 즐기고 싶어도, 김치 한쪽을 곁들여 반찬으로 먹고 나면 강렬한 카레의 맛조차 김치 맛으로 수렴되고 마는 것처럼 참깨가 들어가면 모든 음식의 향과 맛이 참깨로만 남는다. 참깨는 나타나야 할 때 있어야 존대받는 양념이다.

우리는 Y가 참깨를 싫어하는 이유를 궁금해했다. 물론 물어본 적도 있다. 그녀가 배시시, 참깨 깨문 것 같은 웃음만 짓고 말았으므로 더이상 묻지 않았다. 그러니 온갖 추측이 오갈 만했다. 누구는 그녀가 어린 시절 머리에 이가 있었기 때문이라는 전혀 엉뚱한 추측까지 해댔다. 참깨와 이가 닮았기 때문이라나 뭐라나. 심지어는 Y의 첫사랑과 참깨를 결부시켜 상상력을 동원하는 이도 있었다.

Y가 우리에게 참깨를 싫어하는 이유를 비친 건 그날의 술자리였다. 술자리의 끝이 늘 그렇듯 사람들은 무언가 비밀을 털어놓지 못해 안달을 한다. 술이 잔뜩 오른 일행은 마지막 안주를 시키면서 '참깨는 빼고요' 외치는 걸 잊었던 것 같다. 땅콩쏘스 연어쌜러드에 참깨가 솔솔 뿌려져 있었다. Y가 흑, 어깨에 목을 파묻는 걸 나는 흐릿한 눈으로 보았다. Y는 울고 있었던 것 같다. 그렇더라도, 누가 그 눈물이 참깨 때문일 거라고 상상이나 했겠는가. 참깨 따위는 넣지 말아줘요,라고 미리 말하는 걸 까먹었음을 생각해낸 나는 "Y, 참깨…… 미안하네"라고 말했다.

"참깨보다는…… 후리까께가 싫은 거겠죠."

70년대에 학교를 다닌 사람에게는 '도시락 다시다'라는 이름으로 더 익숙한 그 일본식 양념을 Y가 말했다. 내가 눈치가 빨랐다면 Y의 일본 유학 시절을 생각해냈을지도 모르겠다. 후리까께는 일본에서 먹는 것이니까. 후리까께는 참깨와 말린 김가루 따위로 이루어진 일본 특유의 양념이다. 주먹밥이나 도시락에 뿌려 먹는 이 양념을 Y도 많이 먹었던 모양이다. 그러나 Y는 후리까께, 아니 참깨에 얽힌 이야기를 더 들려주는 걸 거부했다.

그 자리 이후로 꽤 오랜 시간이 흘렀다. 참깨나 후리까께 따위는 잊어버린 지 오래였다. Y를 시내에서 우연히 만나기 전까지는. 차라도 한잔, 주문대에서 내가 막 돈을 꺼내들고 무얼 마실 거냐고 물었다.

"까뿌치노! 아, 계핏가루는 빼고요."

아마도, Y가 후리까께 뿌린 맨밥만 먹던 고단한 유학생활을 했다거나, 참깨 좋아하던 남자에게 차였다던가 하는 일은 모두 사실이 아닐 것 같았다. 그녀는 그냥 참깨가, 후리까께가 싫었을 뿐일 거라고 나는 믿게 됐다. 그건 묻지 않아도 알 수 있는, 말하지 않아도 느낄 수 있는 종류였다. 그녀가 '계핏가루는 빼고요'에 악센트를 심어 또박또박 말하는 걸 당신도 들었다면 말이다.


어린 시절, 어머니는 자주 가게 심부름을 시키셨다. 누구는 아버지 심부름해 오던 막걸리를 주전자째 한두모금씩 마시나가 집에 가기도 전에 취했다는데, 나로 말할 것 같으면 술만 빼고 뭐든 지분거리면서 돌아오곤 했다. 집에 따개가 없어서 통조림 식품을 사면 꼭 가게에서 따 가지고 왔는데, 꽁치 통조림의 비린 국물이 어찌나 맛있던지 집에 올 즈음에는 건더기 꽁치만 남아 있곤 했다. 심지어 미역도 한 귀퉁이를 몽땅 뜯어 먹은 채로 가져다드리곤 했고, 깨소금을 시키면 워낙 적은 양이라 조금씩 슬슬 훑어 먹어도 금세 티가 나서 야단을 맞곤 했다. 그때는 참깨가 정말 귀해서 아무 데나 뿌리지 못했다. 무침이나 볶음 요리에 슬쩍, 뿌린 듯 만 듯 주재료에 향을 더하는 정도에 그쳤다. 참깨 대신 참깨 모양의 밀가루 튀김을 입힌 엿이나 강정이 등장한 것도 그만큼 참깨가 귀했다는 증거다.

시절이 변해서 참깨가 '참' 자를 떼야 할 만큼 시중에 흔해빠진 재료가 되면서부터 식당의 참깨 만행이 시작되었다. 여전히 비싸고 귀한 참깨였다면 아무 데나 뿌리지는 않았을 테니까. 중국이 개방되고, 보따리 장사꾼들이 인천으로 들어오는 페리를 타고 한자루씩 참깨를 가져오면 여비가 빠진다는 얘기가 돌던 때였다. 이제는 중국산 참깨만 해도 귀한 존재가 됐다. 북아프리카 수단산 참깨가 시장을 점령했다. 참깨의 원산지 속이기는 독특한 구조를 갖고 있다. 수입산이 국산으로 둔갑하는 게 아니라 수단산이 중국산 정도로 바뀌는 것이다.

수단의 참깨밭을 본 적은 없지만, 나의 상상력은 수단의 사막에서 시작된다. 끝도 없이 펼쳐진 사막 언저리에 모래바람이 불어치고, 검은 피부의 수단 농민들이 참깨 농사를 짓는다. 비싸게 팔리는 참깨 농사이니 제법 즐거운 상상인데, 실상은 그렇지도 못하다고들 한다. 이 지역의 참깨는 대부분 빈 라덴의 자금줄이 되는 대형 농장의 소유라는 말이 있다. 사실이야 어떻든 윤기 흐르고 고소한 참깨의 스토리치고는 거북하고 어색하기만 하다. 농민들이 곁다리 농사로 조금씩 지어서 됫박이라도 거두면 요긴하게 살림에 보태 쓰던 그런 가용의 참깨는 어디로 간 걸까. 기름을 짜든 깨소금을 만들든 귀하디귀해서 그 맛이 혀에 더 오래 남고 코에 더 풍요롭던 기억이 마른 깻대처럼 스러져간다.

씨칠리아에서 참깨를 다루던 때가 있었다. 거칠고 메마른 씨칠리아의 땅은 오히려 참깨 농사를 짓기에 적당했지만, 참기름을 먹지 않는 이딸리아 사람들에게 참깨의 소용은 그리 다양하지 않았다. 나는 참치와 쇠고기 요리에 참깨를 쓰곤 했다. 참치, 주로 황새치에 참깨를 묻혀 구워 냈다. 핏기가 강한 붉은 황새치 살은 잘못 구우면 혀가 아리도록 역한 맛이 나는데, 참깨를 묻히면 고소하게 맛을 풀어주었다. 등심에 참깨를 쓰는 것도 그랬다. 결코 보편적인 요리법이 아니라서 이딸리아 사람들도 이런 요리법에 흥미를 나타냈다. 참깨란 아이들 만화영화 제목—쎄서미 스트리트—에나 나오는 것으로 알고 있었으니까. 모양내기 좋아하는 요리사들은 검은깨와 흰깨를 절반씩 섞어 색의 극적 대비를 즐겼다. 그러면서 요리 초보이던 내게 뻐기곤 했다.

"어이 동양 친구, 이런 요리 본 적 있나."

내가, 참깨라면 웬만한 이딸리아 도시 인구가 평생 먹을 만큼 먹었다고 하면 녀석이 믿을 것 같지도 않아서 그냥 웃었다. '그래, 한국에 갈 일이 생기거든 말야, 이왕이면 한국 국적기를 타고 기내식으로 비빔밥을 맛보라구. 참기름을 듬뿍 넣어서 말야. 통깨와 깨소금과 참기름을 넣은 삼단 콤보 참깨 비빔밥도 있단다.'

11.

버릴 건 하나도 없어, 닭

오랜만에 A가 전화를 걸어왔다. '비장의 닭꼬치'를 사주겠다는 전갈이었다. 워낙 전세계를 떠도는 자칭 '스페이스 마도로스'라 뜬금없는 연락이었다. 요즘같이 사람들의 관계망이 촘촘한 세상에 그는 드물게 그물 밖에 존재했다. 막 일본에서 돌아왔노라고 했다. 언젠가, 궁핍한 요리사 시절 그의 일본 집에 들른 적이 있다. 그도 역시 곤궁의 세월을 보내고 있던 때라 서로의 몰골이 볼만했다. 그는 화과자점에서 일한다고 했다. 주인의 사랑을 듬뿍 받는다고 자랑이 대단했는데, 그건 순전히 그의 오줌보 크기 때문이었다. 4시간의 작업시간 동안 한번도 화장실에 다녀오지 않는다고 했다. 화과자는 쉼 없이 돌아가는 컨베이어에서 생산되는데, 누군가 자리를 비우면 공정을 멈춰야 한다. 그래서 오줌보가 돼지처럼 큰 직원이 필요했다.

"일본말은 하나도 늘지 않았어. 내 왼쪽엔 중국인, 오른쪽엔 이란 사람이 일하거든."

여인숙비가 아쉬웠던 나는 그의 집에서 하루 묵었다. 육군 중사 출신의 사감이 지키는 한국인 집단 기숙사였다. 값이 싸서 가난한 유학생들이 몰려드는 토오꾜오 변두리의 양계장 같은 건물이었다. 그의 방에 들어서서 나는 찔끔, 눈물을 흘려야 했다. 펼친 신문지

두장만 한 방은 벽으로 접어 올릴 수 있는 책상 하나와 비키니 옷장이 유일한 가구였다.

"잠만 자는데 어때."

그는 대수롭지 않게 얘기했지만, 나는 그날밤 잠을 이룰 수 없었다. 말하자면, 감옥의 독방에 둘이 누운 격이었다. 도저히 어깨를 맞대고 누울 수 없어 서로의 발을 껴안고 거꾸로 누워 몸을 구겨넣었다. 잠을 이룰 수 없던 나는 자리에서 일어나 무릎에 고개를 파묻고 선잠을 잤다. 다음 날 공항으로 가는 열차 안에서 그는 피곤해 보였다. 그가 어느 환승역에선가 내리면서 뭔가를 던졌다. 꼬깃꼬깃한 5천엔짜리 지폐였다. 화과자 라인에서 로봇처럼 일하며 모은 돈의 일부였을 것이다. 그래, 이제 녀석에게 닭이든 뭐든 한번 대접해야 했다.

"그래, 비장(秘藏)의 닭꼬치가 뭔데?"

나는 그가 뭔가 숨겨놓은 닭요리 기술을 선보이는 줄 알았다.

"그게 아니고, 비장이란 특별한 숯이란다. 홍대앞에 그 숯으로 하는 닭집이 있어서."

지하의 어두컴컴한 닭꼬치집은 일본풍으로 만들어져 있었다. 그렇고 그런 이자까야거나 이른바 '야끼또리(燒鳥)'집이 아니겠나 싶었는데, 자리에 앉아서 요리사가 닭을 굽는 광경을 보니 이게 보통 정성이 아니었다. 자그마한 화로 하나에, 딱 거기 구울 만큼의 닭을 올리고 부채질로 익히고 있었다.

"저 화로에 비장탄이 들어 있다지 아마."

메뉴판에 보니 비장탄에 대한 설명을 해놓았다.

"졸가시나무로 만든 숯. 비장탄(備長炭, 빈쪼오딴)이란 일본의 숯 도가인 '비중옥장좌위문(備中屋長左衛門)'에서 유래했다. 톱으로 잘리지 않을 만큼 단단하고 완전연소에 가깝게 잘 타며, 오랫동안 화력을 유지한다. 최고급 숯불요리에 쓰는 희소 숯이다."

토오꾜오의 닭구이집에서 더러 숯에 부채질로 닭을 익히는 광경을 보긴 했지만, 서울에서 그걸 다시 볼 줄이야. 닭요리는 쉼 없이 새로운 부위가 올라왔다. 과연 경박단소(輕薄短小), 무서운 디테일의 일본식 요리였다. 손가락만 한 닭안심을 미디엄레어로 익혀 겨자 양념에 묻히는가 하면, 부산물을 난도질해서 만든 미트볼구이, 모래집구이가 은은한 숯불향에 부드럽게 씹혔다.

부위별로 재단된 닭의 거의 모든 부위를 다 먹이봤을 무렵, A가 요리 하나를 더 시켰다.

"이건 문자 그대로 비장의 요리일세."

기름이 줄줄 흐르고 지방이 뭉친 듯한 노란색의 덩어리가 몇점 접시에 올라왔다. 닭기름 그을린 향이 코밑을 적셨다.

"좋은 닭이 아니면 먹을 수 없는 부위지. 히뿌(ヒープ)라고 하네. 일본 사람들의 작명법이 참 대단하지? 흥."

닭 엉덩이에 뭉친 단단한 기름부위, 잘못 요리하면 누린내 때문에 절대 먹을 수 없는 지방 덩어리를 구워낸 것이었다. 기름기 많은

고기를 굽는 건 쉬운 일이 아니다. 기름이 불에 떨어져 휘발성의 검은 그을음을 만들어내고, 그것이 다시 고기에 훈연되어 고기 맛이 씁쓸해지고 못 먹게 되기도 한다. 야외 바비큐를 할 때 삼겹살을 잘못 구우면 낭패를 보는 것도 그런 까닭이다. 불땀이 겉으로 활활 일어나는 연료에는 절대 잘 구울 수 없다. 열을 속으로 감추고 은근히 뿜어내는 복사열로 구워야 맞춤하게 익는다.

우리는 입가에 번들번들 기름기를 묻혀가며 닭을 먹었다. A는 버릇처럼 화장실을 잘 다녀오지 않았다. 그는 아마 생맥주를 마셨던 것 같다. 나는 돼지 오줌보처럼 방광이 부풀면 어떻게 참을 수 있을까, 곰곰이 생각했다.

인류가 언제부터 닭을 길렀는지는 모르지만, 닭 없는 인류는 아마도 건조해서 푸석푸석했을 것 같다. 흔히 소는 버리는 게 하나도 없는 고마운 가축이라고들 한다. 닭도 그에 못지않다. 깃털은 침낭과 겨울 외투에 내주고, 모든 고기와 뼈는 물론이고 달걀의 껍데기까지 비료로 쓰인다는 건 다 안다. 닭발과 볏은 어떨까. 암탉이 알을 낳는지 수탉이 똥을 싸는지 관심이 없는 분들은 모르겠지만, 닭은 우리 곁에서 가장 많이 길러지고 먹히는 가축이다. 그 껍질조차 맛있는 음식이어서, 기술 좋은 요리사들은 닭껍질을 바삭하게 만들기 위해 기를 쓴다. 북경오리를 굽는 기술 중에 입으로 불어 껍질을 근육에서 분리하는 것이 있는데, 닭도 다르지 않다. 모가지의 피

부를 벌려서 입을 넣은 후 힘껏 불어서 껍질을 분리한다. 그러고는 버터를 넣어 껍질이 몸에서 떨어지지 않아도 바삭하게 구워지도록 한다. 폐활량으로 만드는 요리도 있는 것이다.

닭집 앞에 점집이 유행이라는 우스갯소리가 있다. 프라이드냐 양념이냐 결정하지 못하는 사람들을 위해 조언을 해준다는 것이다. 물론 '반반'이란 메뉴도 그래서 나왔을 것이다. 결정 장애자를 위한 편리한 메뉴다.

닭발에 매운 양념을 먹여 연탄불에 굽던 기억은 중년 이상이면 다들 가지고 있다. 찬바람이 옷깃 속으로 파고들던 그 겨울의 쓸쓸한 귀갓길에 포장마차가 없었다면 우리 아버지들은 추억거리조차 없었을 것 같다. 닭발은 가장 싼 안줏거리였고, 오래도록 오도독오도독 씹으며 소주의 쓴맛을 덜어냈다. 닭발을 바라보면 나는 살짝 경이롭다. 파충류를 닮은 저 발, 사람의 손을 닮은 저 발을 사랑하는 이가 많은 까닭이다.

나는 남도 여행 중에 먹었던 닭발을 잊지 못한다. 아마 해남 어느 언저리였을 것이다. 닭발을 뼈가 연해지도록 칼등으로 두드려— 그쪽 말로는 '쪼사서'—잘근거리게 만든 후 참기름소금을 뿌려 냈다. 아, 물론 날것이었다. 연골과 젤라틴이 많은 닭발의 껍질이 혀에 마구 뒤엉켜 씹을수록 진한 맛을 냈다. 흔히 닭회는 가슴살로 맛보는데, 닭발이 윗길 같았다. 연한 가슴살은 녹았고, 발은 씹히면서 맛을 냈다. 그 닭발은 마치 쇳물 속으로 사라지던 터미네이터의 마지막 팔뚝처럼, 명료한 이미지로 내 혀와 눈에 남아 있다. 아닌 게 아니라 많은 이들이 닭발이 사람 손을 닮았다고 젓가락을 대지 못한다. 그렇지만 당신이 맛있게 먹은 야채수프 한그릇이나 감칠맛 돌던 닭고기구이의 쏘스에 그 닭발이 쓰일 수도 있다는 건 아시는지. 언제부터인가 불닭발이 유행하면서 시중에서 닭발 구하기가 어렵다.

이딸리아에서도 닭발은 시중에서 쉽게 볼 수 없다. 이딸리아 특유의 거래 관습 때문이다. 우리처럼 닭발을 잘라 위생닭으로 유통되는 게 아니라 머리와 발까지 붙은 채로 팔리므로 발만 따로 시중에 나오는 법이 드문 것이다. 닭의 볏은 우리도 먹을 게 귀하던 시절에 음식재료로 썼다고 한다. 물론 지금은 시중에서 볼 수 없다. 그런데 이딸리아에서 닭볏을 만날 줄이야. 이딸리아 북서부, 알프스 밑의 삐에몬떼는 식도락의 천국이다. 치즈와 고기가 넉넉하고, 쌀과 임산물도 많다. 나는 거기서 요리를 배웠다. 연한 수탉의 볏을 튀겨 내는 요리를 맛볼 수 있는 지역도 아마 이 지역이 유일할 것이다. 닭볏을 잘라낸 후 화이트와인과 월계수잎, 마늘을 넣은 물에 살짝 삶는다. 부드러워진 닭볏에 빵가루를 묻혀 튀긴다. 고소하고 은근한 뒷맛이 있다. 뭐랄까, 한여름 함께 뛰어놀던 동무들의 이마에서 나는 살냄새 같은 것이 풍긴다. 드라이한 화이트와인에 곁들여 먹는다. 아니면 식초와 채소를 넣고 닭볏을 삶기도 한다. 그것은 전통요리이니까 사람들이 먹을 뿐, 그 자체로 아무런 맛이 없다. 먼

옛날 그렇게 해서라도 영양분을 얻었던 시절의 요리일 것이다. 살 살 녹는 기름과 살점의 시대에 닭볏으로 만든 요리는 더이상 고고 하지 않을 것 같다.

# 12

## 닮은 껍질과 내장의 요리다

　　　　　　　　　　　　　R은 내가 좋아하는 후배 요리사
다. 그는 우리나라 요리판에 몇가지 전설을 남겼는데, 그중 하나로
'천마리'라는 암호 같은 것이 있다. 군대 시절 매복호가 있던 마을
이름 같기도 하고 할아버지의 고향 같기도 한데, 그건 문자 그대로
'1천마리'를 뜻한다. R이 시내의 모 호텔에서 일할 때 하루에 무려
닭 천마리를 잡았다고 해서 생긴 전설이다. 요리판에서는 '잡았다'
는 표현이 살아 있는 무엇을 죽였다는 사전적인 의미가 아니라 그
냥 재료를 손질했다는 뜻이다. 어쨌든 그가 천마리의 닭을 손질한
경위는 이렇다.

　"위 요리사 R은 서울특별시 중구 소재의 모 호텔에 재직 중이던
19○○년 3월경, 상기 호텔 지하에 위치한 정육처리실에서 육계 일
천두를 지급된 주방용 도검을 이용하여 분할 및 처리한바 당 장면
을 목도한 상기 호텔 내 노무직원 다수(연령 및 주거 불상)가 혼절
하는 사태가 발생하였던 연고로 이는 미증유의 고속 처리 기술이
라는 평가를 받게 되었으며 차후 육계 분할 사유 발생 시 초치되어
지속적으로 당 업무를 수행하는 이유가 되었던바……"

　R의 닭고기 처리 기술은 그렇다 치고, 이 무슨 말도 안되는 문장
이냐고 할 것 같아 부연하자면 이렇다. 나는 한때 잡지기자로 일했

다. 일간신문의 사회부 기자는 아니지만 간혹 경찰서에 취재 갈 일이 있었다. 사기를 쳐서 고소당한 연예인을 다룬다거나 지존파를 잡아들인 형사반장을 인터뷰하러 가는 일 따위였다. 그 시절엔 기자들이 형사과에 무시로 드나들곤 했는데 사건기록을 보는 게 하나도 어렵지 않았다. 담당 형사 책상에 기록이 올려져 있으면 태연히 들고 복사기에 팍팍 돌리기까지 했다. 어떤 형사는 친절하게도 복사하거나 열람하기 편하게 '이 대목에서 저 대목까지가 하이라이트'라고 알려주기도 했다. 피의자 인권 같은 건 거의 없던 시절이었고, 심지어 기자들이 보는 데서 주로 잡범인 어린 피의자들은 뒤통수를 얻어맞기도 했다.

어쨌든 그런 기록물을 보다보면 일종의 쾌감을 얻곤 했다. 형사가 갱지를 끼워넣고 독수리 타법으로 쓴 글이 참 대단했기 때문이다. 예를 들어 A, B, C라는 세명의 인물이 술을 마시고 누굴 두들겨 팼다는 걸 그들은 이렇게 표현했다.

"……상호 불상의 무도주점(춤추는 주점)에서 맥주 27병을 분음코 만취상태에서 인접 취객과 시비가 발생하여 정권으로 흉부를 일차 가격당한 데 격분, 앙심을 품고 맥주병을 전도 파지 후 취객 D의 두부를 가격, 전치 4주의 상해를 입히고……"

혹시라도 모르실 분이 있을까봐 설명을 하자면 '분음코'는 '나눠 마시고', '전도 파지'는 '거꾸로 들고'가 된다.

R이 진짜로 닭 천마리를 하루 만에 처리했을 것 같지는 않다.

'천'이라는 숫자는 그저 '아주 많이'에 해당하는 것이니까 말이다. 그만큼 그는 귀신같은 솜씨가 있었나보다. 그는 닭 잡던 시절을 이렇게 설명한다.

"행님, 가슴살만 발라낼 때는 말이에요, 모가지를 꽉 잡고 가슴패기 있는 데를 칼로 쭉 그으면요, 왼짝 오른짝으로 가슴살이 나오죠. 이걸 칼을 45도로 눕혀 살을 발라내는데요, 단번에 안심까지 발라내는 기술이 생기더라고요. 다리는 관절에 정확하게 칼날을 넣어야 이쁘게 잘라집니다. 안 그러면 인대가 늘어져서 모양을 영 버립니다……"

문득 유해진을 스타덤에 올렸던 영화 「공공의 적」이 생각난다.


'앙꼬 없는 찐빵'이라는 말이 있다. 한국에서 파는 가슴살이 딱 그 모양이다. 닭은 껍질이 상수요, 고기는 하수다. 그런데 이상하게 가슴살의 그 아름답고 맛있는 껍질은 몽땅 어디론가 사라져버렸다. 헐벗은 가슴살에는 밋밋하고 푸석한 고기 맛만 남았다. 그게 껍질이되 그냥 껍질이 아니라는 것을 이 땅의 닭 공급업자는 모른다. 오직 바삭바삭하게 익힌 껍질을 먹기 위해 닭고기를 찾는다는 미식가들에겐 실망스러운 일이다. 오븐에서든 프라이팬에서든 잘 익힌 껍질의 맛이란!

생선구이도 껍질을 어떻게 익히는가에 맛의 비결이 숨어 있다. 껍질이 천천히 익으면서 수분과 기름을 내어주고 다시 그 기름에 껍질이 바삭하게 익는다. 영어로 크리스피(crispy)라거나 이딸리아어로 끄로깐떼(crocante)라고 하는 그 바삭함이다. 외국어지만 듣기만 해도 바삭한 소리가 들리는 듯 의성어의 느낌이 꽂힌다.

잘라낸 닭가슴살을 맛있게 굽는 법. 껍질을 살리고, 살은 최대한 퍽퍽함을 줄인다. 이는 양식을 전공하는 초보 요리사들의 첫번째 관문이 되곤 한다. 팬에 오리기름을 두르고—돼지기름을 쓰기도 한다. 오직 파삭한 닭껍질 맛을 돋우기 위함이다—껍질이 붙은 쪽으로 가슴살을 얹는다. 중간 불에서 노릇하게 지진 후 낮은 불에 천천히 익힌다. 그러면 닭껍질의 기름과 오리기름 또는 돼지기름이 뒤엉켜 푸르스름한 연기를 피워올리며 갈색으로 멋지게 익는다. 속살도 분홍의 복숭아 색깔로 익어서 그런대로 먹음직스럽다. 아아, 이렇게 맛있는 가슴살을 다이어트나 근육을 키우기 위해 껍질은 홀랑 벗기고 살만 푹 삶아 먹는 이들에게 위로를! 그들이 입에 욱여넣고 내뱉는 '닭가슴살은 퍽퍽해'라는 하소연에도 격려를!

닭껍질을 맛있게 살려서 통닭을 굽는 법이 있다. 기름을 발라 오븐에 천천히 구워도 좋지만, 이딸리아의 주부들은 비장의 솜씨를 부린다. 바로 삼겹살이다. 그 비싼 삼겹살을 닭 굽는 데 쓴다고? 주객전도 아냐? 천만의 말씀이다. 이딸리아에서 삼겹살은 그야말로 기름값에 불과하게 싸다. 삼겹살은 구워 먹는 고기가 아니라 양념이다. 베이컨이 그러하듯이.

커다란 닭을 사서 깨끗하게 씻은 후 물기를 닦아 커다란 오븐용

도기에 놓는다. 속에 버섯이든 무엇이든 이것저것 채워넣어도 좋다. 로즈메리와 레몬을 넣으면 닭의 누린내를 잡고 향긋한 냄새를 피운다. 얇게 저민 삼겹살로 닭을 친친 감는다. 그러고는 올리브유를 조금 뿌리고 오븐에 집어넣는다. 닭껍질에서 나오는 기름과 삼겹살의 기름이 지글지글, 껍질을 바삭하게 익힌다. 닭을 썰어 접시에 올리면 칼을 대자마자 껍질이 센베이 과자처럼 부서진다. 레몬즙이나 술술 뿌려 입에 넣으면 천국의 맛이 따로 없다. 잘 구운 닭고기는 어지간한 쇠고기 스테이크보다 맛있다는 사람도 있다. 그 '잘 구운'이라는 게 생각보다 큰 시련을 주는 말이긴 하지만.

닭은 누가 뭐래도 껍질과 내장의 고기다. 우리는 그 맛있는 두 부위를 버리고 얌전한 살코기만 슈퍼마켓에서 사들인다. 랩에 싸인 그 분홍색 고기에 미각을 흥분시키는 요소는 없어 보인다. 닭내장은 못 본 지 오래되었다. 포장마차의 쇠락 이후 모래집구이의 추억도 그 연기처럼 아스라하고, 닭내장탕을 파는 집은 수소문을 해야 할 지경이 되었다. 나의 청춘 시절은 늘 안주가 모자랐다. 새우과자나 심지어 몰래 훔친 초콜릿을 안주로 깡소주를 부었다. 지금은 이해할 수 없는 결핍으로 우리는 징징거렸다. 그러다 지전이 조금 생기면 모래내시장의 닭내장탕집으로 우르르 몰려갔다. 시장통의 질척거리는 통로를 뚫고 대로 쪽 은좌극장―그 은좌란 일본의 긴자(銀座)를 우리말로 옮긴 것일 테지―으로 나오면 허술하게 자리잡은 집이었다. 당시는 닭전에서 아직 생닭을 잡던 시절인 모양으로, 닭 부산물이 그 술집의 부엌 입구에 그득하게 쌓여 있었다. 빨리 끓고 양이 많아 보이라고 얇고도 넓게 만든 스테인리스 냄비에 닭내장을 가득 담아주었다. 거기에 조미료와 닭대가리로 만든 육수를 부었다. 주인 아줌마는 꼭 쌍란을 하나 넣어주었다. 부화도 못되고 닭의 배 속에서 발견된 껍질 없는 쌍란이었다. 우동가락 같은 창자에서는 구린내가 났지만, 배고픈 청춘들은 마구 내장을 퍼넣고 소주를 부었다. 그 시절 우리들의 몸은 아마도 닭의 내장으로 만든 것이었는지도 모르겠다.

13.
으깨야
산다

"저 뚝방길로 쭉 가면 민물매운탕
집이 맛있습디다. 허허. 전주에 오시믄 한 나흘 묵으셔야 뭐 좀 먹
었다, 하지요."

터미널 앞에서 잡아탄 택시기사는 이렇게 말했다. 누구는 전주에
순전히 먹으러 간다고 했다. 친구들과 전주 얘기를 하면 수많은 음
식이 쏟아지는 가운데, 인상적인 대목은 오히려 잠자리였다. 바스
락거리는 풀 잘 먹인 보로 씌운 요를 깔고 뜨끈한 온돌방에서 하루
푹 쉬었다는 경험담이었다. 우리 곁에 솜틀집이 사라지면서 사각사
각하는 요에 누워본 기억도 구름처럼 떠버렸다.

전주에서 맛봐야 할 음식이 민물매운탕이라니, 이 양반 뜬금없
다고 생각했었다. 알고 보니 전주엔 우리가 아는 음식만 있는 게 아
니었다. 실제로 전주의 민물매운탕은 오모가리탕이라고 부르는데,
으뜸으로 친다는 맛이다. 나는 막걸리골목에서 사람을 만나 '맑은
거'—술을 가라앉혀 위에 뜬 맑은 술만 따라낸 것. 전주의 한 스타
일을 이룬다—나 한잔하고 후배를 만나 모악산을 하루 오르고 돌
아올 예정이었는데, 민물매운탕까지 먹어볼까 하는 욕심도 생겼다.

매운탕만 나왔으면 어지간했을 일이, 결국 짜장면도 합세했다.
그 동네 출신에다가 여행기자 일을 하는 친구가 침을 튀기며 더하

고 나섰다.

"이, 그려, 전주 가서 묵을 게 많다만 뚝배기짜장이라고 들어봤나. 아아, 또 있제. 천변에 있는 떡갈빗집 다슬기탕이 죽여분다."

다슬기탕 파란 국물이 옛날 소주에 타마시던 맥소롱 색깔이다. 시원언하다, 소리가 절로 나온다. 그러고 보니 우리 선배들은 소주에 뭘 그렇게 타 마셨다. 국산 위스키며 홍삼액에다가 광동쌍화탕은 물론이고 위장약인 맥소롱까지 섞었다. 정말 해외토픽감이 아닌가 싶다. 그 에메랄드빛 위장약을 넣은 소주를 마시는 한국인들 말이다. 구강청정제를 넣어 마시지 않는 게 다행이랄까. 민물매운탕은 기대만큼은 아니었다. 어떻게 만들었는지 모르겠지만 바가지만한 누룽지를 주어서 깜짝 놀란 정도가 다였다.


서울에서 전주식 콩나물국밥을 종종 먹고 다녔다. 달큼한 모주에 달걀 푼 뜨거운 국물로 시작한 해장이 결국 다시 미련스럽게 소주병을 쓰러뜨리곤 했다. 서울에서 먹는 콩나물국밥은 '삼백집'식이라고 해서 뚝배기에 콩나물과 재료를 넣고 팔팔 끓이는 식이다. 입천장을 홀랑 벗겨가며 먹는 맛이다. 나는 그걸 전주 콩나물국밥의 표준으로 알았는데, 막상 전주에서는 남부시장식을 보게 됐다. 어느 집이 그리 맛있더냐고 묻지는 마라. 나는 그런 감별력도 없고, 실제로 몇몇 집들이 우열을 가리기 힘들게 맛있었다. 그러니 그냥 나를 따라 남부시장 안으로 들어오시면 된다.

골목골목을 돌고 돌아—그 길마다 피순대를 비롯한 다른 맛집들이 널려 있으므로 꾹 참고 목적지까지 가는 내비게이터 정신이 필요하다—한 집에 당도했다. 맛있는 집은 역시 기운으로 나그네에게 말해준다. 별게 아닌데도 손님만 많은 집 같은 데서는 결코 감지할 수 없는, 진짜 맛있는 집에서만 만나는 부엌신의 기운이다. 손님들의 행복한 표정, 무뚝뚝하지만 정확한 손놀림으로 일하는 아낙들의 얼굴 선, 그리고 바닥부터 천장까지 가득 찬 절제된 식욕의 뼈대들. 그런 집에 들어설 때는 모자를 벗어야 할 것 같은 생각이 들곤 한다. 딱 그 집이 그랬는데, 손바닥만 한 내부가 부엌이자 홀이었다. 안내랄 것도 없이 엉거주춤 커다란 탁자에 앉았는데, 탁자 위에 스테인리스 덮개를 씌워놓은 게 인상적이었다. 그 이유는 곧 알게 되는데, 조금 귀띔해드리자면 손님의 탁자이자, 동시에 주방의 작업대이기 때문이었다.

언젠가 내가 토렴을 이야기했던가. 서양요리에는 없는 동양만의 밥과 국수 요리법 말이다. 토렴을 통해 밥은 더운 온도를 얻고, 밥알의 전분이 녹아나지 않아 국물이 깔끔함을 유지한다. 전주의 두 가지 국밥 스타일은 아마도 여기서 나뉘는 것이 아닌가 싶다. 토렴을 해서 맑고 깔끔한 국물을 유지하는 방식과 뚝배기 안에서 모든 재료가 녹진하게 풀리면서 진한 맛을 내는 방식.

남부시장의 그 집은 토렴을 해서 국물을 맑게 만들었다. 주문을 하면 손님의 탁자 뒤편 가스레인지에서 국물을 끓이던 아낙 요리사가 '돌연' 뒤로 돌아선 후 파와 마늘, 청양고추를 다지기 시작한다. 그래 맞다. 바로 손님의 탁자다. 탁자 위의 커다란 도마에서 이동양의 스파이스와 허브가 맵싸한 향을 풍기며 칼날에 짓이겨진다. 주문한 국밥에 넣을 양념이 우리 눈앞에서 미리 냄새를 피워올린다. 침샘이 자극되면서 아무것도 먹지 않았는데도 효과적인 아뻬리띠프(식전주)가 되고 만다. 앞치마를 두른 아낙 요리사의 두툼한 손과 우악스러운 칼, 다리를 모으고 겸손하게 음식을 기다리는 손님들 정경의 시각 효과가 펼쳐진다. 거기에 다다다다, 다져지는 양념 도마의 청각이 더해진다. 어쩌면 남부시장식 콩나물국밥 맛의 정수는 손님상에서 곧바로 다지는 향신채의 맛이 아닐까, 나는 생각하게 됐다.

인도에 가면 주문을 받아 곧바로 카레를 다져서 내는 집들이 있다. 작은 돌절구에 카르다몸, 칠리, 딜시드, 강황, 후추를 으깨어 배합한다. 카레는 향의 요리다. 갈아두지 않고 즉석에서 짓찧는 마른 스파이스에서는 매혹의 향이 난다.


이딸리아 제노바는 한때 베네찌아와 어깨를 겨루던 해상무역 도시였다. 중개무역으로 엄청난 돈을 벌었으나, 베네찌아의 위세에 밀려 상대적으로 유명세는 얻지 못했다. 시오노 나나미가 베네찌아 이야기를 써서 크게 히트를 쳤는데, 제노바를 다루지 않은 게 나는 의아하다. 베네찌아만큼 매력이 없었는지는 몰라도, 제노바가 무동

력선 시절에 이룩한 업적과 역사적 공헌은 거대한 드라마이기 때문이다. 제노바는 1380년의 해전에서 베네찌아에 패하면서 지중해 무역의 주도권을 내주고 만다. 그후 과거의 영화를 되살릴 길은 없었다. 현재는 리구리아주의 주도로서 공업과 조선업, 선박운송 등으로 먹고산다. 제노바는 지금도 베네찌아와 사이가 나쁜데, 베네찌아로서 다행인 것은 베네찌아 축구팀이 제노바의 두 프로팀과 달리 하위 리그를 전전하는 바람에 맞대결할 일이 없다는 것이다. 한때 같은 상위 리그에 두 도시 팀들이 있을 때는 피렌체-씨에나 팀 간의 경기 못지않게 살벌한 분위기가 빚어졌다.

베네찌아만큼은 아닐지라도, 제노바도 피도 눈물도 없는 상인들의 도시답게 매몰찬 장사치들이 많다. 그래서 나는 이 도시에 가는 걸 그다지 반기지 않았다. 멋진 해변과 도시 외곽을 둘러싼 지중해를 바라보는 절벽 같은 관광자원이 꽤 많긴 하지만. 그래도 제노바에 가게 되는 건 하나의 음식 때문이다. 제노바는 이딸리아 중에서도 최고의 올리브유를 생산하는 곳이다. 그리고 향기로운 바질잎을 넣은 빠스따가 유명하다. 바로 바질 뻬스또 스빠게띠, 다른 말로 스빠게띠 알라 제노베세의 땅이다. 바질과 잣, 올리브유, 빠르미지아노 치즈를 넣은 이 스빠게띠는 이름 그대로 '제노바식 빠스따'이다. 이딸리아 전역에서 만날 수 있지만 원조는 제노바란 말씀이다.

제노바 출신의 요리학교 친구 프란체스까는 뒤늦게 요리를 시작한 아가씨로 영국계 혈통을 가지고 있다. 그녀에게 배운 바질 뻬스

또 스빠게띠는 남다른 맛을 냈다. 나는 그 이유를 한동안 알지 못했다. 별달리 뛰어날 것도, 특별할 것도 없는 요리법이었기 때문이다.

"자, 바질과 잣을 으깨다가 올리브유를 넣고 곱게 으깨봐. 아아, 향이 참 좋지? 여기에 빠르미지아노 치즈를 넣고 스빠게띠를 버무리는 거야."

짓이겨진 바질의 향이 코 안으로 밀려와 축축한 세포들 안에서 오랫동안 머물렀다. 흠, 뒷맛은 고소한 잣과 올리브유가 받쳐줬다. 짭짤하고 감칠맛 강한 빠르미지아노 치즈가 마지막까지 입맛을 붙들었다.

그러다가 한국에서 일하면서 나는 왜 제노바를 떠난 바질 뻬스또 스빠게띠가 맛이 없는지 알아냈다. 여기에서는 모든 재료를 믹서에 넣고 순식간에 갈아냈다. 바쁜 식당에서 언제 절구에 바질잎을 따서 넣고, 오일과 치즈로 맛을 내겠는가. 역시 최고의 바질 뻬스또는 돌절구를 만나야 한다. 바질이 천천히 제 즙을 내어주도록 기다려주는 것. 요리하는 이가 손끝의 감각으로 바질잎과 구운 잣이 절굿공이 끝에서 만나도록 하는 것. 이 쉬운 요리법을 잃어버리는 건 어쩌면 순간이었다. 어느 스빠게띠 요리사가 손님 앞에서 절굿공이를 손에 쥘까. 그를 기다린다.

14.
지구가
달걀을
먹는
방법들
1

한 친구가 오랫동안 총각으로 지
내다가 늦장가를 갔다. 짓궂은 녀석들이 그에게 신혼 재미를 캐물
었다.

"다른 건 모르겠고, 아침에 계란찜 그릇이 달그락달그락하는 소
리에 잠을 깬다는 건 행복이지."

아침밥은커녕 빵에 잼을 바르거나 설탕덩어리 씨리얼에 우유를
붓는 게 고작인 친구들은 와하고 야유를 퍼부었다. 다른 거라면 몰
라도 계란찜이라니. 고소하고 부드러운 계란찜이 중탕되면서 냄비
속에서 달그락거리는 소리라니. 그가 게으르게 기지개를 켜며 '아,
냄새 좋다' 하면서 식탁에 앉는 광경이 떠올라 다들 샘이 났을 것이
다. 계란찜이란, 사랑 같은 게 없으면 절대로 할 수 없는 요리니까.
씨리얼 봉지를 뜯는 것과는 차원이 다른 것이니까.

내가 아는 한 돼지갈빗집 주인은 한때 문을 닫아야 하나, 고민한
적이 있었다. 두말할 것도 없이 손님이 너무 없어서였다. 어쨌든 그
는 아무리 술을 많이 먹고 집에 들어와도 꼭 밥을 먹는 습관이 있었
는데, 특히 먹다 남은 차가운 계란찜—그의 표현에 의하면 '바닥
에 타서 눌어붙은 축축한 계란찜 찌꺼기'—에 뜨거운 밥을 비비
는 걸 유달리 좋아했다. 그의 아내가 절대 그걸 흔쾌해할 리 없었으

니, 그는 그 계란찜을 늘 갈망했다. 여담인데, 계란찜은 찬밥과 더운밥을 온도에 맞춰 골라줘야 맛있다. 즉, 방금 한 뜨거운 찜은 찬밥에 어울리고, 식은 찜은 뜨거운 밥에 비벼야 맛있다. 계란찜 애호가인 내 친구는 심지어 식은 계란찜의 비린내가 최고의 맛을 낸다고 주장한다. 어쨌든 그 고깃집 주인은 꾀를 냈다. 구이판에서 계란찜을 해주자는 거였다. 영업 부진과 계란찜 사이의 절묘한 랑데부였다. 불고기용 구이판 가장자리를 둥글게 제작하고 거기에 달걀을 부어 즉석에서 찜을 했다. 돼지갈비와 삼겹살 구운 기름이 줄줄 흘러 고기판을 적셨고, 그 기름에 달걀물이 튀겨지듯 하면서 멋지게 찜이 됐다. 이 요리법은 특허도 없는지 최근에 어떤 프랜차이즈 고깃집에서 전세 내어 쓰고 있는 걸 우연히 알았다. 그가 특허를 주장할 수도 있겠지만, 그렇게 하지는 않을 것이다. 그는 진정으로 계란찜을 사랑하므로 널리 멀리 계란찜이 퍼지는 걸 싫어할 리 없을 것같다.

계란찜에는 순정파와 양념파가 있다. 파도 빼고 오직 소금만 넣은 계란찜이 최고라는 주장에 대적하여 한숟갈의 고춧가루가 없으면 계란찜은 밋밋해진다고 말하는 이도 있다. 새우젓과 육수를 거론하는 이도 있다. 어찌 되었든 계란찜은 그 단순한 물성에 비해 참으로 좋아하는 이들이 많다. 달걀의 부푸는 성질, 그 자체로 충분한 맛, 충만한 영양, 거기에 조리가 간단하고 값이 싼 것도 이 요리의 미덕이다.

언젠가 조지 클루니가 몇억짜리 송로버섯을 샀다고 해서 화제가 됐다. 그리고 모 회사의 유럽 지사가 이딸리아에서 가을에 열리는 송로버섯 경매에 매년 참여한다는 건 꽤 그럴듯한 소문이다. 물론 한국에서 팔려는 건 아니고, 총수 일가 등의 특별 접대에 쓰기 위한 것일 테다. 송로버섯이란 캐비어나 푸아그라와는 또다른 차원의 최고급 음식재료이기 때문이다. 송로버섯이 놀라운 건, 아무렇게나 만든 음식에도 이 버섯가루를 솔솔 뿌리면 금세 최고급 요리로 변신한다는 점이다. 음식의 맛도 송로버섯이 북돋우고 자기도 리사이틀을 하고, 그래서 한판 입에서 진하게 녹아난다. 그런데 죄송하지만, 송로버섯의 맛을 이렇게 글로 표현하는 건 심봉사에게 종로 육의전의 난장판을 설명해주는 것과 진배없다. 나는 서양 미식가란 송로버섯을 기점으로 갈린다고 믿는다. 송로버섯을 아는 진짜 미식가, 그렇지 않은 상상 미식가.

송로버섯은 이름은 버섯이지만 요리법이 전혀 다르다. 보통 버섯은 굽거나 볶거나 끓이지만 송로버섯은 무슨 요리든 '그래, 한번 해보렴' 하고 뒷짐 지고 있다가 결정적인 순간에 나타난다. 할리우드 영화의 주인공들처럼 말이다. 고기요리든 생선요리든 평범하게 만든 별 임팩트가 없는 요리에 짠 하고 나타나 최상급 요리로 변신시킨다. 그저 얇게 저미거나 강판에 갈아 만든 가루로 말이다. 어떤 가공도 필요없다.

그 송로버섯이 달걀과 만나 절세의 요리가 되곤 한다. 한개에

200원밖에 안하는 달걀에 이 '슈퍼 럭셔리' 버섯은 어울리지 않아 보이지만, 이 버섯의 산지에선 제법 흔하게 볼 수 있는 요리다. 그렇다고 요리법이 요란한 것도 아니다. 팬을 꺼낸다, 기름을 두르고 달걀을 부친다, 송로를 갈아 얹는다. 이게 전부다. 달걀프라이라는 순전한 요리가 송로를 만나 사람의 미각을 뒤집어버리는 환상적인 요리가 되고 마는 것이다.

달걀프라이의 백미는 노른자를 어떻게 익히는가에 있다. 평범한 달걀 한개를 팬에 부치는 행위는 단순해 보이지만 미각의 여러결을 만날 수 있다. 열을 세게 해서 흰자의 겉면을 바삭하게 익힐지, 아니면 아주 약한 불로 부드럽게 익힐지 결정할 수 있다. 노른자의 아래쪽만 익혀서 ─ 이걸 '써니사이드업'이라고 부른다 ─ 반숙이 되도록 할지, 완전히 익힐지에 따라 요리사의 선택이 바뀐다. 나는 붉은빛이 도는 특별한 노른자를 슬쩍 익혀서 선명하게 보이는 걸 좋아하는데, 누군가는 이걸 '황소의 눈'이라고 명명했다. 그러고 보면 정말 순하되 또렷한 황소의 눈동자를 보는 것 같기도 하다.

달걀프라이는 종종 어떤 기름을 쓰는가에 따라 풍미가 달라진다. 콩기름이냐, 들기름이냐, 낙화생기름을 고르느냐, 올리브유를 쓰느냐. 프랑스와 이딸리아의 일부 지역에서는 버터를 쓴다. 그 맛? 상상해보시라.

달걀프라이의 겉면을 바삭하게 익히는 법은 센 불을 쓰는 것이지만, 전혀 다른 요리법으로 최대한 크리스피한 촉감을 얻기도 한다.

종종 중국식당에서 볶음밥에 얹어주는 프라이처럼 말이다. 낮은 기름솥에 달걀을 넣어 순식간에 익혀내는 방식이다. 흰자는 튀겨져서 수많은 촉각을 곤두세워 혀를 건드리고, 노른자는 살짝 익어서 톡 건드리면 노란 쏘스처럼 쏟아져나온다. 어머니가 얌전하게 앞뒷면을 부드럽게 익힌 프라이도 좋지만, 튀긴 달걀프라이의 그 자극적인 식감을 기대할 때도 있다. 빵 사이에 그 프라이를 끼우고 한입 깨물면, 노른자가 입가로 흘러내린다. 그걸 핥아 먹는 관능적인 취식법을 사랑하는 이도 있다. 덜 익힌 노른자는 정말 인간이 만든 어떤 최상급 쏘스 이전의 가장 유혹적인 쏘스란 걸 알게 된다.

영국 소설가 쌔뮤얼 버틀러는 이렇게 말했다고 한다. "닭이란 달걀이 다른 달걀을 만들기 위해 선택한 도구일 뿐이다."

유전자의 대물림을 위한 본능으로 달걀이 닭을 숙주로 쓴다는 말이다. 맞다. 닭이 먼저냐, 달걀이 먼저냐는 이미 유전학적으로 달걀이 먼저임이 분명해졌다. 이런 생물학적 논쟁은 달걀의 맛을 떨어뜨린다. 달걀 맛을 보러 일본으로 가보자. 온천에 가면 온센따마고 (溫泉卵)라는 걸 판다. 한국의 찜질방에서 파는 맥반석 달걀처럼 목욕은 달걀을 부르는가보다. 뜨거운 온천수에 천천히 익힌 그 달걀은 유황 냄새를 풍기면서 입에서 녹는다. 낮은 온도에서 천천히 익혀서 질감이 부드럽다. 지금 세계의 고급 미식계를 뒤흔드는 '분자요리'는 저온으로 재료를 익혀 물리적 질감을 해체하는 기법을 즐겨 쓴다. 이것은 온센따마고의 저온 요리법과 같은 이치다. 일본 온천에서 오까미 상의 두꺼운 화장만 보지 말고, 천천히 온센따마고에 생맥주를 한잔하는 운치도 즐기시길.

일본요리 얘기가 나와서 말인데, 일본의 초밥집에서 요리사의 기본을 슬쩍 검증해보려면 달걀말이 초밥을 먹어보라는 말이 있다. 맛술과 소금을 넣어 부친 달걀을 밥 위에 얹은 이 초밥은 달콤하면서 녹진한 맛이 있다. 평범해 보이는 달걀을 다루는 솜씨를 통해 요리사의 불 쓰는 솜씨를 넘겨짚어본다는 것이다. 밥 짓는 솜씨로 수랏상을 안다는 것과 비슷한 말이다. 달걀을 기포 없이 조밀하게 부쳤는지 그 밀도를 보고, 촉촉하고 폭신한 감촉을 잘 살렸는지 입에서 느껴본다. 간은 좋은지, 단맛과 짠맛의 조화는 어떤지, 그 한조각의 초밥에서 미식의 우주를 보는 것이다.

한국과 일본은 비슷해 보이는 계란찜에도 사뭇 대한해협만큼이나 거리를 둔다. 일본은 물을 많이 넣고—심지어 8할의 물과 2할의 달걀—기포를 없애기 위해 잘 저은 후 부드러운 촉감을 최대한 살리는 쪽으로 중탕해서 찐다. 양념으로 맛술과 다시(だし汁) 육수를 넣기도 한다. 우리가 일식집에서 먹는 계란찜이 바로 그렇지 않은가. 한국은 그저 소금으로 간을 하고 간혹 파를 좀 다져넣을 뿐이다. 달걀에 물을 섞지 않아 거친 대신 씹히는 촉감이 있다. 중탕하기도 하지만, 불에 직접 올려 만들기도 한다. 그래서 바닥에 눌어붙은 달걀누룽지가 만들어지는 것이다. 뜨거운 밥을 비벼 멋진 야식

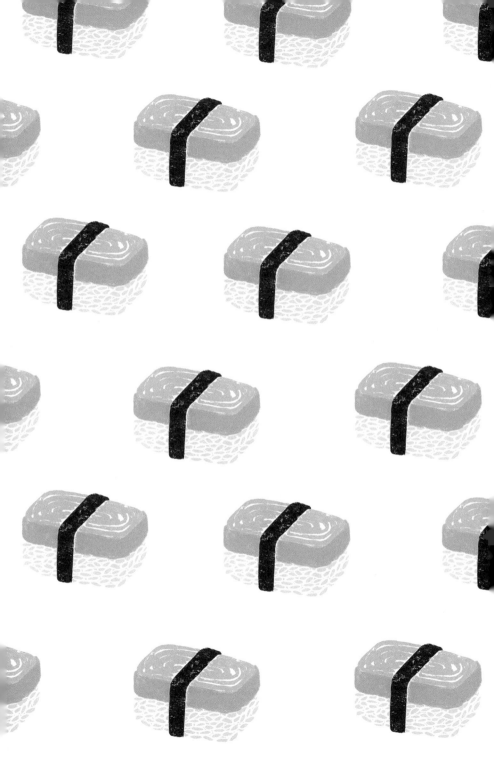

을 만드는 그 달걀누룽지 말이다. 당신이 혀에서 살살 녹는 풋사랑 계집애 혀 같은 계란찜을 좋아할지 아니면 거칠고 투박한 계란찜을 고를지 나는 모른다. 그래도 밥을 비비자면, 소주를 털어넣자면 찌그러진 양은냄비나 투가리에 막 찐 거친 계란찜이 제격일 것 같다. 자, 소주 한잔 드시고.

# 15.
# 지구가 달걀을 먹는 방법들 2

모친은 '가오'가 떨어지면 무슨 큰
일이 나는 줄 아는 양반이었다. 다른 글에도 쓴 적이 있지만, 내게
좁쌀 심부름을 시키면서 "병아리 모이라고 해라"라는 당부를 잊지
않던 분이다. 누가 물어보기나 하나. 어린 나는 꽤 그럴듯한 문장을
만들어서 주문을 하곤 했다.

　"병아리를 새로 사왔는데요, 좁쌀 한홉만 주세요" 하는 식이었
다. 영화나 교과서에 보면 이럴 때 쌀집 아저씨는 인자한 웃음을 지
으며 "그렇구나, 병아리에게는 좁쌀이 최고지. 잘 기르렴" 해야 맞
는데, 실존의 아저씨는 '이게 뭔 소리여?' 하는 투로 뜨악하게 좁쌀
을 종이봉투에 담아 내밀곤 했다.

　모친의 '가오'와 관련된 유명한 일화가 있다. 저녁식사가 준비되
었으니 밖에서 놀고 있는 누나를 불러오라는 모친의 분부에 나는 밖
에 나가 동네 사람들이 바글바글한 가운데 이렇게 외쳤던 것이다.

　"누나, 엄마가 우동국수 먹으러 오래."

　나는 모친에게 왕창 깨졌다. 밥을 못 먹는 형편을 동네방네에 떠
든 죄였다. 그날 저녁은 쌀이 없어서 묵은 김치와 멸치를 넣은 공
장 우동이 밥 대신이었다. 그 동네가 다 그렇게 사는 곳이라 새삼스
러울 것도 없었고 우리 집 형편을 다들 모를 리 없는데도, 어머니는

눈을 가린 채 그렇게 체면을 세우려고 기를 썼던 게다.

그런 모친이니 자초해서 겪는 곤란이 꽤 있었다. 동네서야 부엌 살림이 훤히 보이니 오해가 없었는데, 밖에서는 종종 사달이 나고 말았다. 내가 다니던 초등학교 1학년 학부모 면담 행사에 모친은 왕년에 좀 살 때 입던 옷으로 제법 화려하면서도 기품있게 차리고 왔다. 담임선생이 돈 좀 밝히는 사람이었는데 — 오죽하면 어린 1학년짜리들이 '와이로' 박사라고 불렀겠나 — 우리 어머니도 뭘 좀 해야 하는 사람이 되었다. 어찌어찌 봉투를 마련해서 갖다바치긴 했는데, 연달아 봄소풍이 있었다. 담임선생은 내게 자신의 도시락을 싸오라고 했다. 모친께 고하니 집이 발칵 뒤집혔다. 마침 쌀팔 돈도 없는 형편이라, 층층이 찬합에 뭘 담아가야 할 담임 도시락이 가당한 일이 아니었다. 동네 가게서는 더이상 외상도 주지 않으려 했다. 모친은 그 와중에도 특유의 '가오'를 위해 묘책을 짜냈다. 당시에는 달걀장수가 집집이 다니며 요샛말로 방문판매를 했는데, 그 아주머니에게서 달걀 한판을 외상으로 얻어냈다. 한줄도 아니고 한판의 달걀은 정말 어마어마한 거였다.

흰밥을 지은 것까지는 좋았다. 문제는 반찬거리가 오직 달걀뿐이라는 사실이었다. 다른 요량이 없던 어머니는 결국 그 달걀 한판으로 온갖 요리를 했다. 들기름을 살살 뿌려 번철에다가 달걀말이를 한 찬합 부치고, 삶은 달걀을 한줄 준비하고, 달걀로 만 초밥이 또 한 찬합, '후라이'까지 쌀밥 위에 얹었다. 서오릉인가 어느 나무

그늘 밑에서 달걀로만 이루어진 찬합도시락을 까며 뜨악한 표정을 짓던 그 담임선생의 촌스러운 이마와 양산을 받쳐든 어머니의 난처한 표정이 지금도 생각난다.

그 찬합에 날달걀은 없었다. 그런데 내 생각에 달걀이 가장 달걀다운 건 날달걀 같기도 하다. 작은 몸체 안에 완벽한 영양과 맛을 가지고 있다고 믿기 때문이다. 아버지는 날달걀을 좋아하셨다. 영양이라곤 그게 최고였던 시절이니까. 달걀 몸통에 두개의 구멍을 뚫는 건 물리적 공기역학이랄까. 진공상태가 풀리면서 달걀이 내 몸으로 들어왔다. 그 적당한 농도의 액체가 금세라도 내 근육과 뼈로 스며들어 튼튼해지기라도 할 것처럼, 아버지는 날달걀을 내게 먹이지 못해 안달이셨다. 흰자는 물컹하면서 노른자가 곧 나올 것임을 예견케 한다. 그 맛없고 미끈한 흰자를 열심히 빨다보면 언젠가는 노른자가 나온다. 한 껍질 안에 전혀 다른 태생적 존재들, 하나는 생명이 되고 하나는 먹힐 그런 관계의 흰자와 노른자는 참으로 신비로운 난생(卵生)이라고 하지 않을 수 없다. 달걀은 흰자와 노른자라는 숙명의 배치로 생명의 맛을 구성한다. 그중에서 노른자야말로 진짜 달걀의 맛일 것이다. 노른자는 부드럽게 익혀야 한다. 예를 들어 까르보나라는 계란의 맛인데, 잘 저어주지 않으면 뭉쳐서 망가지고, 과숙하면 유황 냄새가 난다. 다자이 오사무(太宰治)는 소설 『쯔가루(津輕)』에서 "화가 에드가 드가는 그가 수상이 되면 아침에 선 채로 달걀과 수프를 먹고 출근할 것이다"라고 하면서 그

순수하고 소박한 품성을 설명했지만, 까다롭기 그지없는 것이 바로
달걀이다.

　다들 경험이 있겠지만, 날달걀 비빔밥은 지금도 한술 뜨고 싶은
음식이다. 이걸 누구는 '쏘울푸드'라고 하던데, 영혼에 각인될 정도
는 아니지만 간혹 입맛이 없을 때 생각이 나긴 한다. 스테인리스나
옛 사기 주발에 뜨거운 밥을 담고 달걀을 깨뜨려넣은 후 왜간장 한
술로 간을 한 그 비빔밥 말이다. 비빌 때 흰자가 고루 풀리도록 애
를 쓰던 기억도 난다. 이 비빔밥의 핵심은 밥의 양이다. 밥이 너무
적으면 달걀이 질척거리고, 너무 많으면 쏘스의 양이 모자라 퍽퍽
하다. 간장의 양도 중요한데, 너무 적으면 노른자에서 비린내가 나

고 많으면 간장 맛이 달걀 맛을 이겨버리는 일이 일어난다. 이런 노하우를 이젠 써먹을 데가 없어 썩힌다. 딸아이에게 대물림해주고도 싶지만, 요새 누가 날달걀을 비벼 먹겠는가.

한국의 양식에는 어떤 정형화된 패턴이 있다. 스테이크에 쏘스를 내지 않으면 큰일 나고—미국인 말고는 스테이크에 그다지 쏘스를 뿌리지 않는다—감자요리가 꼭 곁들여져야 한다. 또 한국인의 시각에 싸구려로 보이는 식재료는 잘 쓰지 않는다. 왕년의 모친이 보면 화를 내시겠지만, 달걀은 어쨌든 싸구려가 된 지 오래라 양식 접시에서 보기 힘들다. 그래서 내가 최고로 치는 달걀요리 중의 하나인 '크러스트 에그'를 잘 볼 수 없다. 이름은 거창하지만 간단히 설명하면 튀긴 달걀이다. '달걀프라이'도 이름은 튀긴 것이지만, 보통은 기름을 얇게 써서 건조하게 부치는 걸 의미한다. 크러스트는 껍질, 즉 흰자 부분을 파삭파삭하게 튀겨야 한다. 평범한 달걀프라이에 입체감이 생기고 개성이 들어가게 된다. 입에 넣으면 순간적으로 튀겨져서 표면이 갈색으로 변한 흰자가 고소하게 씹힌다. 이걸 쌜러드에 얹어 내면 참 개성있는 요리가 되는데, 정작 우리가 볼 수 있는 경우는 대개 중식당에서다. 뜨거운 기름솥이 늘 끓고 있는 중식당의 부엌에서는 달걀프라이 따위는 시시해서(?) 하지 않는다. 흰자를 도화지 구기듯 각을 세워 튀겨낸다. 더러 짜장면이나 간짜장면에 올려내기도 하지만 대개는 볶음밥의 고명이 된다. 솜씨 좋은 요리사라면, 노른자는 익히지 않아 크러스트를 잘라내면 주르

142

륵, 밥을 비비기 딱 좋게 그릇에 올린다. 중국식 볶음밥에 언제부터인가 오므라이스 덮개처럼 달걀을 얇게 부쳐서 얹어 내는 경우가 흔해졌다. 호쾌한 볶음밥이 사라지고, 계집애처럼 얌전하게 만든 그것이 지금 중식당을 지배하는 유행과 일치한다. 아버지의 음식이던 중국음식이 여자들의 권력에 봉사하면서부터 생긴 일인가. 이제 중식당에 가족이 가면 웨이터는 여자들을 보고 말한다. "주문하시겠어요?"

달걀에 목을 매는 건 동양보다 서양이다. 달걀 없는 서양요리는 상상도 할 수 없다. 그러니 피자에도 달걀이 불쑥 올라앉아 있다. 폭신하고 질깃하게 반죽한 나뽈리식 반죽 위에 돼지기름을 뿌리거나 베이컨 조각 또는 생햄을 올린 후 달걀을 그대로 깨뜨려 올려 굽는 피자가 있다. 이때 달걀의 흰자는 완전히 익고, 노른자는 설익어서 이른바 '써니사이드업'이 된다. 여기에 비스마르크 피자라는 이름이 왜 붙었는지는 알 수 없지만, 이딸리아 대부분의 피자집 메뉴에 올라 있다.

달걀은 내게 그로테스크한 요리의 상징으로도 남아 있다. 스무살 무렵, 어른 흉내를 내기 위해 입에 넣은 곤달걀의 충격—깃털이 혀에 닿는 첫번째 촉감은 마치 내 안의 어떤 굳건한 성벽이 와르르 발밑으로 무너져내리는 듯한 기분이었다. 그 성벽이란 인간이 보편적으로 가지고 있는 확신 없는 음식물에 대한 거부감이라고 해도 좋겠다. 나는 화들짝 놀라 그걸 씹을 수도 뱉을 수도 없는 상황에서 막걸리를 얼른 마셨다. 깃털의 굵은 조직 하나가 채 씹히지 않은 채 식도로 넘어가던 선명한 감촉을 지금도 기억하고 있다.

부화하다 죽거나 미처 부화하기 전에 인간의 별난 탐식 취미에 의해 삶아진 곤달걀에는 몇 가지 단계가 있다. 흰자가 아직 병아리의 모습을 갖추기도 전, 노른자는 생기지도 않았으며 반투명한 젤리 같은 느낌을 주는 상태가 가장 이른 곤달걀이다. 그다음 단계는 막 모습을 갖춘 병아리가 보이고, 축축한 깃털까지 있는 상태가 마지막 단계다. 사람들이 음식에 대해 얼마나 보수적인지 알려주는 대목이 있다. 내 친구는 워낙 걸걸해서 어려서부터 시장통에서 곤달걀을 먹고 어른 흉내도 곧잘 냈다. 그런 그가 어느날 명동의 중국집에서 선배에게 오향장육을 얻어먹게 됐다. 장육을 잘도 먹던 녀석이 시커먼 송화단(松花蛋)을 입에 넣더니 얼굴이 파래지면서 화장실로 직행을 했다.

"개흙을 먹는 맛이었어."

친구들과 싸움박질을 하다가 개골창에 처박히던 시절이었는데, 하수구로부터 밀려내려온 개흙에서는 그야말로 시큼하고 쾨쾨한 냄새가 났다. 곤달걀은 먹으면서 송화단에서 시궁창 냄새가 난다는 녀석이 이해되지 않았지만, 사람의 입맛처럼 이해 불가능한 대상도 별로 없을 것이었다.

곤달걀과 송화단이 인간이 먹는 음식의 대중적 시장의 그림을 보여준다면, 고귀한 풍경처럼 느껴지는 달걀도 있다. 어느 여행자가 쓴 티베트 절의 풍경에서였다. 오직 보릿겨로 만든 거친 떡—일본의 사진가 겸 작가인 후지와라 신야(藤原新也)는 이걸 처음 먹고 진흙이나 배설물이라고 생각했을 정도다—과 어린 싹을 뜯어넣은 멀건 국만으로 식사를 하는 수행자들의 절이 있다고 한다. 이 절에 유일하게 성찬이 들 때가 있는데, 바로 어쩌다 구하는 달걀이다. 어린 라마승이 달걀 두어개를 소중히 안고 관목도 없는 벌거벗은 티베트의 고산을 오르는 풍경이 눈에 그려진다.

16.

지구가
달걀을
먹는
방법들
3

처음부터 군대 얘기를 해서 미안
하지만, 달걀의 독특한 물성을 떠올리면 빼놓을 수 없는 일화다. 28
년 전인가, 신병훈련소에 입대하자마자 배운 게 차렷 자세였다.

"제군들, 차렷이란 턱을 당기고…… 손은 마치 계란을 쥐고 있는
것처럼…… 너무 세게 쥐면 계란이 터지잖아!"

단단히 긴장한 훈련병들은 자신도 모르게 주먹에 힘을 쥐고 바지
재봉선에 붙였던 것이다. 우리들은 '계란을 쥔다'는 것이 무엇인지
모르면서도 쥐는 듯 마는 듯, 그렇다고 계란이 빠져나오면 안되므
로 적당히 그러쥔 듯한 모양을 만들어내느라 골똘해졌다. 사회주
의 군대와 자본주의 군대가 나뉘는 결별의 지점이 분열할 때 다리
의 각도 차이라는 말이 있다. 사회주의는 다리를 뻣뻣하고 길게 뻗
는다. 그것 말고도 이 '계란 쥔 손'의 차이가 있다. 사회주의 군대는
대개 손바닥을 넓게 펴서 바지에 붙인다.

어머니는 계란, 교과서에는 달걀이라는 더 오묘한 발음으로 올라
있던, 그 '닭의 알'을 사오라고 간혹 심부름을 시키셨다. 비닐봉지
가 없던 시절이었다. 계란가게 주인은 조심스레 누런 봉투에 하얀
달걀을 담았다. 그걸 품에 안고 돌아오는 건 마치 새로 낳은 동생
을 처음 안아보는 것처럼 조심스러웠다. 깨지면 경치게 되고, 그날

저녁상에 보들하고 짭짤한 계란찜을 먹지 못할 수도 있는 것이었으니. 달걀은 귀했고, 그만큼 맛있었다. 달걀을 온전히 넣은 라면은 아무 때나 먹을 수 있는 게 아니었다. 삼계탕──삼양라면에 계란을 넣었다──이라는 유머가 사람들을 웃기던 때였다.

종이봉투 이전에는 짚으로 엮은 꾸러미가 있었다. 그걸 계란 한 줄이라고 불렀다. 기다랗고 촘촘하며 폭신한 그 꾸러미에는 흰 달걀이 나란히, 줄을 서듯이 들어서 있었다. 보통 집에서 그걸 꾸러미째로 사는 경우는 드물었다. 서너개나 고작 다섯개가 사오는 양의 전부였다. 달걀은 비쌌다. 그 시절에는 귀한 음식은 시장이나 가게에서 사는 경우도 있지만 대개는 방문판매 장수의 몫이기도 했다. 비싼 음식이니 외상으로 살 수 있기 때문이었다. 농사를 짓는 시골은 몰라도, 서울이나 어지간한 대도시에는 그런 장수가 있었으리라. 낙화생(땅콩) 기름, 들기름을 파는 기름장수는 식용유라는 이름의 미국산 콩기름이 시장을 장악하기 전에 가장 '고소한' 장수였다. 머리에 기름통을 이고 동네방네 돌아다니던…… 달걀도 그랬다. 보통 달걀과 기름을 같이 취급하기도 했다. 미제 '다이알비누'나 땅콩버터를 파는 '미제장수'도 있었다. 특이하게도 이런 장수들은 모두 여자였다. 내 기억으로는 이런 걸 남자들이 가지고 다니며 팔지 않았다. 보따리장수여서 그랬을까? 남자들은 보따리가 아니고 등짐을 지는데, 그렇게 하고 다닐 물건이 아니었던 것일 게다.

계란을 쥔 듯한 동작으로 차렷을 익히고 나서 처음 먹은 반찬이 계란찜이었다. 경유 냄새, 구역질이 나던 묵은 보리쌀 냄새, 그리고 비린내가 내가 맡은 최초의 군대식 집단 급식의 냄새였다. 멀리서 나던 그 비린내의 주인공이 바로 계란찜이었다. 그 계란찜은 누가 계란을 빼돌렸는지, 아니면 원래 군대는 그런 거였는지 밀가루를 잔뜩 섞어서 이상한 냄새가 났다. 밥 짓는 경유에서 나는 냄새였을까. 계란과 밀가루가 반반씩 섞인 희한한 맛의 계란찜이 고단해질 군대생활을 예고하고 있었던 것이다.

고기를 거의 못 먹던 시절, 달걀은 훌륭한 고급 음식재료였다. 별다른 요리를 하지 않고 프라이하거나 그냥 삶아도 완벽한 음식이었다. 흰색과 노란색의 적절한 색 배합, 쫄깃하게 씹히는 흰자와 분처럼 부드럽고 침과 섞이면 크림처럼 농염하게 이에 달라붙는 노른자. 껍질을 톡톡, 깨뜨리는 물리적 재미까지 더해져서 달걀 먹는 맛을 돋웠다. 통일호나 비둘기호 기차 안에서 홍익회 아저씨가 덜그럭거리는 판매용 손수레를 굴리며 팔던 3개들이 삶은 달걀 꾸러미의 추억도 있으리라.

달걀에 관한 내 학습은 슬픈 추억으로 남아 있다. 고등학교 시절, 나는 학교에서 가르치던 상업 대신 혼자 농업을 공부했다. 상업 선생님과의 불화 때문이었다. 시골에 살아보지도 않은 내가 축산과 벼와 과일을 순전히 책으로 배웠다. 그때 닭의 산란을 촉진하기 위해 인간이 발명한, 밤에도 환하게 전구를 밝혀둔다는 양계 기술은 충격이었다. 닭도 생명체이고, 당연히 잠을 자야 한다. 어쩌면 유전자조작보다 더 나쁜, 인류가 발명한 최악의 축산업 기술이 아닌가 싶다. 인간은 지구에서 무엇이든 저지르는 존재다.

예전 중국집은 꽤 바지런한 편이었다. 최근 어떤 중국집에 갔다가 간짜장이 안된다고 해서 깜짝 놀랐다. 일반 짜장면은 미리 쏘스를 만들어두었다가 면만 삶아서 얹어주므로 편한 반면, 간짜장은 주문이 들어오면 그때그때 일일이 볶아야 한다. 불을 켜고, 달그락거리는 웍(wok)을 놀려서 한그릇의 간짜장을 볶는 중국집의 소박한 재미가 점점 사라지고 있는 것이다. 그놈의 '인건비'를 덜 쓰고 먹고살려는 중국집의 속을 모르진 않지만 간짜장 없는 중국집이라니! 간짜장에 빠지면 안되는 게 있었다. 바로 '후라이'라고 부르는 튀긴 계란이다. 그냥 번철에 넙데데하게 부치는 게 아니라 아주 뜨거운 기름에 튀기듯 요리한다. 튀김에 쓰는 기름을 웍에서 한국자 옮겨 부은 후 뜨겁게 달군다. 그러고는 계란을 깨 넣고 동글동글하게, 그러면서도 흰자에 여러 각이 생기도록, 그리하여 그 각이 바삭바삭하게 튀겨지듯 익히는 게 그 요리법의 묘미다. 이 계란요리는 중국집에만 있는 게 아니라 서양요리에서도 전통적으로 쓰는 기법이다. 크러스트 에그라거나 이딸리아어로는 우오보 끄로깐떼라고 부르는 요리다. 160도 정도 되는 기름에서 액체 같은 계란을 살살 달래가며 바삭하게 익히는 이 요리법은 나름 숙달된 기술이 필요하다. 기름을 끼얹어가며, 앞뒤로 뒤집어가며 익혀야 하는데 한꺼번에 여러개를 요리하게 어렵기 때문이다. 익히고 나면 흰자는 바삭하고 노른자는 줄줄 흐르는 상태를 유지해야 하는.

잘 채 썬 오이와 바삭바삭 튀긴 계란을 얹은 간짜장을 먹을 수 있는 곳은 이제 없는 것일까. 어느날은 한심하게도 인스턴트 짜장면을 사서 내가 그 요리를 하고 앉았던 적도 있다. 주르륵 흐르는 노른자에 인스턴트나마 짜장 쏘스가 섞여서 내는 기름지고 고소한 맛의 한 경지.

냉면을 둘러싼 수많은 신화와 전설이 나돈다. 서울에서 미식가 소리 좀 들으려면 냉면에 대해 한시간쯤은 떠들 거리가 있어야 한다. 분단으로 냉면의 구체적 원형은 실체가 없지만, 그 때문에 술자리에서 확인 불능의 신비로운 이야기가 나온다. 평안도 산간에서 한겨울 동치미를 꺼내고 메밀국수를 누르던 장정들의 체중이 진짜 냉면을 만들었다는 따위의. 유압식 기계가 나오기 전에는 장정이 올라타 눌러서 그 물리력으로 면을 뽑았다는 데서 나온 얘기다. 떠도는 얘기들 중 또 하나는 냉면 속에 고고하게 들어 있는 삶은 달걀 반쪽에 대해서다. 왜 한개가 아니고 반개일까. 이걸 두고 미학적 변명부터 달걀 값의 변증법까지 갖가지 설이 튀어나오는데, 내가 가장 신빙하는 것은 달걀 노른자와 냉면 육수의 물리적 결합설이다. 냉면 가락을 빨아들이다보면 어느샌가 노른자가 살살 육수에 풀려서 흐물흐물해진다. 풀린 노른자는 밋밋한 육수에 탁한 기운과 고소한 맛을 선사하게 된다. 그저 시고 짠 육수가 노른자의 기운을 받아 두꺼운 밀도를 얻고, 결국 포만한 뒷맛을 남긴다는 설이다. 당신은 어느 쪽인가.

달걀은 우리가 가장 흔하게 볼 수 있는 생명의 간명한 견본품이다. 불과 58그램—표준 무게—으로 한 생명의 정결한 정체를 보여주는 것이 또 어디 있단 말인가. 생명이 잉태되어 더운 어미의 가슴팍에서 눈과 체온을 얻기까지, 그 과정이 선명하게 누적되고 예고되는 게 달걀의 신비다. 흰자는 생명의 고갱이인 노른자를 완충하고 외부 병균을 잡아먹는 백혈구의 바다다. 노른자는 그 표면에 붙은 생명 '씨앗'이 부화기간 동안 먹고살 수 있는 에너지이며, 어미가 먹은 영양의 총화다. 그리하여 한 생명이 조용히 우주적 격동을 치르며 병아리로 만들어지는, 그 고단한 베이스캠프이자 어미 닭의 순수한 분신이 아닌가. 삶아서 고체가 된 달걀은 그저 한입에 사람의 입으로 들어가지만, 달걀의 속은 유기체다운 밀도를 갖추고 있다. 노른자를 붙들어매는 단단한 마닐라삼 같은 알끈—우리가 그 실체를 보기도 어려운—이 있다. 생명의 중추인 노른자가 흰자에게 보호받으며 동시에 그 우위에 있다는 증거로써, 두 존재의 사이에는 대기권 같은 막이 있다. 7500개의 미세한 숨구멍이 뚫려 있는 달걀 껍데기 안에 생명과 그 생명의 먹이와 다시 생명의 보호자가 함께 등을 맞대고 들어차 있는 이 놀라운 난생. 먹고 먹히는 존재를 한배 안에 뱉어낸 어미 닭의 냉정함이여.

날달걀은 어려서 내게 주시던 어머니 최고의 영양식이었다. 오직 아버지와 나만 그것을 먹을 권리가 있었다. 어머니는 외아들인 내

밥그릇 구석에 노른자를 몰래 박았다. 좁은 상 위에서 그걸 눈치채지 못할 누이들이었을까. 어머니는 언젠가 이렇게 회상하셨다.

"네 밥 속에 든 노른자를 흘끔흘끔 보던 누이들이 생각나는구나. 자기도 달라는 말은 못하고, 먹고 싶어하던 그 눈빛……"

그렇다고 어머니가 지금이라도 누이들에게 미안한 감정을 갖는 건 아니었다. 어머니는 그걸 자랑하신다. 아들인 너에게만 날달걀을 주었지! 어머니는 나만 포란(抱卵)하였던 사람 같다. 그런데 지금 누이들이 어머니께 여행을 시켜드리고, 옷을 사 드린다. 나는 날달걀 값 하나 제대로 낸 적이 드물다. 누이들이여, 미안하구나. 참으로 송구한 후남이와 몽실언니 시절의 역사다.

달걀이 타원형이면서 동시에 불균형하다는 사실은 생래적인 유전의 결과일까. 달걀은 한쪽이 더 얄팍하고 좁다. 그래서 땅에서 굴리면 안쪽으로 회전하면서 되돌아온다. 기울어져 있기 때문이다. 어미 닭은 태초의 선조이자 자기 자식으로 환생한 달걀을 보호하려는 의지가 있을 것이다. 달걀이 회전하는 본성은 어미의 따뜻한 배로 돌아오기 위한 우주적 궁리로써 그렇게 만들어지게 된 걸까. 놀라워서 달걀을 가만히 본다. 200원짜리 달걀의 외형에서 느껴보는 생명의 신비이자 완벽한 디자인.

달걀은 또한 맛으로도 완전하다. 그리고 소박하다. 달걀은 우리의 수수한 아침상의 벗이었다. 아침잠을 깨우던, 어머니가 만드시던 계란찜의 미덕이 생각난다. 달걀의 흰자는 열을 받아 팽창하고 부드러운 공기를 품는다. 노른자는 고소한 맛을 내는 건 물론이고 단단하게 찜의 밀도를 이룩한다. 밥술 한가득 계란찜을 퍼서 먹을 때, 소금으로 맛의 관을 얹어서, 그리하여 수수하고도 완벽해지는 맛! 뜨거운 밥에 뜨거운 계란찜은 서로 불처럼 엉겨붙어 활활 타오르는 맛이 있다.

서양요리도 달걀이 없었다면 오늘이 없었으리라. 꺼지기 전에 손님 상에 당도시키기 위해 웨이터를 뛰게 만드는 잔뜩 부풀어오른 쑤플레, 지구상의 모든 단것들의 왕이라고 부를 수 있는 커스터드는 계란이 선사하는 요리의 정수다. 모든 서양 요리사들은 달걀을 깨뜨리면서 요리를 배운다. 노른자가 몇도의 열에서 응고되는지, 그리하여 부드럽게 혀에 감기는 잉글리시 크림과 홀랜다이즈 쏘스의 원형을 배우면서 마침내 흰 가운을 입을 자격을 얻는다. 기름과 기름 아닌 것이 서로 사이좋게 섞이는 유화(乳化)라는 거대한 요리의 발견을 실체로 보여주는 마요네즈라는 쏘스도 있다. 이를테면 요리란, 달걀인 것과 달걀 아닌 것으로 나뉘는지도 모른다.

17.
염소와 양을 굽기 위하여

　　　　　　　　　　　　살다보면 문득 어떤 강렬한 충동
에 사로잡힐 때가 있다. 남해의 어느 섬에서 나는 안개가 자욱하게
피어나는 절벽 길을 걷고 있었다. 절벽 밑으로 보이지는 않았지만,
묵직한 파도가 갯바위를 때리는 소리가 들렸다. 눈앞이 캄캄해 식
은땀을 흘리며 길을 더듬거리고 있는데, 검은 물체가 어른거리는
것이 희미하게 보였다. 늙은 흑염소가 아슬아슬한 절벽 길에서 태
연히 풀을 뜯고 있었다. 염소의 검은 털은 몹시 길었고, 특히 목 주
위의 털은 마치 캐시미어 숄을 두른 것 같았다. 뿔은 오랜 세월을
견디어 고목처럼 여러번 휘고 두툼해져 있었다. 그 뿔을 잘라보면
나이테가 나올 거야. 나는 염소에 적의를 품었다. 염소는 나를 물끄
러미, 마치 티베트 고승의 눈빛처럼 무심하게 바라볼 뿐이었다. 어
떻게 보면, 염소처럼 오만한 표정도 드물다. '너는 누구냐' 하는 그
무심한 표정이 나의 적의를 불러왔는지도 모르겠다. 염소의 눈동자
는 어떤 초탈의 세계를 연다. 실제 염소가 그런 심오한 정신의 진폭
을 가졌는지는 알 수 없지만, 어쨌든 생사의 경계는 절벽 위아래에
만 있는 건 아니었다. 나는 염소를 죽이고 싶었으니까. 그렇게 염소
는 처음에는 승부욕을 불러일으킨다. 전의가 인다. 살다보면 어떤
충동에…… 나는 염소의 발목을 잡고 뒤집어서 올라타고 싶었다.

156

염소는 몇번 발버둥을 치다가 등을 거친 돌 위에 눕힐 게다. 염소의 단단한 등뼈가 돌에 부딪혀 깨지는 소리가 들리고, 나는 염소의 목을 눌러버리고 싶었다. 염소는 캑캑거리면서도 막 삼킨 풀을 천천히 씹을 테다. 그 오만하고 의연한 눈빛으로…… 염소가 나를 올려다보았다. 나를 먹고 싶나, 자네. 숨통을 끊게. 나는 상상에서 깨어나 나도 모르게 코를 킁킁거리며 손바닥 냄새를 맡았다. 흑염소의 반들거리는 검은 털의 촉감이 아직도 손아귀에 남아 있었고, 거짓말처럼 누린내가 끼쳤다.

음양곽이라는 풀이 있다. 염소가 이 풀을 먹는다고 한다. 그래서 음탕해진다는 것이다. 성경에서부터 염소는 음란의 죄를 뒤집어썼다. 유대인에게 염소는 모든 죄악을 범하는 음탕한 존재였다. 양은 온순하여 목자(하느님)의 말을 잘 듣지만, 염소는 고집쟁이이고 욕심꾸러기라 말을 듣지 않는다는 의심을 샀다. 염소는 신심이 약하고 정력이 센, 고집불통으로 묘사된다.


모든 민족을 그 앞에 모으고 각각 구분하기를 목자가 양과 염소를 구분하는 것같이 하여 양은 그 오른편에 염소는 왼편에 두리라

─마태복음 25:32~33


이 나라 섬 곳곳에는 야생의 흑염소떼가 산다. 사람 손을 잘 타지

않은 섬에서 제멋대로 자라는 염소다. 서해안 황도라는 섬에도 야생염소떼가 있는데, 사람이 멀리서 다가가면 보초를 서는 염소가 소리를 질러 경계태세를 갖춘다고 한다. 서해안 천북의 굴 단지에 아는 어부가 있는데, 그의 증언이다.

"얼메나 무서운지 몰러. 숭하다니께."

염소는 늘 이렇게 오해를 산다. 아프리카에도 염소가 산다. 물을 적게 먹고도, 풀이 모자라도 살아남기 때문일 것이다. 그 동네 어린이들을 돕는 단체는 '염소 한마리 사주기' 운동을 펼쳤다. 돈 얼마를 보내라는 것보다 염소 한마리가 상징하는 생생한 생존의 의미가 후원자들에게 더 강력한 메시지를 주기 때문일 것이다. 아프리카의 폭군 이디 아민이 염소고기 스테이크를 좋아했다는 글을 읽은 적이 있다. 아프리카에서조차 염소는 극단의 이미지를 가진 것 같다.

이딸리아에서는 식용하는 가축을 통째로 팔 때 머리를 포함시키도록 하고 있다. 그래서 볏이 붙은 머리를 가진 닭——부위별로 잘리기 전에는 닭도 하나의 온전한 개체라는 사실을 우리는 종종 잊는다——을 볼 수 있고, 토끼며 양도 마찬가지다. 나는 염소의 모습도 기억한다. 한국에서는 흑염소 외에는 염소고기를 거의 먹지 않지만 이딸리아에서는 흰 염소를 먹는다. 요리학교 시절, 실습에 쓸 자잘한 재료를 손질하다 기겁을 한 적이 있다. 선생이 거대한 염소를, 그것도 가죽을 모두 벗긴 채로 가지고 왔기 때문이었다. 털을

앗긴 머리는 아주 작고 볼품없었으며, 눈을 뜬 채로 몸뚱어리가 선생의 걸음걸이에 따라 덜렁덜렁 흔들거렸다. 그때도 염소의 눈빛은 무념무상의 그것이었다.

마하트마 '위대한' 간디는 어느날 염소고기를 먹고 배 속에서 염소가 울부짖는다고 느껴서 채식주의자가 되었다. 비천한 나는 그날 염소고기를 먹었지만, 그런 깨달음은 없었다. 그저 이시영 시인의 시구 "염소를 잡는다/그동안의 수고를 벗고"처럼 알몸이 된 염소를 부위별로 나누는 데 힘을 보탰을 뿐이다. 염소고기는 이웃인 양고기와 흡사하다. 특유의 노린내도 그렇다. 제대로 양고기를 먹는 사람들은 오히려 그 노린내가 식욕을 돋운다고 말한다. 그러나 대부분은 향초의 힘을 빌려 양이나 염소 고기의 비위를 맞춘다. 민트로 만든 젤리야말로 양고기에 대한 모독이라는 주장에 나는 동조한다. 양고기는 양고기다워야 한다. 염소고기도 마찬가지다.

"흑염소는 노린내를 잡는 게 제일 어렵다고. 울 아부지가 그걸 젤 잘하셨지."

H의 부친은 염소 잡는 선수였다. 그런데 문제는 이미 여러순배 돌린 술이었다. 속설에, 염소의 냄새를 없애려면 소금을 먹여 잡아야 한다고 한다. H의 부친은 그 속설을 충분히 실천했다. 그러나 술에 취해 너무나 많은 소금을 염소에게 먹였다. 염소의 반은 이미 소금에 절여졌다. H의 부친이 잡은 염소고기는 아무도 먹을 수 없었다. 너무도 짰기 때문이었다. 차라리 마늘을 먹였다면 어땠을까.

나는 오늘도 '어린양갈비구이'라는 메뉴를 쓴다. 사람들은 어린 고기를 찾는다. 야들야들하고 보들보들한 고기를 먹고 싶어한다. 어린 양은 전화를 걸어 주문하면 내 부엌에 당도한다. 뒷다리는 한 손에 잡고 뜯을 만큼 작고 가늘다. 어린 요리사가 그걸 손질한 후 소금과 로즈메리, 후추를 섞어 문지른다. 양의 보들보들한 다릿살에 상처가 나면서 소금기가 밴다. 그 다리를 매운 향이 있는 올리브유에 이틀 밤낮으로 재운다. 넓적다리 부위를 누르면 쑥 들어간다. 충분히 연화(軟化)된 고기가 이젠 먹을 수 있는 때라고 알려주는 것이다. 오븐을 켜고 낮은 온도로 천천히 다리를 굽는다. 가끔 기름을 끼얹어가며 껍질을 바삭하게 해주는 것을 잊으면 안된다. 다 익은 양다리를 저미면 수증기와 함께 마늘향이 피어오른다. 양고기의 헤모글로빈 냄새가 코를 찌른다. 이것은 무언가 식욕을 부르는 카니발이다. 피를 부르는 욕망이다. 홍은택이 중국을 자전거로 돌면서 쓴 책『중국 만리장정』(문학동네 2013)에 보면 한자의 아름다울 미(美), 기를 양(養) 같은 좋은 뜻의 글자에 양(羊)이 쓰인 것만 봐도 알 수 있다는 대목이 있다. 그렇다. 한자에서 희생양이란 말은 있어도 희생우나 희생돈은 없지 않은가. 신에게 제사 지낼 때 가장 좋은 고기는 양이었던가보다. 어린양갈비는 부자 손님에게 배당된다. 흉곽을 떠받치던 두개의 갈비는 도려내면 불과 손바닥만 한 것 두장이 된다. 그 갈비뼈에 붙은 살을 사람들은 뜯어 먹기 좋아한다. 도톰하고, 분홍색이며, 익히면 슬쩍 피가 배어나오는 그런 갈비다. 그

갈빗살을 칼로 저미면 마치 잘 익은 복숭아를 자르는 것처럼 가벼운 감촉이 전해진다. 겨우 동전만 한 그 동그란 갈빗살을 먹기 위해 사람들은 돈을 지불한다. 오직 어미의 젖만 먹고 자란 양은 '젖만 먹여 기른'이라는 수식어를 위해, 더 나은 고깃값을 위해 풀을 먹어야 할 시기에도 젖병을 빤다. 고기의 색깔을 연하게 하고, 고기 결에서 젖비린내를 잃지 않게 하기 위해서다. 그렇다고 모든 양이 어린양갈비를 위해 희생되는 것은 아니다. 암놈은 장차 새끼를 배고 젖을 내어 치즈를 만들기 위해 살아남는다. 수컷만이 수명의 몇십분의 일을 겨우 채울 즈음 도살의 운명을 맞는다. 어쨌든 나는 양갈비를 굽고, 다리를 저민다.

일제빌은 소금을 더 쳤다. 잉태가 이루어지기 전에 콩과 배를 곁들인 숫양의 어깨죽지고기 요리가 있었다. (……) "지금 바로 침대로 갈까요, 아니면 그 전에 먼저 우리의 역사가 언제 어디서 어떻게 시작되었는지 들려줄래요?"

귄터 그라스의 대작—뭐라고 달리 설명할 길 없는 걸작—인 『넙치』의 한 장면이다. 작중 화자의 아내가 일제빌이다. 그녀는 훌륭한 요리사이자 잉태자다. 그들은 아기를 갖기 위해 숫양의 어깨죽지를 요리한다. 양고기는 다산과 정력을 상징하는 것이다. 음탕한 염소도 좋고 다산의 양 어깨죽지 살도 좋다. 아기를 잉태하라.

# 18.

## 굽기, 그리고 외면의 야끼또리여

내게 '굽는다'는 최초의 기억은 큰 댁의 마당에서 시작된다. 보광동 어디쯤에 있던 큰댁 가는 길에 대해서는 그다지 좋은 기억이 없다. 다다미가 깔린 방이 많은 적산가옥이었던 큰댁은 나와 잘 놀아주는 사촌 형이 있어서 좋았지만, 아버지는 겨우 대소사나 있어야 내 손을 잡고 방문했다. 큰아버지와 사이가 별로 좋지 않았던 것 같다. 어쨌든 대소사란 잔치든 제사든 요란하게 뭔가를 볶고 굽게 마련이어서 어린 내게는 큰 구경거리였다. 다다미방에서 사촌 형이랑 레슬링을 한판 하고 나면, 나는 마당에서 어른들이 음식 장만하는 걸 보았다. 연탄과 석유풍로를 놓은 마당에서는 혼곤한 기름 냄새를 풍기며 전을 부치고 산적과 생선을 구웠다. 다른 음식은 별로 생각이 안 나는데, 유독 굴비를 굽던 화덕이 눈에 선하다. 식모인가 어느 친척 아주머니인가가 연신 부채질을 하며 굽던 기억이 나는 걸 보면, 아마 숯불 화덕이었는지도 모르겠다. 커다란 굴비 껍질이 바삭바삭하게 되도록 갈색으로 구우면 파란 연기가 피어올랐다. 벽돌로 지은 담벼락 밑 화덕에서 굴비 몸통으로부터 나오는 자욱한 연기가 푸른 하늘로 올라가던 광경은 아직도 내게 그림처럼 선명하다. 그건 총체적인 감각이어서 또렷한 그림에 굴비의 냄새, 바삭한 껍질의 촉각까지 어우러져 좀

체 사라지지 않는다.

엄한 어른들 틈에서 집은 굴비 한점은 단백질의 맛은 모르겠고, 오직 간간한 소금의 맛으로 혀에 남아 있다. 그후로는 다시는 그런 굴비의 맛을 보지 못했다. 굴비가 사라진 건지 내 혀가 둔해진 건지 모르겠으나 어렴풋이, 공활한 가을하늘 밑 화덕에 굽는 굴비가 아니기 때문이야, 그런 생각이 들곤 한다. 소금 간 잘된 좋은 굴비야 돈으로 살 수 있겠지만, 유년의 가을을 되살 수는 없어서 우리는 슬퍼질 것이다.

나는 언젠가 토오꾜오의 야끼또리집 창가에 서 있었다. 서류 가방을 든 쌜러리맨들이 새카맣게 좁은 길을 메우고 퇴근하고 있었고, 하나도 바쁘지 않은 이방인은 딱 대형 텔레비전만 한 유리창으로 어느 야끼또리 장인의 손길을 관람하고 있었던 것이다. 그는 창밖의 이방인을 무시하듯 제 할 일만 할 뿐이었다. 그는 제각기 다른 부위의 닭고기를 작은 화로에 얹어 굽고 있었는데, 그건 정성이라든가 노련한 손길이라든가 하는 어떤 수식어를 붙일 수 없는 천애의 경지 같았다. 꼬치에 꿴 닭의 어느 부위를 화로 위에 얹은 후 그는 소금을 툭툭 던지듯 간을 했다. 불에 들어간 소금이 튀기 때문인지 그의 버릇인지, 눈을 한번 찡그린 후 부채질을 대여섯번 했다. 숯불땀을 돋운다기보다 그저, 버릇처럼 하는 부채질 같았다. 간혹 기름기 많은 부위, 이를테면 엉덩이의 지방층이나 껍질 따위를 구울 때는 붉은 연기가 불끈 솟아오르기도 했는데, 그럴 때면 어스름 저녁의 노을빛에 더해 그의 얼굴은 노련한 장인의 풍모를 드러냈다. 그가 입은 전통 염색을 한 낡고 푸른 티셔츠와 머릿수건, 그리고 가늘지만 강단 있어 보이는 팔뚝은 저렇게 유리창 안에서 평생 닭을 굽도록 '고안'된 건 아닌가 싶을 정도였다. 그는 완벽한 야끼또리의 장인 같았다. 펄럭이는 포렴과 기름때가 묻어 그 안쪽 텔레비전 속의 인물이 선명하게 보이는 않는 구도까지 모두 그의 계산으로 보였다. 토오꾜오 번화가에 흔한, 겨우 스무자리나 될 법한 그렇고 그런 야끼또리집이었을지라도, 이방인에게는 그렇게 보였다. 그건 그의 무심한 표정 때문이었다. 권태라든가, 정반대로 달관도 아니었다. 화로와, 부채와, 두 손으로 꼬치를 뒤집는 두 팔뚝까지 과장된 군더더기는 전혀 없었다. 그는 그 무심함으로 세월을 견뎌가고 있을 것이다. 그가 하루 8시간씩 30년 동안 닭을 굽기 위해서 선택한 가장 강력한 무기는 완벽한 기술도 체력도 아닌, 닭과 화로에서 멀어지는 방법일 것 같았다. 나는 그걸 이해할 수 있을 것 같았다. 무심한 외면의 힘이다. 나는 한참 들여다보던 그 집에 들어서서 차가운 술에 외면의 기술로 구운 닭을 씹었다. 아무 양념 없이 소금으로만 간한 닭은 무심해서 열가지가 넘는 온갖 부위를 다 맛볼 때까지 오랫동안 물리지 않았다.

양식 요리사라면 누구든 요리의 구석구석을 한바퀴 돌게 마련이다. 손님이 미어터지거나, 유독 구이요리가 강한 식당이라면 그릴은 애증의 대상이 된다. 그런 식당의 그릴에서 한동안 굴렀다면 평생 그릴에선 한수 접고 봐주는 풍토도 있거니와, 반면 그런 대우를 받게 되기까지 뒤집어써야 하는 불꽃과 기름은 증오가 된다. 장사가 좀 되는 집의 그릴은 어마어마하게 커서 돼지 한마리쯤은 통째로 올려놓고 구울 만한데, 문제는 무엇으로 굽는가이다. 맛있기로야 숯을 따를 것이 없으니 셰프는 당연히 숯불을 넉넉히 쓸 그릴을 설계한다. 누가 거기서 구이가 되든 쏘시지가 되든 알 바 아닌 것이다. 등신대의 사각 그릴에 숯을 잔뜩 넣었다고 상상해보라. 불과 대여섯개의 숯이 들어간 불판도 후끈거리는 열기가 보통 아닌데 말이다. 제대로 된 그릴은 가까이 가기도 전에 이미 복사열을 뿜어내어 숨통을 조인다. 반사식 온도계로 그릴을 체크하면 500도가 훨씬 넘는다. 고기에서 나온 기름이 쉼 없이 숯 위에 떨어져 불꽃을 일으키고, 그 기름이 다 마르기 전에 새로운 고기가 기름을 뒤집어쓴 채 그릴로 돌진한다. 수십개의 서로 다른 굽기 정도로 지정된 고기와 재료들이 뒤엉켜 그릴은 난장판이 된다. 입에서 멸치젓 냄새가 나도록 힘들게 일하는 노련한 그릴 요리사는 조금씩 시차를 두고 얹힌 고기를 각각 네번 손댄다. 우선 왼쪽이든 오른쪽이든 사선 방향으로 그릴 자국을 몸통에 남기며 굽기 시작한다. 그리고 방향을 한번 튼 후, 이내 뒤집어서 똑같은 자국 내기 과정을 거친다. 수십개의 고깃덩이를 그렇게 각각 알맞게 익히는 솜씨를 옆에서 보자면 얼이 빠지곤 한다. 연기와 불꽃은 2~3마력의 엄청난 흡입력으로 빨아들이는 배출기조차 감당하지 못할 만큼 강력하게 피어난다. 주문이 밀리는 저녁시간에 그릴 주변에 얼씬거리다가는 연막탄을 뒤집어쓴 것처럼 숨을 쉬기조차 버거워진다. 그릴에 던져진 시간은 마치 지옥으로의 유배 같지만, 다행스러운 건 숨 막히는 하루가 쏜살같이 흘러간다는 점이다. 생각해보라. 일렬로 누운 고기, 그것도 제각기 다른 동물의 여러 부위에 단 네번의 움직임으로 그릴 자국을 내는 요리사에게 필요한 집중력은 시간으로부터 멀어지는 무아경이다. 나는 모든 구이를 사랑한다. 그리고 모든 굽는 이들을 존경한다. 선사시대로부터 이어져온 가장 오래된 요리 기술, 오직 뚝심으로 버티는 원시적 기술의 무심함을 존경하는 것이다.

이 동네에서 요리를 하고 살면 이런저런 소식이 끊이지 않는다. 이를테면 어느 식당에 손님이 미어터져서 주인이 밤새 카드 전표를 셌다던가, 예쁘기로 소문난 아무개 여자 쏘믈리에가 어느 손님과 바람이 났다던가 하는 일 따위다. 그중에는 별로 새로울 것도 없는 뉴스도 있다. 아무개 식당의 그릴 담당이 도망을 갔다는. 그런 일은 워낙 다반사라 그렇군, 하고 고개를 한번 끄덕거리고 말게 된다. 올해도 연말이면 양식당의 그릴 요리사들은 가스와 숯 냄새를 단단히 맡으며 코밑이 매캐해지도록 고기를 구울 것이다. 나라도 그런 짓은 두번 다시 하고 싶지 않다.

희한하게도 메인 주방장들은 목소리가 크지 않아서 쏟아지는 주문을 웅얼거리듯 한번 뱉고 만다. 친 요리나 빠스따야 어찌어찌 낮

쥐낼 수 있겠지만, 이른바 '템퍼러처', 즉 고기의 굽기 정도가 제각
각인 그릴은 주문을 정확히 이해해야 한다. 자, 양갈비 미디엄웰던
두개에 미디엄레어 하나, 웰던 하나에다가 돼지목살구이가 각각 따
로따로 셋, 소등심이 제각기인 온도로 일곱개에다 안심이 여섯개,
다시 농어와 도미 각기 두개씩을 주방장은 주문서를 보고 한꺼번
에 '불러버린다'. 그릴 요리사는 거의 오줌을 쌀 지경이 되어 얼굴
이 붉어지고, 집게를 집어던지고 도망가고 싶은 마음에 사로잡힌
다. 이때 다시 앞에 적은 주문과 거의 같은 오더가 한바탕 더 쏟아
진다. 구운 온도가 주문과 다르다고 — 왜 사람들은 인생관처럼 제
각기 굽기에 대한 기준이 다른 걸까 — 되돌아오는 것도 서너접시
는 좋이 된다. 요리사의 머릿속은 진공상태에 빠지는데, 그러지 않
고서는 도저히 그 주문를 처리할 방법이 없다. 그릴은, 어쨌거나 그
식당의 얼굴이니까. 손님들은 정성껏 만든 전채 요리나 달콤한 디
저트보다는 스테이크를 얼마나 잘 구웠나로 그 식당을 평가하기
좋아하니까. 그러니 슬리퍼에 요리복을 입은 채로 도망가버리고 말
밖에.

　나는 유럽에서 최악의 그릴을 종종 보았다. 이른바 '클래식'이라
고 자랑하는 벽난로 같은 그릴이다. 영어의 f로 시작하는 그런 욕설
이 튀어나오는 그 열기에 고기가 익는데, 무시무시한 복사열이 뿜
어져나와 고기를 맛있게 익힌다. 고기가 익는 동안 요리사도 같이
구워버리는, 그릴 자국처럼 선명하게 요리사의 인생에 후회의 방점

을 찍게 만드는. 그래서 증오의 대상이 되어버리는. 그렇지만 요리
사들을 그 불구덩이에 밀어넣는 나 같은 셰프들은 회심의 미소를
짓게 하는 그런 그릴.

# 19.

## 그들도 대구를 먹는다

글을 읽다가 어떤 음식이 나오면 먹고 싶다,라기보다 연민에 빠지는 경우가 있다. 귄터 그라스의 『넙치』를 보고 광어회가 먹고 싶다는 사람은 별로 없을 것 같다. 에밀 졸라의 『목로주점』에 나오는 기름기 넘치는 요리는 독자들의 미각을 위한 것이 아니다. 주인공들의 덧없는 삶을 묘사하는 재료로 쓰일 뿐이다. 다자이 오사무의 『쯔가루』도 그렇다. 『쯔가루』는 『인간 실격』에 비해 거의 지명도가 없는 소설이지만, 나로서는 깊은 애착이 가는 작품이다. 다자이가 토오꾜오에서 피폐해진 몸과 마음으로 고통받던 시절, 마침 한 잡지사의 요청으로 고향 쯔가루 기행에 나선다. 유소년기의 기억이 묻어 있는 고향 땅을 하나씩 밟아나가며 쓴 이 기록은 소설이자 기행문의 형식을 띤다. 오래전 일본 북부 토오호꾸 지방의 풍속과 사람들의 행장 묘사가 재미있다. 여관을 전전하며 당시 귀하던 술을 청해 마시는 장면들이 구수하게 펼쳐지기도 한다. 다자이가 왜 그토록 극적인 삶을 살 수밖에 없었는지 여러 단초를 살펴볼 수 있는 작품이다. 다 읽고 나면 한동안 먹먹해지고, 이내 쯔가루에 가고 싶다는 욕망을 불러일으킨다. 이 소설에 대구가 나온다. 명태 말리듯 대구를 넣어 말리는 장면이다. 한국의 동해와 맞닿은 곳 쯔가루 사람들의 겨울 일상식을 알 수 있는 대목이기도 하다. 언젠가 쯔가루에 가서 말린 대구에 얼음장처럼 차가운 청주를 마실 것이다. 다자이를 생각하면서 말이다.

　요리사를 하기 전, 선배들을 따라 술추렴도 많이 했다. 피맛골의 열차집에서 빈대떡 위에 어리굴젓을 올려 막걸리를 넘기고 광장시장에서는 '닭 한마리'를 먹었다. 남은 매운 국물에 칼국수와 함께 고단한 삶도 말았다. 무교동에서는 거의 자학에 가까운 마늘다짐에 낙지를 비비면서 이를 갈았고, 대한극장 너머 생선골목에서는 짜디짠 고등어나 삼치에 소주잔이 엎어졌다. 남쪽으로 진출한 적도 많아서, 배호는 죽었지만 삼각지 로터리도 자주 다니던 동네였다. 그곳의 명물 평양집에서 호텔 레스또랑 뺨치는 가격의 양밥과 양깃머리는 못 먹을망정, 안쪽 골목에서 대구탕을 먹는 건 어렵지 않았다. 다른 쪽 테이블 손님과 등판을 맞대고 앉아──그들의 등은 따스했고 슬펐다──대구탕이 바글바글 끓기를 기다리며 아가미젓에 소주병 목을 먼저 비틀었다. 아마 아가미를 귀히 먹는 민족은 일본인과 한국인이 유일할 것이다. 대구는 바다의 소다. 버리는 것이 없다. 지금도 명맥을 유지하는 대구탕과 '대구뽈찜'을 먹게 된 건 순전히 서양인들 덕택이다. 대서양에서 잡은 거대한 대구는 살코기는 발라내어 그들이 먹고 대가리는 고양이밥 공장으로 가거나 한국으로 왔다. 대구는 냉수어종으로 대서양 또는 그 위쪽의 더 추운 바다, 아이슬란드와 그린란드 같은 너른 바다에서 헤엄친다.

영국에서 '피시 앤드 칩스'를 맛있게 먹었던 사람들은 오랫동안 그 맛을 잊지 못한다. 무슨 생선인지 모르겠으나 깊고 구수한 감칠맛이 오래 입안에 남기 때문이다. 그것은 튀긴 생선의 미덕이기도 하겠지만 무엇보다 대구의 덕이다. 크고 흔해서 제 대우를 못 받는데, 대구처럼 맛있는 감칠맛으로 가득한 생선도 흔하지 않다. 생태도 좋으나 대구의 아류일 뿐, 대구는 바다의 왕이라 해도 좋겠다.

대서양의 대구가 얼마나 크면 '뽈찜'이 나왔겠는가. 우리나라 대구가 기껏해야 7~8킬로그램 나갈 때 그 동네 대구는 종자부터 달랐다. 볼살만 발라내어도 찜을 하나 만들 만큼 컸다. 이제 대서양에도 대구가 흔하지는 않아서 '뽈찜' 좋아하는 이들을 슬프게 한다. 저작운동을 하는 모든 근육은 단단하고 쫄깃해서 소나 돼지의 볼살로도 구이나 찜을 맛있게 만들 수 있다. 하나 한국에서 이런 부위를 구하기는 쉽지 않다. 소든 돼지든 머리 고기로 통째로 팔려나가기 때문이다. 어느 제주(祭主)가 고사용 돼지로 따귀가 뜯겨나간 것을 쓰겠는가.

우리가 콜럼버스의 아메리카 대륙 '발견'의 역사를 이야기할 때 잊고 있는 것이 있다. 그 땅의 가치를 먼저 알아채지 못했을 뿐, 바이킹들은 그 앞바다를 자유자재로 휘젓고 다녔다. 그들이 아메리카 대륙까지 갈 수 있었던 데에는 대구의 덕이 컸다고 한다. 말린 대구는 오랫동안 보존이 가능했고, 맛도 좋았다. 제 키만 한 대구를 잡아 말려서 배에 싣는 바이킹의 모습이 눈에 보이는 것 같다. 대구는 싸고 흔했지만, 일찍이 대서양을 둘러싼 나라들에는 그 가치가 남달랐다. 200해리 선포 같은 영해의 개념도 대구 어장을 둘러싼 갈등에서 비롯했다니 말이다. 대구는 온 바다를 휘젓고 다니며 맛있는 먹이를 먹고, 제 몸을 마침내 사람에게 내어준다.

대구는 소금에 몸을 뉘어 절여지거나 마른다. 바이킹처럼, 영국의 선원처럼, 이딸리아 베네찌아의 상인들처럼 대구를 애용한 이들은 별로 없었다. 그들은 대구에 소금을 친다. 대구는 살아서 피부와 아가미로 호흡하고, 죽어서 그 부위에 소금을 받아 다시 살아난다. 살로 온전히 죽음과 부활의 운명을 받는다. 호흡의 강고한 증거인 아가미에 소금을 처넣고 깊이 잠든다. 그 죽음의 미라, 결코 영생을 꿈꾸어본 일 없는 슬픈 미라가 우리 입에 들어온다. 대구를 먹는다. 그건 소금처럼 짜고 먼 일이다.

유럽에서 대구를 먹는 법은 두가지다. 하나는 촉촉하게 소금에 두어 말려서 먹는 법이고, 다른 하나는 아마도 바이킹도 이용했을 바짝 건조시키는 방법이다. 이딸리아의 다른 지방은 대개 전자의 방법을 쓰지만 특이하게도 베네찌아는 말린 대구를 좋아한다. 저면 조상인 '베니스의 상인'들이 쓰던 방법이 지금도 전해지는 것인가. 중세의 베네찌아에서는 창밖으로 대구 불린 물을 하루 한번만 버릴 수 있는 법이 있었다고 한다. 말린 대구를 넣어 불린 물에서 엄청난 악취가 났기 때문이다.

우리나라도 대구 먹는 법이 몇가지 있었다. 시인 김달진의 고향 진해엔 겨울이면 진해만으로 대구가 온다. 회유하는 대구가 알을 낳으러 오는 것이다. 대구는 연어처럼 제 고향을 잊지 않는다. 진해와 그 인근의 마산, 거제 등지에서는 약대구라는 보양식을 해 먹었다. 생대구 살에 소금을 뿌리고 두면 얼고 녹기를 반복하면서 포슬포슬한 살이 된다. 마치 덕장의 명태처럼 살에 '물리적 맛'이 숨어든다. 아아, 이 동네 사람들이 예로부터 먹는다는 대구의 내장과 알, 살을 넣은 대구김치는 또 어떤 맛일런가. 품종은 각기 다르지만 대구는 대서양이든 한국이든, 바이킹과 베네찌아 상인의 시대든 조선의 진해 사람이든 시공을 넘나들며 저마다의 맛을 보여주었던 것이다.

대서양의 대구는 이베리아 반도 사람들에게도 소중한 음식이었다. 뽀르뚜갈의 '바깔랴우'는 말리거나 절인 대구, 또는 그것으로 만든 요리의 이름이다. 나는 마카오의 어느 장교클럽에서 바깔랴우를 먹었다. 식민지풍의 흰색 벽과 너른 발코니를 가진 그 장교클럽은 일반인을 받지 않는, 아직도 제국의 기운이 오만한 곳이었다. 마카오 관료의 부탁으로 나는 그 클럽의 식탁에서 바깔랴우를 먹었다. 식민지 시절 뽀르뚜갈 요리사로부터 면면히 이어져온 레시피대로 마카오 사람인 요리사가 바깔랴우를 요리했다. 우유에 풀어서 곱게 만든 바깔랴우는 포슬포슬하게 일어나 입안에서 풍만한 맛을 뿜어냈다. 올리브와 바깔랴우. 그건 지중해의 숨겨진 명물이다. 짠맛과 부드러운 우유 맛이 올리브유의 향취에 서로 몸을 담갔다가 혀에서 일어섰다. 어둑어둑한 클럽의 식탁에서 저녁 태양이 이우는 정문을 문득 보았다. 저벅거리는 제국의 군화 소리가 들리는 것 같았다.

20.
가지요리도 가지가지

어려서 가지 좋아한 이는 별로 없
을 것 같다. 나 역시 마찬가지여서, 미역냉국에 가지라도 들어 있으
면 그걸 건져내다가 혼나기 일쑤였다. 엄마는 왜 저런 '재수없는'
채소를 국에 넣을까. 그건 파와 마늘, 당근과 시금치보다 더 혐오의
대상이었다. 어려서 서울 변두리에 살았던지라 서울이라고는 해도
어디 시골 같은 소박한 동네였다. 오분만 걸어가면 산이 있고, 가을
이면 잠자리떼가 빨갛게 동네 하늘을 메우곤 했다. 들판을 쏘다니
며 먹을 걸 구하는 것도 시골다웠다. 칡을 캐기도 하고—더러 칡
뿌리에 감긴 유골에 놀라기도 했다—메뚜기나 개구리가 간식이
되던 시절이었다. 주변에 밭도 꽤 있어서 소소한 군것질거리를 구
하곤 했다. 고구마는 아주 좋은 간식이었고, 하다못해 총각무를 뽑
아 검은 흙만 대충 털어내고 먹기도 했다. 그러다가 호박 덩굴에 주
려고 마련한 거름구덩이에 빠져 옷을 버린 적도 있었고. 아마도 최
고는 복분자였을 것 같다. 주인 몰래 벌에 쏘여가며 먹던 보라색의
그 복분자.

웬만한 건 들에서 다 먹어봤는데 한가지, 가지는 건드리지도 않
는 편이었다. 털어 먹을 게 없던 어느날, 가지를 골라 그 반들반들
한 껍질도 벗기지 않고 한입 베어물었더니 가지 특유의 쓴맛이 훅

올라왔다. 누나의 아침 세숫물에 밴 비누 냄새 같았다. 여름 햇볕에 쨍쨍 익어도 가지는 단맛이 나지 않았다. 이런 걸 어른들은 왜 심을까, 하다못해 토마토를 심지 말이야. 밥상에 반찬이 없어도 가지무침에는 손이 가지 않았다. 희한하게도 지금은 가지요리에 혀를 빼고 달려들지만 말이다.

이딸리아에서 만난 가지는 충격이었다. 한껏 부푼 풍선처럼 둥글고 커다란 몸집은 윤기가 흘렀고, 짙푸르고 어두운 보라색은 식욕보다는 일종의 공포증을 일으킬 지경이었다. 어려서 느꼈던 가지 혐오증이 지중해 어느 나라에서 다시 도지는 순간이었다. 내가 일하던 식당은 가지요리가 많았다. 지중해라는 곳은 풍성한 식탁보다는 거친 영양을 추구한다. 토마토와 가지가 빠지지 않는다. 치즈는 적게 먹고 기름진 고기도 거의 식탁에 오르지 않는다. 지중해 사람들은 풍성한 가지를 사랑하기로 결심했다. 애초에 가지가 이 반도에 들어왔을 때, 이딸리아 사람들은 깊은 혐오감을 표출했다. 토마토조차, 감자조차 식탁에 오르기까지는 오랜 시간이 필요했으니, 쓰고 아린데다가 도대체 정체를 알 수 없게 음흉하게 어두운 이 보라색의 몸통은 더욱 부엌에서 멀어졌다. 로마의 유대인이 게토에서 살아갈 때 그들은 가지를 요리했다. 향·소·부곡처럼, 해방 이후에도 일본에 남아서 빈촌에서 살던 조선인들이 소곱창 요리를 만들었듯이 게토의 요리는 그렇게 탄생했다.

지중해의 가지는 거친 화산 토양에서 자란다. 반들반들한 껍질은

손을 대면 데일 듯 태양 아래서 익는다. 가지를 영어로 에그플랜트(eggplant)라고 부르는 이유는, 그걸 눈으로 보기 전에는 납득하기 어렵다. 커다란 풍선을 분 것 같은 모양새다. 우리의 가지는 가늘고 길쭉한 것밖에 없어서 처음 보는 유럽의 가지는 징그럽다. 그 에그, 아니 가지를 두툼하게 자른다. 지글거리는 플랫톱(다목적 구이기) 불판 위에서 올리브유를 살짝 바르고 구웠다. 천일염을 툭툭 뿌려서 아린 맛을 없앤 가지는 불판 위에서 맛있는 냄새를 피우며 금세 익었다. 거기에 다시 올리브유를 뿌리고 안초비를 얹어 손님에게 냈다. 아마도, 가지요리가 세상에서 제일 발달한 동네는 지중해일 것이다. 구우면 마치 스테이크처럼 쫄깃하고 부드러워진다. 단맛이 느껴지지 않던 살점에서 홍수처럼 달콤한 맛이 우러나왔다. 아니면 잘게 잘라 당근과 함께 볶은 후 잣을 섞어 지중해식 라따뚜유를 만들었다. 지중해 사람들이 까뽀나따(caponata)라고 부르는 '쏘울푸드'다.

센다이를 갔던 건 오래전의 일. 대재앙이 닥치기 전의 센다이는 저 변방의 도시답지 않은 우아함이 넘치는 곳이었다. 다운타운은 유럽의 쇼핑 갤러리를 그대로 옮겨놓은 것처럼 화려한 클래식이었고, 사람들의 표정은 무뚝뚝하면서도 위엄이 흘렀다. 다자이 오사무가 중학생이 되어 고향 쯔가루에서 유학 와 머물던 곳이었던가. 그곳의 한 이자까야에서는 보기에도 군침 도는 가지요리를 판다. 주문을 하면, 시간이 조금 걸린다. 소금을 뿌려 쓴맛을 죽이고, 술에 재어 단맛을 돋운다. 그러고는 아주 천천히 숯불에 굽는다. 껍질이 거뭇거뭇해지고, 숯덩이처럼 보일 때까지 충분히 익힌다. 그리고 마침내 속까지 충분히 익으면 배를 갈라 그 위에 가다랑어포를 올려 낸다. 가다랑어포가 춤추듯 꿈틀거린다. 가지의 속살은 뜨겁게 몸을 뒤채다가 젓가락으로 헤집을 때마다 김을 뿜어낸다. 극도로 건조한 청주 한잔을 마시고 입에 넣은 가지는 녹을 듯이 감미롭다. 미처 열기를 털어내지 못한 가지 속살은 입천장을 벗겨버린다. 그러므로 이 요리는 아주 느긋하게 입에 넣고, 마치 설탕을 녹이듯 살살 달래가며 먹어야 한다. 그래서 겨울이라도 술은 반드시 차가운 청주를 시킨다. 그 궁합이 절묘하다. 응축된 가지의 단맛이 폭발하고, 술잔은 비워지게 되어 있다. 밖에 천둥이 치든 폭설이 내리든 가지는 구워지고, 술잔은 엎어지고.

우리는 왜 중식당에서 채소요리를 시키지 않을까. 한국의 중식당에서 채소는 고기요리의 뒤를 받칠 뿐, 주인공이 된 적이 없다. 마포의 어느 허술한 술집 같은 중식당에서는 진짜 가지요리를 판다. 가지에 단 쏘스를 얹어 그다지 세지 않은 불에 가지들이 수군거리며 익어가는 소리가 들리게 천천히 익힌다. 이미 달콤한 쏘스에 다시 가지의 단맛이 쏟아져 나오고, 술을 부른다. 이런 가지요리를 먹을 때는 행복하다. 한국에는 왜 가지요리가 그렇게 단순할까. 가지가 가진 진면목을 왜 보여주지 못할까. 나는 중식당과 일식당에서 가지를 집으며, 그 천부적 단맛에 감탄하면서 한편으로 슬퍼진다.

그러던 어느날 윤선옥 씨의 가지요리가 나를 흔들었다. 그녀는 내가 일하는 식당에서 요리 보조를 하는 여자다. 오래전 간도에서 시작된, 중국에서 조선족이라고 불리는 여자. 남쪽의 반도에서 사라진 요리가 그녀의 손끝에서 다시 살아난다. 연변 쪽으로 여행해본 이들은 알 것이다. 오히려 우리의 복식과 음식, 생활의 관습이 생생하게 살아 있는 곳이 바로 거기가 아니더냐. 그녀의 음식도 그렇게 아직 살아서 운 좋게 내 입에 당도한 것이니. 그녀의 가지요리는 침착하다. 우선 가지를 기름에 볶는다. 쓰고 칼칼한 토종 된장과 마늘, 파를 넣고 한번 끓인다. 그게 전부다. 답답한 한국의 가지요리에 그녀의 손은 답한다. 진한 가지의 단맛과 풍부한 기운이 된장 양념에서 들끓는다. 소주 두어병을 비우고도 남을 요리다.

"가지는 밭에서 나는 홍합일세."

나는 여러분에게 말한다. 싸고, 맛있으며, 아직 흔해서 진가를 모르는, 그래서 더 흥미로운 채소인 것을.

이딸리아 남부에는 멜란자네 알라 빠르미자나라는 요리가 있다. 멜란자네는 가지이고 빠르미지아나라는 말은 빠르마(Parma)식이라는 뜻이다. 그러므로 빠르마식 가지요리란 뜻이 된다. 빠르마는 부자 도시다. 베르디의 고향——실은 인근의 소읍에서 태어났지만——이라고 지금도 매년 베르디 축제를 한다. 고기와 치즈가 넉넉한 부유한 곳이다. 그런데 가난한 남부에서 왜 이런 가지요리를 만들었을까. 가지는 가난한 음식이다. 그것에 리꼬따 같은 싼 치즈를 뿌리고 오븐에서 굽는다. 빠르미자노 치즈는 비싸서 쓸 수 없으니 비슷한 가루 치즈를 뿌린다. 그러고는 빠르마 가지요리라고 부른다. 아, 그 빈곤한 열망을 이해하겠다. 우리는 뭐든 귀한 것은 미국식으로 수렴했던 역사가 있으니.

21.
비계의 맛

내가 아는 어느 중국요리 고수는
그다지 신나게 짜장면을 만들지 않는다. 진짜가 아니라는 이유에서
다. 집에서 담그던, 콩과 밀가루를 넣어 발효시켜 갈색을 띠는 중국
춘장이 없다는 것이 첫번째 이유다. 공장에서 만든 캐러멜을 넣은
새카만 짜장이 전국민의 입맛을 사로잡은 지 오래다. 두번째 이유
는 비계 때문이다. 돼지비계를 쓰지 않고 식용유로 만드는 짜장은
제맛이 안 난다고 그는 투덜거린다. 언제부터인가 짜장을 식물성
기름으로 볶는다. 아마도 공업용 우지 파동 이후에 사람들의 불신
이 퍼진 까닭일 것이다. 중국음식은 누가 뭐래도 돼지기름이 맛을
낸다. 몸에 나쁘다고? 살이 찔 거라고? 천만에. 이 문제에 대해 여
기에서 다 말할 수는 없지만, 비계 혐오는 비과학적인 논리에서 출
발한다. 옛날 짜장면은 시켜서 오래 두면 하얗게 기름이 올라왔다.
식으니 굳는 것이다. 그게 우리 혈관에서 굳을 것이라고 다들 걱정
아닌 걱정을 했다. 동물성 지방을 많이 먹으면 몸에 안 좋은 건 사
실이다. 그렇다면 우리가 그토록 편애해 마지않는 삼겹살은 뭔가?
맛있는 김치찌개도 다분히 돼지기름에 기대는 맛이다. 기름이 녹아
서 그 짙고 진한 국물을 유지한다. 김치찌개는 김치와 비계가 만난
최상의 조합이다. 지구상의 맛있는 음식의 다수는 역시 동물성 기

름이 맛을 낸다. 이건 우리가 정한 게 아니라 신의 작용이다. 우주의 섭리다. 남의 살에 욕망하는 우리의 입, 그건 사실 살뿐만 아니라 기름에 대한 욕망이다. 비계!

어렸을 때 나는 종종 정육점 심부름을 했다. 고기야 거의 먹을 수 없던 날들, 비계가 주로 살 수 있는 품목이었다.

"50원어치요!"

제법 두툼한 비계가 신문지에 둘둘 말려 내 손에 들렸다. 신문지를 통해 느껴지는 비계의 질감은 뭐랄까, 풍만하고 이질적이었다. 고기가 묵직하고 탐욕적이라면, 비계는 에로틱했다. 신문지 사이로 비계가 살살 녹아서 손에 묻을 때면 나는 약간 구역질이 났다. 그 미끌거리는 촉감에 진저리를 쳤다. 어머니는 그 비계를 툭툭 잘라 낡은 팬에 넣고 기름을 치익칙 올렸다. 그리고 설탕을 넣은 호떡을 부쳤다. 비계는 우리들의 간식을 만들어주었다. 부침개도 하고, 반찬도 볶았다.

시골 돼지의 맛도 비계의 맛이었다. 어쩌다 시골서 잡은 돼지고기 토막을 아버지가 신문지나 시멘트 포대에 말아 가지고 왔다. 포장지가 흔치 않던 시절이었다. 돼지의 살점에 '물가인상 비상' 같은 신문 잉크 글자가 간혹 흐리게 묻어나기도 했다. 잉크 냄새가 나는 애매한 붉은 살코기 주위로 손질하지 않은 비계가 붙어 있었다. 어머니는 된장을 넣고 그 고기를 삶았다. 묵은 김치에 싸서 먹었다. 비계가 그토록 고소한 줄 몰랐다. 씹으면 한번 혀를 튕겨내고 이내 깊숙하게 기름진 맛을 녹진하게 보여주었다. 비계는 딱 그만큼만 맛있는데, 기름져서 느끼해질 무렵이 젓가락을 놓을 타이밍이었다. 그때는 비린 맛을 덜어주는 묵은 김치도, 된장과 마늘도 소용없었다.

내 친구 K는 비계를 먹을 줄 아는 친구다. 삼겹살을 먹을 때도 그는 상추 한장에 다섯장 쯤의 삼겹살을 올린다. 먹다가 목이 콱 막히게 제대로 욱여넣어야 고기 맛이 난다고 한다. 너무 많은 고기를 입에 넣다보니 본의 아니게 어린애처럼 지저분한 꼴을 보이게 된다. 된장을 머금은 기름기가 입가로 줄줄 흐르는 것이다. 그는 그걸 지적하는 친구에게 딱 한마디 대꾸한다.

"비계도 먹을 줄 모르는 녀석들이……"

그렇게 말하면, 그는 그 순간 비계의 왕자가 되는 것이었다. 비계라면 입가로 기름기를 흘리면서, 불판 밑의 구멍이 기름을 받아내듯이 그렇게 먹어야 하는 것 아닌가 싶었다. 그보다 더 세게 비계의 왕이 되려면 딱 한가지 방법이 있었다. 친구들은 그걸 암묵으로 알고 있었다. 아무도 실천할 수 없는 일이었다. 그 방법이란, 비계 녹은 기름 받아낸 종지, 간혹 김칫국물도 섞여 있는 그 종지에 든 기름으로 밥을 볶는 일이었다. 공기밥을 하나 시키고 그 기름을 부어 볶는다. 희한하게도 맛이 좋다고 다들 숟가락을 넣는다. 기름은 보이지 않는다. 오직 맛있는 볶음밥이 있을 뿐이다.

비계는 본의 아니게 사람들에게 지탄받는다. 비곗덩어리라는 말은 내가 어린 시절 사들고 오던 그 가치 있던 비계가 아닐 것이다. 모빠상이 일찍이 끌어다 썼듯이, 비계는 비이성적 욕망의 상징이다. 비계는 억울하다. 고기도 되지 못하고, 정치적으로도 비난받는다. 월가를 점령한 시위대나 바스띠유를 습격하던 혁명가들이 비슷한 심정이었을 것이다. 비계여, 나를 쥐어짜서 만든 그 기름을 토해내라. 동탁이 처형되고 사흘 낮밤을 불탔다는 나관중의 묘사는 그러니까, 비계에 대한 민중의 혐오를 드러낸다고 할 수 있다. 비계는 그렇게 오랫동안 배척과 격하의 세월을 살았다. 불쌍하다, 비계.

　다시 비계를 먹는다. 간혹 정말 비린 비계가 있다. 정육업자는 말한다. 그거, 짬밥 먹고 자란 돼지요. 사료 먹인 녀석들은 기름이 고소하지. 군대 시절, 전두환은 우리 부대를 불러낼 생각을 했다. 6월 항쟁 무렵이었다. 동국대 본관의 옥상을 점령하고 기관총좌를 설치하는 것이 내 임무였다. 매일 먼지 자욱한 연병장에서 웃통을 벗고 시위진압 훈련을 했다. 아이들의 눈은 시뻘게졌다. 나가면 다 죽여버릴 거야. 각하 하사품으로 돼지가 왔다. 시골 출신 사병들이 몽둥이와 칼로 돼지의 멱을 땄다. 진짜 돼지 멱따는 소리가 났다. 코와 입안에 연병장의 매캐한 먼지가 가득하던 그날 저녁, 인사계가 말했다. 돼지비계를 먹어야 먼지가 씻겨 내려간다. 푸른색의 낡은 식판에 돼지비계가 가득 담겼다. 여름 초입이라 비계가 녹아서 식판에 번질거렸다. 구역질을 하며 못 먹는 아이들도 있었지만, 나는 먹었다. 우리 짬밥을 먹고 자란 돼지였다. 비계에서 정어리와 청어,

대구 냄새가 났을 것이다. 비린 건 비계의 죄가 아니었다. 세상이
미쳐서 내는 비린내였다. 구린내였다.

이딸리아에서 비계는 미식의 상징이다. 또스까나나 에밀리아에
서 비계를 녹여 빵에 발라 먹을 줄 모르면 어른 행세를 못한다. 라
르도(lardo)나 꾼짜(cunza)라고 부르는 이 비계요리는 빵에 바르
기 좋다. 버터보다 더 비싼 미식이다. 마늘과 로즈메리, 타임 같은
허브를 배합해서 맛을 낸다. 따뜻한 빵에 고형의 꾼짜를 바르면 천
천히 비계가 녹아 환상의 맛을 낸다. 비계는 녹으면 기름이 되고,
그것이 '미식'이 되는 과정을 보여준다. 이딸리아에서 비계는 모
든 세대의 사랑을 받는다. 게르만족과 무어족, 셈족, 에트루리안
족…… 생김새도 다르고, 인종도 다른 이딸리아를 비계가 통일한
다. 심지어 다 같은 이딸리아가 싫다고 북부만 독립하자는 사람들
이나 청춘의 8할이 일 없이 노는 남부의 민중이나 다 함께 비계를
먹는다. 베를루스꼬니도 비계를 먹고 아랍계 미성년자 무희와 댄
스파티를 했을 것이다. 비계 없는 이딸리아는 없다. 이딸리아 '만두
당'도 만든 그들이 ─ 그곳에도 허경영이 있다 ─ 비계당을 만들지
말라는 법이 없다. 비바 라르도!

이딸리아의 비계는 전승되는 미식, 전통음식의 한 뼈대다. 지역 음
식에는 반드시 비계가 들어간다. 그걸 소금에 절여서 맛을 내는 건
마치 우리가 장 담그는 기술을 전수하는 것과 같은 대접을 받는다.

이딸리아에 가고 싶어질 때면, 나는 그것이 비계에 대한 열망임

을 깨닫는다. 뉴욕의 전설적인 요리사 마리오 바딸리가 또스까나의 정육업자 다리오 체끼니의 정육점에서 미친 듯이 라르도 한점을 입에 넣는 것처럼. 입가에 기름을 줄줄 흘리면서.

22.
어른이 되는 맛, 콩나물의 맛

　　　　　　　　　　　　　전라도 한 지방의 콩나물 전문 생
산업자에게 전화를 걸었다. 내가 굳이 그 먼 지방의 그에게 연락을
하게 된 건, 순전히 인터넷 때문이었다. '두채'라는 이름으로 인터
넷 검색을 하니 맨 먼저 정보가 떠올랐다. 그는 그 지방 '두채생산
조합'의 이사장이었다. 두채가 뭐냐고? 물론 나도 몰랐다. 대저 성
스러운 무슨 무슨 협회나 조합의 이름에 한글을 박아넣는 건 불경
하게 여겨지는 법이다. 이를테면, 전국구서(驅鼠)협회는 전국쥐잡
기협회가 이름을 갈아탄 것일 테다. 그런 연유로 콩나물이 바로 두
채가 됐다. 콩 두(豆), 나물 채(菜). 이 용어에서 무심한 듯 깊은 맛을
보여주는 그 간결한 콩나물의 느낌은 배어나오지는 않는다. 어쨌
든, 나는 그에게 전화를 걸었다.

　"긍께, 뭐라고요? 글 쓴다고요? 콩나물을 글에 뭐더러 쓴다요?"

　나는 여차여차, 이러저러한 사정을 설명했다. 콩나물, 아니 두채
에도 계통이 있을 것 아니냐, 글을 쓰려면 그런 걸 알아야 한다, 뭐
이런 내용이었다.

　"알았소만, 거시기 꼽슬이랑 일짜, 그런 거 말이어라?"

　네, 그렇습니다. 그의 강의는 전화기를 타고 오래 이어졌다. 수온
과 계절의 관계, 발아의 비밀 따위를 그는 얼굴도 모르는 내게 알려

주었다.

"그것이 말이어라, 콩이 물을 먹고 살살 꼬리를 내리는데, 그거 기분이 삼삼하지라. 그 똥그란 콩에서 길쭉길쭉 꼬리가 나온다는 게 신기해서 이 일을 시작했구만이라."

나는 콩나물의 계통이 궁금했다. 그에 따르면 콩나물은 곱슬이, 일자, 찜용 이렇게 나뉜다. 곱슬이는 우리가 늘 보는 콩나물의 모양을 말한다. 곱슬곱슬하게 줄기가 휘어 있다. 일자(一字)는 문자 그대로 길쭉하게 뻗은 것이다. 찜용은 주로 아귀찜에 최적화된, 줄기가 굵은 것을 말한다.

"찜용이 키로당 한 일이천원 더 나갈 거요. 근디 이런 걸 뭣에 쓴다요. 희한하네, 참말로. 전에 어떤 신문기자는 콩나물에 약을 치냐 어쩌냐 물어쌓더만……"

내가 그 희한한 취재를 하게 된 건 오래전의 기억 때문이다. 내가 다니던 초등학교는 갓 형성되기 시작한 도시 변두리에 있었다. 막 농촌이 해체되면서 공장과 도시에 필요한 노동자들이 몰려들었고, 그들이 일군 동네였다. 워낙 그런 곳이 그렇게 마련이어서 애들은 무지하게 많이들 낳았다. 그 덕에 문교부에서 열심히 학교를 새로 지어대도 늘 교실이 모자랐다. 콩나물시루라는 은유는 그 시절 신문 기사의 단골이었다. 변두리의 그들이 출근을 위해 타던 버스에도, 그 자식들이 다니던 초등학교에도 갖다붙이는. 내가 다닌 학교는 밀려드는 학생을 수용하느라 저학년은 3부제 수업을 했다. 오후 2시쯤 아이들이 가방을 메고 학교에 가기도 했다. 선생들은 몽둥이와 기합으로 그 돼지새끼들처럼 시끄러운 도시 빈민의 자식들을 몰아쳤다. 한반에 60명이 들어도 겨우 수업이 될까 말까일 텐데, 자그마치 80~90명을 때려넣었다. 한 학기가 다 가도록 담임선생은 자기 반 학생의 이름은커녕 얼굴도 다 못 외울 지경이었다. 그런 시절이었다.

학생이 그렇게 많았는데도 내가 왜 그 일을 했는지는 모르겠다. 담임이 어느날 내게 교무실 옆에 있는 콩나물시루에 물을 주라고 시켰다. 그 시루는 현대적으로 개량된 것이었다. 나무로 틀을 짜고, 여닫이문 앞에 검은 천을 덮어두었다. 먼저 천을 들추고 몸을 넣고서 빛이 완전히 차단되었는지, 아무것도 안 보이는 암흑천지인지 확인한 다음, 살짝 천을 열어 빛을 조금 확보한 뒤 여닫이문을 열고 콩나물에 물을 뿌렸다. 만약 콩나물 대가리에 푸른빛이 돌면 어떤 벌을 받게 될지 잘 알았다. 나는 물을 줄 때마다 혹시나 푸른빛이 돌지나 않는지 마음을 졸였다. 그건 하나의 트라우마가 되어 어쩌다가 시장에서 푸른 대가리의 콩나물을 마주치면 죄책감이 들 지경이었다. '어떤 녀석이 여닫이문을 잘 닫지 않았지?'

나중에 광합성을 배우면서, 나는 콩나물을 떠올렸다. 서양 근대 과학이 발견한 혁혁한 성과, 식물이 지구를 살찌운 결정적 메커니즘인 광합성을 배신하려는 콩나물의 은둔자적 태도 말이다. 광합성의 욕망을 억제한 대신 콩나물은 뿌리를 곧게 뻗었다. 그래서 콩나물에선 음지의 기운이 난다. 그 고유한 비린내는 아마도 태양을 모르는 식물의 체취랄까, 본능을 제어당한 슬픈 냄새인지도 모르겠다.

서양에서는 콩나물이 식민 경영과 장거리 원정에 한몫 보탰다. 신선한 채소를 먹지 않으면 살이 푹푹 썩어들어가는 괴혈병에 걸린다는 사실을 알고부터다. 콩에 물을 주면 싹이 나온다. 식민의 배에 콩을 싣고 물을 주었다. 콩나물도 나쁜 짓을 많이 했다.

이젠 모두들 봉지 콩나물을 먹는다. 제조연월일을 확인하고 값을 치른다. 과거에는 콩나물의 선도를 확인하는 예리한 촉수가 필요했다. 냄새를 맡아보고, 뿌리가 반투명하게 물러지지는 않았는지 노려봐야 했다. 정확한 무게로 팔리는 봉지 콩나물과 달리, 과거의 콩나물은 손대중으로 팔았다. 주인의 마음 씀씀이나 기술에 따라 무게가 달랐다. 어머니는 그래서 심부름하는 내게 100원을 쥐여주며 이렇게 말씀하시던 것이다.

"50원어치씩 두봉지를 달라고 해라."

고깃집에서 기어이 5인분 대신 3인분, 2인분으로 나눠 시키는 우리의 사려 깊은 경계심은 이미 오래된 우리 민족의 습관이었던 것이다. 그러나 나는 주인에게 빤한 속마음을 들키기 싫었다. 100원어치를 사서 두봉지에 나눠 담아 들고 갔다. 어머니의 꾸중이 없었으니, 그 잔꾀는 제법 괜찮았던 모양이다. 콩나물을 다듬으며 나는 요리를 배웠다. 칼질도 못하던 내가 유일하게 어머니 일손을 도와드리던 콩나물이여…… 반투명하고 검은색이 비치는 껍질을 벗기고 노란 대가리가 선명하게 손질을 했다. 수북하게 쌓은 말끔한 콩나물은 내가 배운 가사노동의 첫번째 성과였다.

전주에서 콩나물국밥을 먹는다. 그 맛을 한마디로 표현하라면, 나는 '어른이 되는 맛'이라고 하겠다. 어른들만이 아는 맛이라고 하겠다. 무심하고 밋밋한 콩나물이 전부인 그 국물은 자극이라고는 모르는, 요즘 같은 선동적인 시대에 어울리지 않는 맛이다. 아니, 그렇기 때문에 어른들은 더 콩나물국을 찾는 것일지도. 남부시장의 국밥집 아낙은 막 다진 매운 고추와 마늘, 파를 내가 시킨 국밥 그릇에 쏟아넣는다. 막 터진 그 양념의 액포들이 콩나물과 함께 휘발한다. 노랗고 맑은 콩나물국을 한숟가락 뜬다. 거기에 내 어린 날의 냄새가 자욱하게 번진다.

# 23.
## 아귀, 숨어서 먹는 맛

음식은 혀의 기억을 불러오고, 그
것은 충동이 되기도 한다. 그렇다고 산지로 길을 재촉하기란 쉬운
일이 아니다. 다행히도 어지간한 음식은 서울에서도 대충 구해 먹
을 수 있으니, 크게 아쉽지 않게 넘어가곤 한다. 그러나 아귀찜만은
그게 쉽지 않다. 된장의 깊고 넉넉한 맛에 날카롭고 향기로운 고춧
가루의 매콤한 맛이 얹힌, 쫀득한 살점을 뜯고 뼈를 발라 먹는 재미
가 엉덩이를 들썩이게 한다. 진짜 마산식 아귀찜을 먹을 곳이 서울
에 있던가. 결국 마산으로 가는 수밖에.


　　아직도 욕심을 버리지 못하는 녀석에게
　　콩나물로 재갈 물리고 고춧가루 풀어
　　세상의 양념 쏟아부으면
　　욕심은 범벅이 되어 땀으로 흘러내린다


　　마산문인협회 민창홍 시인의 「아구찜」이라는 시의 일부다. 그러
니까 마산에선 아귀로도 시를 짓는 것이다. 마산다운 일이다. 언젠
가 마산을 들렀더니 지인이 책 한권을 준다. 『여기 마산의 맛과 풍
경이 있다』라는 단행본이다. 협회의 여러 문사들이 마산의 아름다

움과 맛을 노래한다. 마산에는 9경5미가 있다. 아귀찜을 놓고 무려 열명의 지역 문사들이 시를 짓고 글을 올렸다. 민창홍 시인의 시도 거기 들어 있다. 마산에서 아귀찜의 자리가 어디인지 짐작하게 하는 대목이다.

그런데 정작 마산 사람들에게 물으면, 아귀찜을 거론하는 이가 그리 많지 않다. 역사가 짧은데다가 요즘은 비싸서 쉬이 먹을 수 없다는 얘기가 돌아온다. 마산에서 탄생한 서민음식이 이젠 귀족처럼 비싸진 까닭이다. 그래도 나는 마산으로 간다. 아귀를 유달리 좋아하는 나는 올해는 아귀가 좀 잡힐까, 배때기가 허연, 맛이 각별한 참아귀가 마산 어시장에 착착 깔릴 수 있을까, 기대를 해보는 것이다. 요리를 준비하느라 노량진에서 새벽장을 볼 때 아귀전에서 누런색 중국산 아귀 상자가 보이면 가슴이 덜컥 내려앉는 것이다.

아귀를 처음 손질해본 건 이딸리아에서였다. 이딸리아는 아귀를 '개구리고기'라고 부른다. 그러고 보면 입이 유달리 큰 게 개구리 같다. 아귀는 입이 전체의 절반을 넘는다. 입 빼면 살점도 얼마 안 된다. 그래서 시장에서 아귀를 고를 때 작은놈을 골랐다가는 낭패다. 썰어보면 먹잘 게 없기 때문이다.

이딸리아에서도 아귀는 귀한 고기다. 특이하게도 등에 있는 두 점의 필릿(fillet)을 발라내어 스테이크처럼 굽는다. 기름기가 적고, 담백하다. 그런데 이건 아귀의 진짜 맛을 모르는 일이라는 생각이 든다. 마치 갈퀴처럼 생긴 지느러미 살이며 연골을 빨아 먹는 맛을 빼면 아귀 맛이 어디 있는가 말이다. 그런데 그런 부위는 채소와 함께 푹 끓여서 쏘스를 낸다. 등의 필릿은 스테이크감이 되고, 맛있고 쫄깃한 잡다한 부위는 그저 쏘스가 되고 만다. 포크, 나이프를 써서 썰어 먹는 서양 문화에서야 그 맛있는 부위를 먹을 수 없으니 고작 등짝에 붙은 부드러운 살점을 먹는 셈이다. 손으로 들고 뜯거나, 적어도 젓가락질을 해야 먹잘 게 생기는 고기가 바로 아귀 아닌가.

마산은 오동동에 주요 아귀찜 식당들이 몰려 있다. 아쉽게도 이제 그 넓은 어시장—마산의 어시장은 알아주는 명물이다—에서 아귀를 별로 볼 수 없다. 서울이나 매한가지 사정인 것이다. 아귀가 전국적인 인기를 타면서 잡히는 족족 분배하다보니 마산 몫이 어디 남아나겠는가. 마산만 앞바다에도 아귀는 거의 보이지 않는다고 한다. 자루 같은 마산만의 두툼한 바다로 수많은 고깃배들이 드나드는 광경이 보이는데, 아귀를 실은 배는 별로 없다는 얘기다. 대신 요새는 부산의 가덕도 쪽에서 온 아귀가 인기다. 등이 까맣고 배가 하얀 아귀다. 같은 아귀라도 맑은 물에서 자란 것이 맛이 좋고, 서해안의 펄 많은 곳에서 잡힌 놈은 별로라고 한다.

김종해 시인은 어릴 적 고향 마산의 밥집 술청의 기억을 시로 만든 일이 있다. 그의 어머니가 끓여주시던 새벽 아귀술국의 맛이다. 아귀가 술국으로 널리 쓰였다는 걸 알 수 있는 대목이다. 서울로 온 그에게 여전히 아귀는 떨치지 못하는 고기였으니 이런 시를 남긴다.

허전한 저녁나절,

종로에서 입을 벌리고 앞으로 앞으로 물길을 나아가면

아아, 내 뱃속에 와 쌓이는 것들.

몇잔의 소주와 몇잔의 비애

그리고 또 몇잔의 적개심.

종삼(鍾三) 아구탕집의 아구찜을 어금니로 물어뜯고 뜯으며

씹고 또 씹을 뿐이다.

— 김종해 「항해일지 18」 부분

아귀는 보기에 정말 흉물스럽다. 이빨은 이중 삼중으로 나 있어서 물리면 거의 손목이 끊어질 것이다. 몸통은 비늘도 없이 미끈한 점액질로 덮여 있다. 아귀를 손질하느라 씻으면 아주 기분 나쁜 끈끈한 피부가 느껴진다. 날카롭고 휘어지는 요상한 가시는 왜 그리 또 많은지. 아귀란 이름은 원래 불가에서 온 것이다. 식욕이 엄청나지만 목구멍이 좁아서 늘 배고픔을 면치 못하는 고통스러운 존재가 바로 아귀다. 살아생전 탐욕을 부리면 죽어서 지옥도 속의 아귀가 된다. 아무 죄 없는 아귀에게는 미안한 일이지만, 제법 문리가 닿는 명명이다. 왜냐하면 아귀처럼 식욕이 무서운 고기도 없기 때문이다. 아귀는 심해에서 거의 줄곧 입을 벌리고 닥치는 대로 먹는다. 아귀는 빨리 헤엄치지 못한다. 대신 몸에 촉수가 있어서 컴컴한

바다에서 그걸 흔들어 고기를 유혹한다. 심해어 중에 초롱아귀라는 녀석은 아예 그 촉수가 전등처럼 빛이 난다. 조물주는 신기하게도 다 굴러먹는 재주를 부여했고, 아귀의 탐욕은 그 넉넉한 덩치에 걸맞은 사냥 기술을 갖게 됐다.

아귀는 새우, 오징어, 게 등 맛있는 것을 먹는다. 심지어는 자기 새끼까지 통째 삼킨 후 강력한 소화액으로 녹여버린다. 아귀의 배를 가르면 위가 나온다. 그걸 다시 갈라보면 기가 찬다. 아귀 새끼가 오롯이 들어 있는 경우가 있었다. 아귀의 위는 도저히 물고기의 밥통이라는 생각이 들지 않는다. 마치 소곱창처럼 단단하고 질깃질깃하다. 그러니 그렇게 강력한 소화력을 자랑하는 것이다. 아귀의 위는 쫄깃한 맛이 있어서 간과 함께 별미로 친다. 단골이 아니면 주인이 슬쩍 빼고 줄 수도 있다. 위산에 절여져서 그런지 좀 쓴맛이 난다.

마산의 아귀찜은 묘한 매력이 있다. 사투리가 구수하고, 낮술 먹는 뱃사람들의 투박한 말투도 여기가 마산이라는 생생한 감정을 돋운다. 맵디맵게 양념해서 속에 불이 확확 일어난다. 이런 게 진짜 아귀찜의 본때라고 알려주는 것 같다. 국물은 짜고 감칠맛이 있는데, 멸치 육수를 쓰기 때문이라고 한다. 아귀에서 흘러나온 즙도 만만치 않을 것이다. 고춧가루는 확실히 좋은 것을 써야 잡맛이 없다. 정신없이 먹다보면 어느새 접시가 비고, 서운해진다. 마산식 아귀찜 맛의 비결은 콩나물에도 있다. 머리를 다 따낸 놈을 써서 아귀 자체가 맛을 잘 표현하도록 한다. 미더덕이나 오만둥이 같은 건 넣지 않는다. 맛이 섞여서 아귀가 제맛을 못 내는 까닭이다. 얘기가 나온 김에 보태면, 마산에서는 원래 미더덕찜이 더 쳐주는 별미다. 방아잎(배초향)을 넣고 찐 미더덕은 바다향을 뿜어낸다. 요새는 마산만이 예전 같지 않아 미더덕도 맛이 덜하다는 게 이쪽 사람들 말씀이다.

무엇보다 내가 원조 아귀찜집에서 기다리는 음식이 있다. 바로 동치미다. 나는 그걸 처음 마시고 소리를 지를 뻔했다. 너무 좋아서! 요새 어디서 진짜 동치미를 먹을 수 있단 말인가. 겨우 답십리의 한 막국숫집과 대전의 두부 파는 식당인 '진로집'에서 먹어보는 게 고작 아니던가. 60년대부터 아귀를 만들어서 팔아왔다는 이 집의 할매는 표정도 없고 무뚝뚝한 경상도 여자다. 가게는 낡았고, 마룻바닥은 반들거린다. 가게 한켠에 걸린 덕장의 사진이 이 가게의 내력을 말해주는 듯하다.

맞다. 마산의 아귀는 덕장이 필요하다. 덕장이란 생선을 널어 말리는 건조장을 말한다. 마산 아귀찜은 생아귀를 쓰지 않는다. 생아귀는 그저 수육을 만들 때만 쓴다. '삐들삐들'하게 말린 아귀라야 제맛의 마산 아귀찜을 보장한다. 뭐랄까, 야들야들한 콩나물과 짭짤한 조림국물에 뒹군 말린 아귀 토막이 웅숭깊은 마산식 아귀찜 맛을 증언한달까. 어쩌면 이런 아귀찜은 당대를 넘기지 못할지도 모른다. 아귀는 점점 잡히지 않고, 턱 약한 신세대들은 더이상 아귀찜집을 잘 찾지 않는다. 허다한 손님 가운데 내 나이가 대충 중간대였으니, 오십줄이라야 이쪽 진짜 아귀골목에서는 기본 연령대인 셈이다. 아귀찜은 그 나이가 들어서 알 수 있는 맛, 저 미각의 깊은 골짜기를 깨우는 맛, 흘러간 세월이 이해할 수 있는 맛.

아귀찜은 겨울음식이다. 삭풍이 부는 마산만의 바람을 맞고, 오동동을 한바퀴 돌고 나서 먹는다. 아귀는 겨울이 제철이기도 하다. 잘하는 집들은 살이 잘 오른 겨울 아귀를 한겨울 내내 말려가며 쓰고 저장했다가 일년 동안 풀어낸다.

한때 아귀가 재수없다 하여 어부들이 경원시하고 사료로나 썼다는 말은 많이 나온 얘기다. 인천에도 아귀집이 꽤 많은데, 인천 사람들은 물텀벙이라고 한다. 잡으면 도로 바다에 놔주는 소리가 '텀벙' 했다는 데서 유래한다. 그래도 잡힌 고기인데 그랬을 리 없다. 게다가 맛도 있지 않은가. 아마도 가치있는 생선이 아니라는 뜻이 와전되어 생긴 말일 것 같다. 하인천 정거장 부근 선술집에서 물텀벙이 요리를 만들어 팔았다. 부둣가에서 일하는 사람들에게 둘도 없는 요깃거리이자 안줏거리가 되었다. 용현동 로터리에 물텀벙이 전문점이 들어서서 이제는 그곳이 아귀찜의 메카가 되었다.

아귀처럼 천대받는 바닷것이 서양에도 있었다. 로브스터가 그랬다. 영국선 하인들이 제발 로브스터를 그만 주라고 데모까지 했다는 기록이 있다. 아니, 그 비싼 로브스터가 그럴 리가. 사실이다.

그렇지만 우리 선조가 모두 아귀를 천하고 못난 고기로 여긴 건 아니었다. 조선시대 통신사로 맞이한 조선인들과의 일을 엮은 『통역수작』이란 책에 통역사 오다 이꾸고로오(小田幾五郎)는 이렇게 써놓았다고 한다.

스기야끼와 안꼬오(아귀) 요리는 정말 조선 사람들이 좋아하더군요.

— 김정호 『조선의 탐식가들』(따비 2012)에서

아귀는 살도 살지만 간이 천하의 일미다. 흔히 일본어로 '안끼모'라고 불리며 서양에서도 일종의 고유명사가 됐다. 푸아그라 못지않은 기름지고 고소한 맛이 일품이다. 더러 수입 아귀를 사면 간이 들어 있지 않은 경우가 많다. 손질 상태에서 이미 따로 수집하여 판매되고 있다는 뜻이다. 아귀 간은 청주를 뿌려 찌는 것이 가장 일반적인 요리법. 이딸리아에서는 만두의 일종인 라비올리의 소를 아귀 간으로 채우기도 한다.

마산 말고도 앞서 거론한 인천, 군산, 부산 등이 아귀찜으로 유명하다. 마산 이외의 지역은 생아귀를 주로 쓴다. 말린 아귀의 맛을 예찬했으나 우열을 가린다는 것이 무의미하다. 제각기, 기호에 따라 맛이 다른 것뿐이다. 생아귀를 쓰면 장점이 있다. 천하 일미인 아귀 간과 위 같은 내장을 함께 넣어서 요리하기 때문이다. 맛이 더 푸짐한 느낌이다. 말린 아귀가 씹으면 씹을수록 맛을 뽑어내는 고

집의 맛이라면, 생아귀는 곧바로 나아가는 정면승부의 맛이다.

물속 사정이 어떻게 되었는지 요새 아귀는 남해와 서해 말고도 동해안의 북쪽까지 올라간다. 본디 난온대성 어족인데 아무래도 수온이 올라가서 생기는 일일까. 아귀가 더 흔해졌다고 해도 그다지 반가운 일은 아니다.

쌀쌀한 겨울 끝자락, 허해진 입맛을 돋우는 아귀찜 한점으로 몸에 열을 내보지 않겠는가. 그 부드럽고 쫄깃한 이중의 물성을 가진 살점이 입에 감돈다.

우리 어머니는 사남매가 먹어치우는 먹성에 늘 골머리를 앓으셨다. 식비가 생활비의 대부분을 차지하는 후진국형 가계를 운영하시느라 어머니는 간이 졸아붙었다. 음식이 내 몸에 들어와 하나의 우주가 되었다는 고즈넉한 한담은 그야말로 개나 물어갈 소리였던 집이다. 우주고 나발이고 위에 뭘 채워넣기 바빴던 엥겔계수 포화의 생활은 종종 어머니의 푸념을 동반했다. 그때는 어땠어, 어머니에게 물으면 이러셨다.

"자식 넷이 어구같이 입에 밀어넣는데, 다음 맷거리가 걱정돼서 밥숟갈이 입에 들어가질 않았어."

어구란 아귀의 어머니 고향 사투리였다. 나는 그때만 해도 아귀라는 생선이 있는지도 몰랐다. 축생, 아귀, 지옥 같은 불가의 향냄새 나는 언어였을 뿐, 바다를 떠올리지 못했다. 아귀가 지옥도의 아귀를 떠올리는 생선으로 존재한다는 건 다 커서 알게 된 사실이다.

한때 군사정권은 치안유지와 자원절약이라는 명목으로 심야에는 모든 가게 문을 닫아걸도록 했다. 술집에서 한잔 걸치다가 12시 되기 10분 전에 주인이 계산을 독촉했다. 11시쯤에 들어서는 손님은 자정 전에 일어설 인간들인지, 아니면 퍼질러앉아서 주인을 괴롭힐 인간들인지 관상을 봐서 앉혔다. 11시 30분이 넘으면 소주 한병을 추가하기 위해 주인에게 애걸을 하던 때였다. 그도 그럴 것이 심야영업으로 두번쯤 걸리면 가게 간판을 내려야 했기 때문이다. 그 시절, 군사정권은 더럽게 추상같았고, 시민들의 간까지 보호해주는 몫을 떠맡았다. 그래서 내 친구는 '우루사 정권'이라고 비꼬았는데, 녀석을 따라나서면 반드시 다음 날 우루사를 먹어야 했다. 그는 몰래 입구를 막고 비밀 영업을 하는 집들을 꿰고 있었다. 그중의 다수가 부대찌개집이나 감자탕집 아니면 아귀탕집이었다. 그때 아귀는 값도 싸서 술안주 겸 2차의 허한 속을 달래기에 그만인 메뉴였다. 신사역 근처의 그 집은 아귀 요리를 잘해서가 아니라, 순전히 심야영업으로 끗발을 날리던 곳이었다. 그 집을 가기 위해서는 즉석 탐문부터 시작된다. 골목에 들어서서 비밀 접선하듯 우리 일행과 그쪽의 끄나풀이 만난다. 뭐 이런 대화.

"몇이요?"

"셋. 자리 있소?"

(치익, 찌지직. 무전기 가래 끓는 소리)

"손님 세분 갑니다."

망보는 사람이 무전기로 손님이 간다고 알리면 철 대문으로 다른 직원이 마중을 나온다. 정식 문은 닫혀 있고 옆으로 돌아드는 비밀 통로가 있다. 처음 이 집에 가는 손님들은 이즈음 해서 술이 다 깬다. 탐정놀이하는 기분인 것이다.

조심스럽고 은밀한 침투와 좌석 점유에 이어 소주병 하나가 목을 따면 이내 정신을 차리는데, 처음 간 녀석들의 정신을 번쩍 들게 하는 건 가격표다. 보통 시중가의 두배를 받는 것이다. 그때만 해도 싸고 푸짐하던 아귀가 그야말로 축생 아귀 귀신처럼 우리 지갑을 물어뜯었다. 그런 불법 영업집 아귀가 무슨 맛이 있을 리도 없었다. 최승호 시인의 이 시가 딱 그때 내 푸념 소리다.

아구는 거의 없고 뼈만 씹히고
양념이 산더미 같은 아구찜,
(…)
아구찜인지 아귀찜인지
이 아귀세상

— 최승호 「아구찜 요리」 부분

아귀 같은 세상, 아귀라도 뜯고 싶은 나날이다.

24.

토마토, 망할 토마토

망할 토마토. 그렇다, 나는 그렇게 부른다. 이딸리아에서 요리를 배울 때의 일이다. 일하는 식당에서 사장이 내게 토마토를 사오라고 했다. 그가 저녁에 팔 빨간 새우가 들어가는 리조또에 넣을 토마토가 부족했기 때문이었다. 그와 종종 시장에 갔기 때문에 나는 그러마고 했다. 그가 뭐라고 더 말을 했는데 내게 하는 말인 줄 몰랐다. 나중에 사달이 날 줄도 모르고 나는 건성건성 "씨, 씨(그래, 그래)" 했다. 시장에 가서 붉고 예쁜 토마토를 골랐다. 길쭉한 종처럼 생긴 토마토였다. 신나게 사들고 사장─겸 주방장─에게 내밀었다. 그가 화를 냈다. 심부름해줬더니 왜 화를 내? 그가 화를 거두고 차근차근 말했다.

    "시장에 토마토가 몇종류 있든?"

    나는 아차, 싶었다. 그는 품종을 얘기했고, 나는 토마토만 생각했다. 시장에 있던 토마토는 10종이 넘었다. 같은 종이라도 원산지가 다 달랐다. 나는 그저 예쁜 '토마토'만을 생각했는데, 그는 어디에서 생산된 이러저러한 토마토를 말했던 것이다. 죄송해요 사장님, 빌어먹을.

    그렇게 배운 나는 귀국 후 한국에서 물정도 모르고 채소 공급상에게 전화를 걸었다. "토마토는 어떤 종이 있나요?" 그의 대답은 이랬다.

"네, 종류별로 있습죠. 찰도마도랑 방울도마도입죠."

다른 이는 모르겠지만, 내게 토마토 하면 떠오르는 첫번째 질문—아마 나와 비슷한 이들이 많을 것 같다—은 '토마토는 과일인가 채소인가' 하는 것이다. 자못 '초딩'스러운 이 질문은 여전히 복잡한 주장을 떠올리게 한다. 과학자들은 분류학적으로 토마토를 과일이라고 부른다. 위키피디아에 따르면 과일이란 꽃 피우는 식물의 씨방이 발달한 것이므로, 토마토도 과일로 본다고 한다. 분류학적인 내용이 아니라 세금 때문에 토마토가 확실한 채소로 지정된적도 있다. 뭐든 판례를 찾기 좋아하는 미국인들의 경우다. 1887년의 일인데, 채소에만 세금을 붙이는 관세법이 통과되면서 토마토는어디에 놓느냐는 논쟁이 일었다. 결국 연방대법원이—참 할 일도 없어 보인다—채소라고 규정하게 된다. 이유는 우리가 예상하듯 '토마토는 후식으로 나오지 않기 때문'이었다.

그런데 그런 관점으로 보면 한국에서는 과일이다. 당신의 토마토의 기억은 어떨지 모르겠으나, 내 최초의 토마토는 '설탕에 절인 토마토'였다. 기실 6월, 7월은 변변한 과일이 없다. 복숭아나 포도가나오기에는 이르고, 참외나 수박도 맏물이 나오나 마나 하는 시기다. 요새는 비닐하우스에서 재배하므로 출하 시기가 대폭 당겨졌지만, 노지 재배만 하던 때에는 그렇게 계절만 바라보며 과일을 먹어야 했다. 이럴 때 토마토가 딱 맞았다. 그런데 문제는 별로 달지 않다는 것. 그런 점에서 토마토는 과일이 아니다. 단맛이 제법 있기는 하지만 그렇다고 과일처럼 아, 달다 할 정도는 아닌 것이다. 그러니 설탕에 재어 먹는 방법을 썼다. 과학적으로 토마토와 설탕은 상극이라고 하지만, 이게 보통 맛있는 게 아니었다. 특히 토마토를 다 먹고 나서 차가운 그릇에 남아 있는 즙이 정말 엄청났다. 토마토 씨 덩어리가 점점이 떨어져 있고, 진한 즙에 설탕은 미처 입자가 녹지 않아 서걱거렸다. 그걸 후루룩 마시거나 숟가락으로 퍼먹는 것이다. 큰누나가 이것을 내게 주지 않고 혼자 먹어버리는 바람에 운 적도 있다. 최근에 이게 먹고 싶어서 일부러 해 먹어보았는데, 참 실망스러웠다. 어머니가 해주시던 게 아니어서 그랬을까. 토마토가 바뀐 것일까.

이딸리아는 토마토의 나라다. 원산지야 당연히 아메리카이지만, 그것을 가장 아름답게 꽃피운 나라는 이딸리아다. 시장에 가면 색깔도 가지각색이어서 파란 것, 노란 것, 붉은 것, 붉은 데 초록이 박힌 것, 거무튀튀한 것, 새빨간 것…… 모양도 다양해서 고추처럼 길쭉한 것, 종처럼 생긴 것, 울퉁불퉁한 것, 아주 큰 것, 공처럼 동그란 것…… 여기에다 생산지별 분류가 또 있었다. 그러니, 토마토 가게는 한마디로 대단한 지식과 경험이 없으면 운영할 수 없을 것처럼 보였다. 그곳 식당에서 일할 때 놀란 건 토마토를 이용하는 법이었다. 우선은 굽는 법. 초록빛이 도는 단단한 토마토를 넓적하게 썰어서 철판에 구웠다. 여기에 리꼬따 치즈를 얹고 아주 질 좋은 올리브

유를 뿌려서 곁들임 요리로 썼다. 아주 맛있는 요리다. 튀기기도 했다. 빵가루 대신 쎄몰리노라고 부르는 결이 좀 굵은 경질 밀가루를 슬쩍 묻혀서 튀겼다. 이것도 사각거리는 맛이 일품인 요리다. 동글고 빨갛게 잘 익은 토마토는 쎌러드에 그냥 내기도 했다. 툭툭 썰어서 채소와 버무려서 냈다. 보통 쏘스에 쓰는 토마토는 '싼 마르짜노'라고 부르는 품종을 쓴다. 종처럼 생겼는데 흔히 영어권에서 플럼 토마토라고 부르는 종이다. 이 토마토가 쏘스에 적합한 데에는 이유가 있다. 우선 껍질이 잘 벗겨진다. 씨가 적고 과육의 양이 많다. 그리고 아주 달고 새콤하다. 쏘스로 쓰기에 최적인 것이다. 이 토마토는 이딸리아 중남부 지역 대부분에서 재배된다. 그런데 최고의 것은 우리도 잘 아는 나뽈리 일대에서 나는 것이다. 특별히 이 지역의 토마토에는 'DOP'라는 딱지가 붙어 있다. 유럽연합에서 인증한 원산지 보증 토마토라는 뜻이다. 이 지역의 토양은 화산재로 시커멓다. 화산 분출로 몰락한 뽐뻬이가 바로 이 지역이다. 당연히 토양이 검고 윤기가 흐른다. 나뽈리를 벗어나 시골 내륙으로 들어가면 아주 볼만한 광경이 펼쳐진다. 검은 흙에 파란 하늘, 푸르고 빨간 토마토가 익는 풍경. 이런 걸 우리는 흔히 '그림'이라고 한다. 그런데 보기는 좋으나 수확하기는 좀 까다롭다. 과육이 무르기 때문에 일일이 손으로 따야 한다. 이른 새벽이나 밤에 주로 작업을 한다. 그렇게 딴 비싼 싼 마르짜노는 귀하게 팔린다.

이런 환경에서 토마토를 보다가 한국의 식당에서 일하면서 놀라울 수밖에 없었다. 토마토를 업자에게 주문할 때는 특별히 방울토마토가 아니면 이렇게 전화를 걸었다.

"토마토 3킬로그램……"

그게 끝이었다. 이딸리아 같으면 이랬을 것이다.

"뽀모도로 싼 마르짜노 디 쌀레르노 3킬로, 뽀모도로 잘로 뻬르인살라따 2킬로(싼 마르짜노 품종 쌀레르노산으로 3킬로그램에 쌜러드용 노란 토마토 2킬로그램)……"

이젠 사실상 폐업을 해서 전설이 된 식당 '엘 불리'의 주방장 페란 아드리아는 토마토를 두고 아주 멋진 말을 한 적이 있다.

"토마토만 이해하는 데도 평생이 필요하다."

요리의 어려움에 대해서 역설하느라 토마토를 거론한 것이겠지만, 어느정도는 사실이기도 하다. 나는 토마토 하나만 잘 요리하는 데에 평생을 써도 모자랄 것 같다고 인정한다. 그런 재료가 더러 있는데, 달걀도 그중의 하나다. 단순하지만 그래서 더 어려운.

한국에서도 제철이라면 토마토로 쏘스를 끓일 수 있다. 토마토가 농익고, 충분히 붉은 색깔이 나올 수도 있기 때문이다. 그렇지만 대개는 간편하게 수입한 쏘스를 쓰는 경우가 많다. 나는 이딸리아 음식 요리사이니 토마토쏘스를 어떻게 만드느냐, 어떤 걸 사야 하느냐 하는 질문을 받곤 한다. 쏘스를 끓이는 최선의 방법을 간단하다. 복잡한 것을 다 포기하고, 그저 가장 잘 익은 토마토를 믹서에 갈아서 부피가 절반이 될 때까지 졸이는 게 전부다. 토마토쏘스를 더 맛있게 하는 온갖 요리법이 있지만, 결국은 열을 가해 토마토 부피를 줄이는 것, 이것이 핵심이다.

흔히 까쁘레제 쌜러드라고 해서, 생모짜렐라 치즈에 토마토를 곁들여내는 요리가 아주 인기다. 까쁘레제(caprese)란 까쁘리(capri) 섬의 요리, 또는 까쁘리 섬 사람이란 뜻이다. 바질을 얹어서 내는 게 정석인데, 오레가노를 뿌리기도 한다. 발사믹 졸인 것을 뿌려 먹는 풍습은 이 지역에는 없는, 한국식 요리다. 발사믹 식초는 북부에서 주로 쓰는 식초이고, 이 지역에서는 화이트와인 식초나 레몬즙을 주로 쓴다.

집에서 나는 요리하지 않는다. 요리할 시간이 없다. 요리사들은 아침에 나와서 오밤중에 기어들어간다. 일주일에 하루 쉰다. 그 시간에도 나는 타자를 쳐야 한다. 오직 단 하나의 요리를 한다. 딸아이가 토마토쏘스 스빠게띠를 해달라고 할 때다. 짜장면처럼 풍성한 쏘스의, 푹 익은 스빠게띠를 만든다. 딸아이의 요청으로 하는 요리이므로 나는 즐겁다. 요리가 제 부엌을 떠나면 제멋대로 크는 거다. 이딸리아의 '얇고 섹시한 붉은 셔츠' 같은 토마토쏘스 빠스따를 이 땅에서 굳이 만들 필요는 없다. 그런 말을 해준 것은 한 이딸리아 친구였다.

"이딸리아인들은 미국식 토마토 빠스따를 경멸해. 그런 건 카우보이 빠스따라고 불러. 우리는 아주 얇고 실크처럼 부드러운 옷을 입은 빠스따를 좋아해. 빠스따는 말이지, 면을 먹기 위한 것이지 쏘스를 먹자고 하는 게 아니라고."

빠스따의 유행은 바로 토마토의 주산지인 나뽈리 인근에서 시작됐다. 이 지역에서 빠스따의 원료가 되는 경질 밀이 생산됐기 때문이다. 토마토와 빠스따는 궁합이 좋다. 빠스따 하면 떠올리는 게 토마토 빠스따니까. 그러나 놀랍게도 이딸리아인들이 빠스따에 토마토쏘스를 뿌려 먹기 시작한 건 그리 오래된 일이 아니다. 괴테는 『이딸리아 기행』에서 나뽈리 사람들이 빠스따 먹는 장면을 이렇게 묘사한다.

1787년 5월 29일 나뽈리. (…) 마까로니라는 것은 밀가루를 부수고 갈아서 모양을 내서 만드는데 대개는 삶아서 치즈가루와 양념을 뿌려서 먹는다.

그러나 괴테가 본 마까로니에는 토마토쏘스가 뿌려지지 않았을 것이다. 이딸리아 사람들이 본격적으로 토마토쏘스를 먹은 것은 더 나중이다. 아마도 토마토가 너무도 관능적이고 섹시하며 퇴폐적으로 보였기 때문일 것 같다. 토마토는 그런 존재다.

25.

감자
먹는
사람
들

　　　　　6월 21일 하지는 절기상 절반에 해당한다. 한해의 허리다. 해도 가장 길어진다. 그러나 해의 높이와 달리 북반구의 더위는 조금 더 기다려야 절정에 달한다. 그래서 하지는 여름의 몸통이 아니라 입구다. 하지가 되면 우리는 생리적으로 여름을 예감한다. 한여름을 맞기 위해 우리 몸이 적응을 시작하는 절기다. 이때는 잘 먹어두는 것도 필요하다. 하지감자의 출현도 이 대목이다. 양력 3월에 심은 감자의 맏물이 나온다. 이름하여 하지감자다. 듣기만 해도 입안에 전분질이 밀도 있게 꽉 차는 듯하다.

　대학 시절의 일이다. 하지 무렵에 1학기가 파했다. 방학이어도 집에 내려가지 못하는 친구들이 있었다. 녀석들은 허름한 자취방에서 먹고 자면서 낮에는 공사장에서 막일을 했다. 다음 학기 등록금을 벌어야 했다. 어느날인가 그 친구들이 보고 싶어서 갔다. 내가 준비한 건 하지감자였다. 고추장과 상추, 보리쌀도 있었다. 보리밥을 안치고 감자를 깎아 얹었다. 감자를 으깨어 보리밥에 섞고 고추장을 얹은 후 상추쌈을 먹었다. 갓 스물의 내가 그런 요리를 할 줄 알았던 걸 보니, 지금 생각하면 요리사의 자질(?)이 있었나보다. 친구들은 허겁지겁 쌈을 먹었다. 막일을 해서 까맣게 타고 비쩍 말라 볼품

없던 녀석들. 목이 메었던 것은 감자의 전분 때문만은 아니었다.

신경숙의 소설 중에 「감자 먹는 사람들」이 있다. 주인공인 '나'는 한때 식모를 살며 구박덩이이던 고향 사람 유순이와 오랜만에 통화를 한다. 그때 나의 현관문에 붙여놓은 고흐의 그림을 본다. 유순이의 삶이 그림 속 어린 여자의 모습에 투영된다. 고흐의 이 걸작은 회화사에서 절대 빠지지 않는 중요한 열쇠가 된 지 오래다. 거친 노동으로 피곤하고 퀭한 눈빛, 갈퀴 같은 손으로 감자 먹는 농부의 모습은 인간 역사의 불평등성을 그대로 드러내 보여주는 기념비적인 증언이다. 고흐는 이 작품을 아주 중요하게 여겼다. 이 작품 한폭을 그리기 위해 수없이 많은 크로키와 스케치를 했다. 그중 상당수가 여전히 남아 있어서 그가 이 작품에 쏟은 애정을 선명하게 나타내고 있다. 친동생이면서 동지이자 후견인 역할을 했던 테오에게 보낸 편지에서 고흐는 이렇게 썼다. 그의 이런 태도는 계급적 견지라고까지 볼 수는 없으나 노동하는 인간에 대한 깊은 존경과 사랑을 보여주는 데 부족함이 없다.

나는 램프 불빛 아래에서 감자를 먹고 있는 사람들이 접시로 내밀고 있는 손, 자신을 닮은 그 손으로 땅을 팠다는 것을 분명히 보여주려고 했다. 그 손은, 손으로 하는 노동과 정직하게 노력해서 얻은 식사를 암시하고 있다. (…) 농부를 전통적인 방식으로 달콤하게 그리는 것보다, 그들 특유의 거친 속성을 살려내는 것이 더 좋은 결과를 낳을 것이다.

—『반 고흐, 영혼의 편지』(예담 2005)에서


고흐는 평생을 노동하는 자, 소외된 자들에 대한 연민을 버리지 않았다. 고흐의 그림들이 걸작으로 평가받는 여러 이유 중에는 이런 그의 태도도 포함된다.

김동인의 소설 「감자」에서도 그렇지만, 감자와 고구마는 종종 혼동을 일으킨다. 물론 소설 「감자」는 고구마를 뜻한다. 고구마는 감저라는 이름으로 불리면서 감자와 종종 헷갈린다. 지금도 여전히 남한의 여러 지역에서는 고구마를 감자라고 부르기도 한다. 이는 서양인들도 큰 차이가 없는 듯하다. 영어로 감자는 포테이토 (potato)이고 고구마는 스위트포테이토(sweet potato)라고 한다. 이딸리아에서도 마찬가지여서 고구마를 '빠따따 돌체(patata dolce)' 즉 달콤한 감자라고 부른다.

그런데 감자가 유럽 원산이 아니라는 사실은 많이들 알 것이다. 감자가 유럽에 전래된 건 1500년대의 일로 알려져 있다. 스페인의 탐험가—정복자라는 말이 더 맞을 듯하다—삐사로에 의해서라는 것이 정설이다. 여러 기록에 의하면 감자는 남아메리카 안데스 지역에서 인간의 음식으로 재배되기 시작했다. 그후 유럽에 전래되었지만 지금처럼 식품으로 가치를 인정받지는 못했다. 일부 호사가들이 관상용으로 재배하는 것이 고작이었으며, 토마토와 마찬가지로 악마의 열매 정도로 알려져 오랫동안 금기시되기도 했다. 그러나 이후 밀 재배가 수월하지 않은 산악 지역과 토질이 척박한 지역을 중심으로 식량으로 급속히 자리잡게 된다. 나는 이딸리아 북부에서 좀 흥미로운 사실을 알게 되었는데, 역사적으로 그 지역 사람들은 밀가루보다 감자를 더 많이 먹었다는 것이다. 그 지역은 밀 재배가 잘 되지 않았고, 산악이라 감자 재배가 더 나았다. 그래서 지금도 향토음식으로 빠스따가 아니라 감자를 먹는다. 뇨끼(gnocchi)라고 부르는 일종의 감자떡이다. 감자를 삶은 후 소량의 밀가루나 옥수수가루에 섞어서 떡처럼 빚은 후 물에 삶아 먹는다. 이딸리아 하면 빠스따를 떠올리지만, 역사적으로는 의외로 빠스따를 거의 먹지 않았던 지역도 있었던 것이다.

서울에서 인기있는 술안주로 감자탕이 있다. 감자가 들어 있어서 감자탕인 이 요리에 언젠가 감자가 빠지기도 했다. 감자가 비싸졌기 때문이었다. 어렸을 때 감자탕은 그냥 감잣국이었다. 멀리 수색에서 남가좌동까지 걸어서 통학할 때, 드문드문 거리에 있는 찌그러진 문짝의 실비집에 종이로 써 붙여져 있던 메뉴다. '감잣국 개시'. 나는 그것이 어머니가 끓이던 하얀 감잣국—양파와 함께 기름에 볶아 만드는—인 줄 알았다. 유리창 안에 허름한 노동자들이 무언가 거대한 뼈를 들고 뜯었다. 나중에 알고 보니 그것이 감잣국이었다. 감자탕은 그러니까 원래는 술집에서 파는 이런저런 메뉴의 하나였다. 그러다가 응암동에 감잣국 전문점이 생기고, 좀더 자극적인 이름을 찾아서 감자탕이 되었을 것이다. 감자탕은 배고픈 청춘들의 훌륭한 술안주였다. 배도 채우고 술도 마시고. 감자탕을 다 먹으면 국물만 더 달라고 하여 끝없이 뼈를 우렸다. 이미 다 우려진 뼈에서 진액이 나올 리 없었다. 멀건 국물에 남은 김치를 더 넣고 끓였다.

감자는 한국에서 한(恨)의 식품이다. 쌀 대신 먹어야 했던 구황식품이자 어려웠던 세기의 상징적인 이름이다. 논이 드물어 쌀을 별로 먹지 못했던 강원도 산간의 설움을 간직하고 있다. 유럽에서 감자는 아일랜드 사람에게 비슷한 의미로 각인되어 있다. 이름하여 '아일랜드 대기근'은 유럽과 미국의 역사를 바꾸어놓았다.

영화 「갱스 오브 뉴욕」을 기억할 것이다. 대니얼 데이 루이스의 필모그래피에서 첫손가락으로 꼽히는 이 걸작은 아일랜드계 뉴욕 이주민의 역사를 생생하게 보여준다. 아일랜드계가 북미 대륙으로 건너가게 된 건 바로 감자가 가장 큰 동인이었다.

아일랜드 대기근은 심지어 아일랜드공화국(IRA)의 테러 같은 중요한 갈등의 원인이기도 해서 지금도 살아 있는 역사라고 불리는 사건이다. 영국은 12세기에 헨리 2세가 아일랜드를 공격하여 점령한 이래, 오랜 세월 수탈과 점령의 역사를 이어갔다. 이 와중에 1840년대 아일랜드에 대기근이 닥쳤다. 밀과 옥수수 등을 대부분 영국으로 수탈당한 아일랜드 사람들이 감자를 주식으로 삼았던 것이 화근이었다. 감자에 돌림병이 퍼져 대부분 썩는 바람에 먹을 식량이 없었다. 인구 800만명 가운데 100만명이 굶어 죽거나 전염병으로 죽고 100만명 넘는 사람이 해외로 이주하는, 대사건이 벌어진 것이다. 이 사건으로 아일랜드 사람들의 북미 이주가 활발해졌고, 영국에 대한 아일랜드 사람들의 감정에는 회복될 수 없는 통한을 남기게 된다. 대기근 당시 영국은 식량의 대거 수탈이라는 원인 제 공자로서 아무런 반성 없이 아일랜드를 위한 구제활동에 등을 돌렸던 것이다. 유럽 축구경기에서 독일-프랑스보다 영국-아일랜드 경기가 더 긴장을 불러일으키는 것도 이런 역사적 배경이 작용하기 때문이다.

하지감자는 한때 구황에서 중요한 몫을 했다. 보리 다음에 등장하는 감자가 가을 벼 수확까지 버틸 수 있는 훌륭한 구원자였던 것이다. 이제 하지감자는 그야말로 별미로 다가온다. 채 썰어서 들기름에 볶아 반찬을 하고, 툭툭 잘라 풋고추랑 고추장을 넣고 감자찌개를 해도 맛있겠다. 곱게 갈아서 전을 부치고, 감자밥을 하는 건 또 어떤지. 어려서 시골집 마당에서 모깃불을 피우고 감자를 굽던 냄새가 지금도 코끝에 간절하다. 시절은 가고, 감자의 역사도 그렇게 흘러간다.

감자는 야채 별이다. 감자는 흙에서 양분을 흡수하고 그 양분을 지닌 채 감자 별자리를 여행한다. 감자는 지구에 별똥별로 떨어진다……"

— 앙리 꿰에꼬 『감자일기』(열림원 2003)에서

26.
왈그락탕 달그락 조개

봄인 줄 알고 밖으로 성큼 나섰다
가 놀랄 때가 있다. 아직 추운 맹동(孟冬)이 호통을 친다. 그래도 봄
은 온다. 맹동이 발을 걸든 말든 봄은 틀림없이 오는 것이다. 서해
안으로 나섰다. 봄을 보아야 했다. 기나긴 겨울에 지쳤다. 정신도
몸도 경직되어 있다. 몸을 풀어야 할 것 같은 기운이다.

자욱하게 서해안에 봄이 온다. 새조개를 넘어 주꾸미와 함께 봄
은 당도한다. 바다를 바라보는 둔덕에는 아지랑이가 피고, 아담한
서해안 쪽의 낮은 산들이 기지개를 켠다. 산에 올라 멀리 갯벌을 본
다. 물이 들고 나며 갯벌을 도화지 쓰듯 한다. 살이 오른 갈매기들
이 낮게 비행한다. 조개를 먹기 위해서다. 봄 조개라면, 그들이 먼
저 알아채는 것일까.

"진달래 피른 봄이여. 조개에 맛이 들어."

사물의 운행은 정확하다. 땅에 바람이 차든 맵든 봄이야 오는 것
이다. 조개가 살을 찌우기 시작한다. 진달래 피는 철에 담뿍 맛을
올린다.

나는 식당의 메뉴를 짤 때 제철을 우선한다. 그렇다고 고답적으
로 우리 것이 좋은 것이여, 뭐 이런 타령은 아니다. 쓸 건 쓰되, 제철
의 것이 제일 맛있기 때문이다. 제철은 결국 우리 땅에서 나는 산물

을 말한다. 해가 나고 나무가 옷을 갈아입듯이 철에 맞추어 장을 본다. 장은 음식을 담보한다. 장이 곧 음식이다. 그래서 봄이면 조개다. 이딸리아 음식도 제철에 맛을 내는 게 맞으리라. 심지어 이딸리아에 있을 때는 겨울 치즈와 여름 치즈를 나누어 썼다. 대개 여름엔 치즈 메뉴를 줄였다. 양과 소, 염소도 더위를 넘기느라 먹성이 줄고 고생하기 때문이다. 당연히 치즈의 맛이 떨어진다. 지금에야 달라졌지만, 원래 서양도 여름엔 돼지를 먹지 않았다. 겨울이 되고 돼지가 맛이 잔뜩 올랐을 때 잡았다. 농민의 시기적 여유와 먹을거리의 철에 따른 운행이 맞아떨어져야 칼을 댔던 것이다. 조개도 마찬가지다. 봄에 산란철이 한참 지나고 나서야 맛이 들고 또 독이 없다. 그런데 손님들과 충돌이 생긴다. "어떻게 봉골레도 없는 식당이 다 있어?" 이런다. 나야 뭐, 당신은 우주의 자식이 아니오? 이렇게 묻고 싶을 뿐이다.

조개는 겨우내 맛이 없다. 먹이활동을 줄이고 납작 엎드려 추위를 나기 때문이다. 서해안에서 낚싯배가 줄어드는 것도 겨울이다. 차가운 피를 가진 고기도 겨울엔 살이 빠지고, 우리는 그것을 '제철이 아니다'라고 한다. 그래서 봉골레 스빠게띠는 바지락이 맛있는 5월과 6월에 잠깐 먹을 만하다. 그 계절에 맞게 나는 바지락을 사서 해감을 하고, 질 좋은 올리브유에 볶아내는 것이다. 난들 어쩌랴. 그 맛이 안 나는 계절에 먹자면 결국 정체 모를 닭가루를 섞고 온갖 맛을 더해야 하는데, 나도 그렇게 살아야 하는 것일까.

조개는 너무 춥거나 더운 걸 싫어한다 .만물의 대체적인 이치다. 그래서 내가 아는 한 생태주의자는 물고기와 조개조차 맨손으로 만지지 않는다. 사람의 더운 체온에 녀석들이 놀라는 걸 바라지 않기 때문이다. 그 정도까지는 아니어도 조개도 의외로 예민하다. 생김새에 주둥이와 얼굴이 보이지 않으니 하등하다 하겠지만 녀석들도 생명이 가지는 예민함을 갖고 있다. 그래서 잘 달래가며 해감을 한다고, 시장의 아주머니들은 말한다.

"해감은 억지로 하면 못 써. 살살 얼러야 지분거리는 걸 뱉어내지."

맞는 말씀이다. 어머니 격인 아주머니들 말씀은 틀리지 않는다. 반듯한 활자의 레시피만 신봉하지 말라, 내가 어린 요리사들에게 하는 말이다. 세상에서 배운 레시피가 더 차지고 알차다. 조개도 그렇게 다룬다. 적당히 차갑고 깨끗한 물에, 기왕이면 소독약 냄새가 없어진 정수한 물에 담근다. 소금은 적당히 푼다. 절대 바닷물 농도보다 짜게 풀지 않는다. 약간 싱거운 듯 심심하게 간을 한다. 그래야 조개가 마음을 놓아 해감이 된다. 그저 그릇에 마구 담아두기만 하면 안된다. 서로 겹치지 않게 둔다. 조개도 수직으로 겹겹이 쌓여 있으면 괴로울 것이다. 그런데 먹이를 주지 않으므로 뱉어낸 해감을 다시 먹을 수 있다. 이걸 막으려면 성긴 체에 받쳐 물에 담가둔다. 그러면 밑으로 떨어진 해감을 다시 주워 먹는 일을 막을 수 있다.

봉골레 스빠게띠를 만드는 법이 있다. 우선 좋은 조개를 골라 잘 해감하면서 시작되는 일이다. 올리브유를 자글자글 끓이다가 으깬 마늘을 넣어 향을 낸다. 재빨리 조개를 한무더기 넣고 드라이한 화이트와인을 조금 붓는다. 조개가 보글거리며 입을 벌리고 와인이 조갯살에 깃든다. 조개는 천천히 머금고 있던 '맛'을 뿜는다. 그것이 뜨거운 마늘기름에 더해지면서 비로소 고소하고 진하며 바다향이 잔뜩 밴 쏘스가 된다. 삶은 스빠게띠를 건져 쏘스에 넣고 빠르게 젓는다. 솜씨 좋은 요리사는 쏘스를 빨아들인 스빠게띠 가락을 공중에서 몇번 키질을 시킨다. 솟아올랐던 스빠게띠가 척, 처억 맛있고 육감적인 소리를 내며 프라이팬에 떨어진다. 그렇게 빠르게 공중돌기를 하면서 스빠게띠에 온전히 쏘스가 스미고, 쏘스의 여분은 마치 마요네즈처럼 진득하게 유화(油化)된다. 이제, 포크를 들면 된다.

조개를 참하게 먹는 법이 있다. 봄에 서해안 사람들은 각별한 탕을 끓인다. '왈그락탕'이다. 어떤 이는 왈가닥탕이라고도 하는데, 이름만 들어도 벌써 그 요리법이 머리에 떠오르지 않는가. 불을 켜고 약간의 맑은 물을 냄비에 담고 해감 잘 시킨 조개를 넣는다. 다진 마늘이나 파를 한줌 넣을 수도 있다. 조개가 끓어오르면서 왈그락달그락, 소리를 낸다. 그래서 왈그락탕이라고 부르는 것이다. 그게 전부다. 냄비가 바다가 되고, 먹는 이들조차 바다가 된다.

조개를 백숙으로 먹는 것도 제대로 먹는 법이다. 살이 두툼한 백합이나 많이 자란 바지락으로 하면 좋다. 이건, 아무것도 넣지 않고 술이나 한숟가락 넣는 게 좋다. 조개가 입을 딱딱 벌리면 조금 더 기다려서 까먹으면 된다. 물을 따로 넣지 않고 찜을 하듯이 해도 좋다. 이때 물 좋은 조개는 살을 꺼내면 찐득하고 끈끈한 액체가 비친다. 혀가 오그라들 정도로 감칠맛이 강한 아미노산이 잔뜩 든 천연의 쏘스다. 이런 조개야말로 깊고 진한 맛이 있다. 국물을 내기도 아깝고, 그저 까먹는 게 좋다. 손에 조개즙을 묻혀가며 소주잔이라도 기울이는 일이란!

조개가 흥한 시절이 있었다. 인천이었다. 인천은 매립으로 흥하고 매립으로 어려워졌다. 그 땅에 산업시설은 들어섰지만, 갯벌을 잃었다. 먼오금이란 전설의 바다가 있었다. 바로 개펄이었다. 연수동이며 동막이라고 부르는 지금의 인천 신도시 지역이 바로 끝없이 펼쳐지는 조개의 바다였다. 모래사장과 개펄을 밟으면 빠각빠각 소리가 났다고 한다. 지천이던 조개 깨지는 소리였다. 인천에서 오래 산 미식가 신태범 선생은 먼오금이 사라진 것을 인천의 변화 중에서도 가장 아쉬워한다. 상합조개(백합)와 바지락이 지천으로 깔려 있던 천혜의 바다가 사라진 것이다. 60~70년대만 해도 해변가에 조개를 파는 집이 죽 늘어서 있었다고 그는 증언한다. 워낙 물량이 많고 질이 좋아 당시 최고의 수출 품목이기도 했다. 주로 일본으로 보냈다고 한다. 이제 그 바다는 멀리 물러났고, 그 자리엔 신도시와 산업단지가 드문드문 들어섰다. 잃은 게 추억뿐은 아니다.

조개찜은 개인적인 소견으로는 중국식이 아주 맛있다. 약간 태운 듯한 맛을 내는 향미가 그렇고, 특히 뿌린 술과 조개즙의 조화가 이채롭다. 태운 향이 나는 것은 중국요리 특유의 '불지르기' 때문이다. 강하게 화력을 받치고 술을 뿌리면 조개의 비린내를 잡아올리며 재료가 한번 불에 그을게 된다. 그 맛이 이른바 '불맛'을 내면서 더욱 식욕을 동하게 만든다. 홍콩에서 먹은 조개찜에서는 황주 냄새가 났다. 중국 남부의 발효주로 향기가 아주 뛰어난 술이다. 그 술이 조개와 만나 다른 한 경지를 연다. 특히 중국요리에 빠지지 않는 고수를 넣으니, 머리가 어질어질해지며 맛이 터지는 걸 느꼈다. 다 먹고 나면 이렇게 외친다.

"미판(米飯)!"

쌀밥이다. 하얗게 지은 밥을 그 국물에 비빈다. 황주를 곁들여 한 잔씩 마시면서 그 밥을 한술 뜨는 것이다. 세상에는 아주 많은 맛이 있다는 걸 알게 된다. 침이 고인다.

바지락칼국수 한그릇 좋아하지 않는 이가 없을 것이다. 칼국수는 지역별로 다른 쏘스를 써서 만든다. 경상도를 비롯한 남쪽과 내륙에서는 멸치를 많이 쓴다. 마른 멸치는 그 자체로 감칠맛이 진하고, 국수의 풀 냄새를 잦아들게 하는 효과가 있다. 사골로 하는 서울식도 있다. 뽀얀 국물이 고급스럽다. 서해안식으로는 역시 바지락이다. 그저 봄에 애호박이나 숭숭 썰어넣어도 좋다. 바지락이 뱉어낸 국물은 미끈한 칼국수와 더해져 맛을 끝까지 올린다. 제물로 삶으면 국수의 전분이 국물에 풀려 더 진한 맛을 낸다. 따로 국수를 삶아 바지락 삶은 물에 말아내면 깔끔한 맛을 강조하는 건진국수가 되지만, 나는 한데 넣고 끓여서 맛이 서로 섞이고 탁해지는 제물국수가 좋다. 바지락이 국수 속으로 속속들이 밴 듯한 느낌을 준다.

칼국수 맛은 김치라고들 한다. 묵은 김치를 내거나 대개는 막 담근 겉절이를 많이 곁들인다. 나는 김치는 딱 한쪽만 먹는다. 조개의 은근한 향이 김치의 매운 자극을 이겨내기 힘들기 때문이다. 그러므로 바다향의 국수를 다 먹고 입가심하듯 김치 한점을 입에 머금는 것이다. 아예 김치 없는 쪽으로도 좋다. 오래도록 입에 남는 조개향을 다 즐기려면 말이다.

지금 봄이라면, 조개가 살을 찌운다. 저 바다로 가지 않을 수 있을까. 아니면 조개 한줌을 얻어 왈그락탕을 끓여볼까. 당신의 봄맞이 미각에는 조개가 있습니까.

27.
어란을 먹다

내가 한 시절 열고 있던 식당엔 종종 방물장수 K가 들르곤 했다. 마치 일제시대 인천 앞바다에 들어온 박물(舶物) 같은 귀품이 그가 다루는 물건이었다. 태양에 말린 뿔리아산 토마토, 삐에몬떼의 숲 냄새가 진동하는 하얀 송로버섯, 뻬리고르산 살진 푸아그라 같은 것들이 그의 보따리에서 나왔다. 언젠가는 깜짝 놀랄 물건이 있다며 주섬주섬 꺼내 보였다. 싸르데냐산 숭어알이었다.

이딸리아와 한국의 유사점을 이런 데서도 발견하고 깜짝 놀란다. 숭어알이라니. 비록 제법은 조금 다르지만, 숭어알 맛은 비슷했다. 처음엔 씹으면 갱엿처럼 잇몸에 들러붙는다. 그걸 조금씩 녹이면 알이 터지면서 기름이 자근자근 입안에서 녹는다. 이내 짭짤한 여진이 혀뿌리에 오래도록 남는다.

이딸리아에서 어란은 '보따르가(bottarga)'라고 부른다. 마치 우리가 어란이라고 하면 거두절미하고 숭어를 뜻하듯이 이딸리아도 그렇다. 숭어알은 독보적인 놈인 것이다. 명란도 민어도 참치도 어란을 만들지만 그저 '어란'인 것은 숭어다. 대단한 오만일까. 그럴 만도 하다. 빠리에서 가스트로노미(gastronomie) 상점에 들러 어란을 보자고 하면, 주인은 다이아몬드를 다루듯 나무 상자를 조심스레 열어 밀랍에 싸인 보따르가를 꺼낸다. 그러고는 이렇게 나지막하게 외치고 유혹의 눈빛을 보낸다.

"카라스미(からすみ)."

내가 일본인인 줄 아는 게다. 일본인들이 유럽에서 구찌와 샤넬만 싹 쓸어가는 건 아니다. 어란과 송로 같은 별미를 갖춘 식료품 가게는 일본인들의 사냥터다.

숭어알은 중국에서도 인기가 상당하다. 대만에서도 많이 팔린다고 들었는데, 마카오에서 먹은 것이 일품이었다. 우위쯔(烏魚子)라고 부르는 어란인데, 이게 독특하다. 한국이나 일본은 주로 날것으로 주로 먹는 데 비해 중국은 역시 열로 맛의 변화를 꾀한다. 숯불을 피우고 우위쯔를 슬쩍 굽는다. 매캐한 기름 연기가 퍼진다. 그걸 얇게 저미니 이런 호사가 없다. 마늘을 올려서 먹기도 한다.

보따르가, 어란, 우위쯔, 카라스미…… 뭐라고 부르든 먹을 때 하나의 공식이 있다. 얇게 저미는 것이다. 꼭 비싸서 그런 것도 아니다. 어란은 보관하고 맛을 들이는 과정에서 짜지게 마련이니 당연히 얇게 저며야 맛이 산다. 불에 달군 칼을 쓰는 게 보통이다. 기름기가 많아 그냥 저미면 날에 심하게 들러붙는다. 이 어란을 먹은 소설가 성석제는 특유의 씨니컬한 유머로 얇게 저민 어란을 희롱한 적이 있다. 어디선가 어란을 사 먹는데, 고급 취미에 종종 따라붙는 천박한 정서를 주방장이 보너스로 과시했던 모양이다. 야박하게 얇아서 몇장을 겹쳐도 얼굴이 비칠 지경이었다는 그의 글이 새삼스레 생각난다. 그러나 어쩌랴. 비싸서, 특유의 기름기 때문에, 얇게 저밀 수밖에 없는 어란의 숙명을.

어란은 전라남도 영암을 제일로 친다. 영산강 하구언 공사로 인근의 숭어 물길이 많이 달라져서 숭어의 수급이 바뀌었다. 그러나 영산강의 한줄기인 몽탄에서 잡은 숭어는 한 시절을 풍미했던 역사를 가지고 있다. 영암 어란은 아랫배가 묵직한 봄 숭어로 만드는데, 산란철인 봄에 숭어가 해안으로 붙어 내수면으로 올라올 때 잡아서 쓴다. 썰물에 미리 낚시 준비를 해두었다가 밀물 때에 잡는 게 전통적인 방법이다. 영암 어란은 간장을 쓰는 게 독특하다. 크기에 따라 2~3일 간장에 담갔다가 찬물에 헹군 후 그늘에 보름 정도 말리면서 공을 들인다. 다듬잇돌을 써서 모양을 잡고, 참기름을 발라서 반짝거리게 윤을 내는 기술을 쓴다. 20일 정도 공을 들이면 이쪽 말로 '짠닥짠닥'한 어란이 탄생한다.

나는 한동안 이 어란을 만들어 썼다. 재미있게도, 이렇게 숭어의 알이 귀한데도 산란철의 알 밴 숭어는 너무도 값이 눅다. 새벽 노량진 장에서 한마리에 1~2천원이면 알 밴 녀석을 사들여서 살코기는 그저 반찬을 하고, 알로는 귀하게 염장 어란을 만든다. 알은 두자루가 하나의 쌍을 이룬다. 한쪽은 작고 한쪽은 크다. 이것을 소금에 절여서 그늘에 말린다. 간장과 참기름을 바른 보편적인 한국식과 달리 조금 더 담박한 쪽이다. 이걸로 하는 요리는 매우 다양하다. 우선은 브루스께따 같은 간단한 요리를 한다. 어란 자체가 워낙 맛이 일품이어서 복잡한 요리는 어울리지 않는 까닭이다. 얇게 잘라 구운 빵에 올려서 먹는다. 빵의 구수한 곡물과 어란의 집중된 풍미가 한바탕 회오리를 치는 맛이다. 원래 원재료가 특미가 있다면, 요리는 간단할수록 좋다. 송로버섯은 그저 저며서 빠스따나 전채요리에 얹는 것이 요리의 전부고, 캐비어도 아무런 가공 없이 호밀빵에 얹거나 달걀 위에 얹어 먹는다. 그것이 절품(絶品)에 대한 예의다.

이런 어란요리를, 사실 나는 씨칠리아에서 배웠다. 씨칠리아에서는 황새치나 참다랑어의 알로 어란을 만든다. 씨칠리아 뜨라빠니에서 만든 천일염에 참치알을 푹 절였다가 그늘에 말려서 요리에 쓴다. 말린 정도를 구별해서 각각 응용하는 요리가 다르다. 많이 마른 것은 빵에 올려서 그냥 먹고, 덜 마른 건 빠스따를 한다. 스빠게띠 꼰 우오바 디 똔노라는 이름을 가진 이 빠스따는, 절품을 다루는 요리가 그렇듯 아주 간단한 공정이다. 참치알을 잘게 다져두고 마늘 한쪽을 볶은 향기로운 올리브유에 슬쩍 한번 더 볶는다. 그러고는 삶은 스빠게띠를 넣어 버무리는 것이 요리의 전부다. 버무릴 때 숙달된 요리사는 프라이팬을 맵시 있게 흔드는데, 그럴 때면 오일과 참치알이 엉겨붙은 스빠게띠가 뻑뻑하게 공중으로 날아올랐다가 철퍽 하는 소리를 내면서 프라이팬으로 낙하한다. 이렇게 하면, 온갖 냄새로 가득 차 있는 주방인데도 참치알의 혼곤한 향미가 퍼져서 어질어질해지고, 침이 줄줄 흐른다. 집게로 스빠게띠를 집어서 접시에 담고 요리사가 하는 일이란 딱 하나다. 잘게 다진 이딸리아

파슬리를 한줌 뿌리는 것이다. 그러고는 그걸 먹을 손님들을 부러운 눈길로 한번 생각하는 것이다. 보통의 빠스따를 요리한 프라이팬은 그대로 개수대로 직행한다. 그러나 참치알이나 송로버섯을 요리한 프라이팬은 그대로 아일랜드 테이블 위에 놓는다. 서열에 따라 어떤 때는 막내에게 그 남은 흔적들을 먹을 기회가 돌아온다. 참깨가 뿌려진 씨칠리아 빵을 북 찢어서 프라이팬에 남은 쏘스를 닦듯이 발라낸다. 아, 그건 침샘에 대한 자극적인 고문이다.

어란이라고 하면 숭어가 윗길이나 민어나 다른 생선의 알도 멀리 제쳐둘 것만은 아니다. 특히 여름 한철 민어에서 나온 어란은 숭어알 못지않은 인기가 있었다. 여름에 수산시장에 거물 민어가 들어오면 저냐를 부치고 탕을 끓이는 전문 요리사들 눈이 반짝인다. 눈 밝은 요리사들은 그 와중에도 수컷의 이리로는 매운탕을 내고 알로는 어란을 말리거나 간장에 졸여 단골들의 특미로 상에 올린다. 여러 기록에 의하면 인천은 민어 파시(波市)가 섰다고 한다. 장사꾼들이 민어를 지게에 지고 당시의 반듯한 구시가의 여염 동네까지 다녔다는 걸 보면, 진짜로 민어가 흔했다는 뜻이다. 이젠 그런 여염 집들도 허룩해지고, 민어 우는 소리가 들렸다는 서해 여러 명소들의 이야기는 그야말로 전설이 되어버렸다.

숭어알이나 민어알이나, 아쉬울 때는 명란이라도 사서 추운 겨울날 자작자작한 찌개를 끓이는 것도 알이 주는 한 즐거움이다. 그나저나 그렇게 알을 먹어치우는데도 생선이 잡히는 걸 보면, 바닷속

궁리는 사람의 속으로는 가늠이 안되는 것인지도 모른다. 올봄에도 숭어가 시장에 잔뜩 나올 것이다. 어란을 만들려고 벼르는 요리사들과 그걸 먹어치울 미식가들의 시즌이 저 삭풍 뒤로 오고야 마는 것이다.

# 28.
## 서울운동장을 기억하십니까

얼마 전에 영국발 뉴스 한꼭지가 눈길을 끌었다. 유명한 요리사 제이미 올리버가 프리미어리그 경기장에서 음식을 판다는 내용이었다. 뭐, 그럴 수도 있겠지 했는데 그를 영입하는 데 맨체스터씨티 구단이 제시한 돈이 자그마치 100억원! 자못 충격적인 액수였다. 그 돈이면 우리나라 프로축구단 하나를 사고도 남을 만하지 않은가. 그런데 그가 하는 일이란 경기장에서 파는 음식 메뉴를 짜는 것이란다. 튀긴 닭과 맛없는 핫도그 정도를 생각해야 하는 우리들로서는 입이 떡 벌어질 아이디어였다. 미디엄레어의 스테이크 쌘드위치, 어머니 솜씨의 파이 같은 걸 판다는데, 이미 그런 음식을 먹으러 경기장에 가보겠다는 사람들이 줄을 섰다고 한다. 100억원을 투자할 가치가 있는 모양이다. 알다시피 프리미어 경기장 입장권 가격은 상상을 초월한다. 가장 싼 표도 4~5만원 이상 가는 경우가 흔하다. 맨체스터유나이티드, 첼시 같은 인기 구단의 로열석 연간권은 암거래 가격이 1천만원을 넘기도 한다. 그러니 제이미 올리버에게 준 돈이 아깝지 않을 수도 있다.

일본에 가서 운동경기를 보면 두가지 재미가 있다. 하나는 도시락이다. 밖에서 사가는 게 좋지만, 경기장에서 파는 것도 제법 먹을 만하다. 일본 편의점 초밥이 웬만한 우리 일식당보다 낫다고 하는 사람이 있을 정도니까 그네들 도시락 수준이 짐작이 간다. 경기장에서 뭘 먹는 이야기 중에 인상 깊은 만화가 있다. 타니구찌 지로오·쿠스미 마사유끼의 『고독한 미식가』(이숲 2010)라는 걸작이다. 만화로는 한권짜리가 고작인데, 이게 인기를 끌어서 텔레비전 씨리즈로 제작되기도 했다. 엄청나게 더운 날, 주인공이 조카가 투수로 나오는 고교야구 경기를 보는 장면이다. 그저 매운 카레 도시락을 먹고, 땀을 뻘뻘 흘리며 조카를 맹목적으로 응원하는, 어떻게 보면 컬트 같은 희한한 만화다. 그런데 참 이상하게도 그 장면이 내 뇌리를 떠나지 않는 것이다. 나도 한때 관중이 거의 없는 시시한 경기를 보면서 그렇게 뭔가를 먹는 게 취미였던 까닭일까.

일본의 경기장에서 도시락 말고 또다른 재미는 생맥주다. 캔맥주도 얼씨구나 언감생심인 우리들로서는 생맥주라니, 얼마나 호사인가. 그런데 이걸 시켜 먹는 재미가 있다. 등에 마치 석유통 같은 걸 지고 모자 쓴 아가씨가 '나마비루(생맥주)!'를 외치고 다닌다. 그러면 불러서 마시면 된다. 등에 짊어진 맥주통에 연결된 호스를 종이컵이나 투명한 플라스틱컵에 따른다. 내 경우 종이컵을 주면 일단 기분이 좋지 않다. 우선 시각적으로 보기 싫을 뿐 아니라 맥주에 거품이 너무 많아 정량(?)보다 적게 받게 되기 때문이다. 종이컵에는 안쪽으로 얇게 비닐 코팅이 되어 있는데, 이것 때문에 거품이 많이 생긴다. 병맥주를 마실 때 종이컵을 쓰면 따르기가 불편했던 경험이 있을 것이다. 그 경우에는 불편하고 말면 그만이지만, 생맥주일 경우에는 심각한(?) 문제가 생기는 것이다. 평소엔 생맥주에 거품이 있어야 한다고 입에 거품을 물던 내가 이 경우에는 지나친 거품 때문에 다시 입에 게거품을 물게 된다. 물론 실제로는 일본어를 못해서 거품 물 일은 없다. 그저 거품이 가라앉기를 기다려 다시 더 채워주기를 호소하는 눈빛을 보내는 게 전부다. 그렇게 친절한 생맥주 아가씨지만, 이때는 여지없이 '나마비루—'하면서 사라져버린다. 하기는 나와 실랑이할 틈이 없다. 다른 손님들이 연신 아가씨를 불러대기 때문이다. 그것도 한잔에 600엔이 넘는 걸 말이다. 환율이 셀 때는 한잔 값이 1만원을 호가했다. 일본인들의 맥주 사랑은 정말 대단하다. 두어시간짜리 경기를 보면서 생맥주를 대여섯잔이나 마시는 사람도 있다. 기차간에서도 도시락을 안고 식전주로 캔맥주를 따라 마시는 일본인들은 아주 엄숙한 의식을 치르는 것처럼 보인다. 음미하듯, 천천히 목울대를 흔들며 맥주를 흘려넣는 일본인들.

일본인들이 한 경기에 생맥주를 대여섯잔이나 마신다고 투덜거렸지만, 나야말로 맥주홀릭이라 경기장에서 과음하게 된다. 맛없는 캔맥주라도 마시는 게 어디냐, 이러면서 흠흠거린다. 그도 그럴 것이 한국은 한때 경기장 폭력이 문제되자 맥주 판매를 금지했다. 그러고선 노래방에서 파는 맥주 맛 음료를 팔았다. 그런데 희한하게도 그걸 마시고 야구장 삼루 쪽의 안전그물망에 오르는 사람도 있었다.

경기장에만 가면 꼭 술을 찾는 이들이 있다. 평소에는 소심한 사람들이 술을 마시고 경기장에서 화풀이를 하는 것이다. 극성 팬들 때문에 야구경기장에서 외야수가 헬멧을 쓰고 수비하는 건 정말 코미디다. 그런 장면이 일상다반사인 수준은 벗어난 듯하지만, 아직도 경기장 들어갈 때 짐 검사를 하는 걸 보면 참 대단하다. 경기장의 '짐 뒤짐'의 경우, 서양에서는 축구경기장이 아주 엄격하다. 대개 화기를 적발하기 위해서다. 경기장에 불이 날 정도로 소란을 피우고, 정말로 불을 지르는 격렬한 팬들 때문이다. 오죽하면 이딸리아에서 축구 팬을 뜻하는 용어가 '띠포지'일까. 띠포지는 티푸스—장 티푸스 할 때의 그 티푸스—즉 발열한다는 뜻에서 왔다.

경기장에서 내가 저지른 음주 사건 중에 가장 기억에 남는 건 축구장에서의 일이었다. 90년대 초반이던가, 김용세가 에이스였던 일화 천마(지금 성남 구단의 모체) 대 대우로얄즈 경기였다. 대우에서는 김주성이 야생마처럼 머리를 휘날리며 뛰던 시절이다. 물론 경기장에 몰래 가지고 간 술이 화근이었다. 마침 엄청 더운 여름이었고, 서울운동장—지금은 동대문디자인플라자인가 뭔가 하는 곳이 되어버린—밖에서는 무허가 리어카가 줄줄이 늘어서서 오징어 같은 주전부리에 소주를 팔았다. 외국 나갈 때 주로 사는 팩소주였다. 아무 생각 없이 오징어와 팩소주 몇병을 샀다. 경기를 보다가 팩소주를 따랐다. 이게 웬일? 소주가 펄펄 끓고 있었다. 한낮의 리어카 위에 놓인 소주가 얼마나 열을 받았겠는가. 그 뜨거운 소주를 입에 넣으니, 아무 향과 맛이 느껴지지 않았다. 그냥 물처럼 들어왔다. 소주라면 목에 걸리고, 그러면서 좀 반응도 하고 조절을 하게 마련인데 물처럼 술술 들어오니 취할 수밖에. 다음 날, 같이 갔던 친구에게 전화를 했다.

"야, 근데 경기가 어떻게 끝났냐? 후반전이 전혀 생각이 안 난다."

조간신문을 보니 김주성이 두골을 넣어 대우가 이겼다. 그랬던 적도 있었다.

서울운동장이 야구장과 축구장으로 나뉘어 한때 대한민국 스포츠를 책임지던 시절, 성동원두(城東原頭, 서울 동쪽의 너른 들판)라고 부르던—일제 때 이곳을 칭하던 일본식 말투라는 설도 있다—이 지역은 빅매치가 있으면 난리가 났다. 기마경찰대가 등장해서 말들이 머리로 관람객들이 슬슬 밀면서 질서를 세우려 했고, 리어카가 줄을 섰다. 술 반입을 금하려고 경찰이 가방을 뒤지고, 팬들은 들키지 않기 위해 온갖 묘수를 짜냈다. 오렌지주스 병에 소주를 담는 것은 고전적인 수법이어서 쉬이 들통났다. 아기 분유병에 담아가는 사람도 있었고, 아예 미리 마셔서 배에 넣고 들어가는 사람도 있었다.

경기에 불이 붙으면 슬슬 암매상들이 활약하는 타이밍. 외야에서 빨랫줄을 내려 경기장 밖의 패들로부터 보따리를 걷어올렸다. 경비원들이 호각을 불고 쫓아오면, 번개처럼 숨어버렸다. 입추의 여지 없는 3만 관중! 숨을 곳은 많았다. 그렇게 밀반입한 소주를 오징어와 묶어 팔았다. 왜 소주에는 마른오징어였을까. 실제 마셔보면 그다지 잘 어울리지도 않는다. 휴대의 편리성일까, 어쨌든 두 품목은 늘 붙어다녔다. 요새도 간혹 편의점 파라솔에서 그렇게 마시는 분들을 본 적이 있고, 나 역시 그런 음주법을 좋아한다. 오징어에 소주잔을 받으면 그래서 그 뜨겁던 70~80년대의 성동원두가 생각나는 것이다. 고교야구 라이벌전이 벌어지면 경기장 안팎에 그런 북새통이 없었다. 경기에 진 학교 동문은 동문대로, 이긴 학교는 또 그들대로 행진을 하면서 동대문과 종로통을 휩쓸었다. 사람이 많이 모이는 걸 두려워했던 정권 치하라, 그렇게 많은 사람들이 시내를 소리 지르며—그래 봤자 고향의 산과 바다가 등장하는 교가나 아카라카치, 하는 응원가지만—다닐 수 있었던 것은 정말 특이한 경우였다. 그렇게 한바탕 행진을 하고 얼굴도 모르는 선후배들이 술집에 앉아 경기를 씹고, 안주를 먹고, 술을 들었다. 아아, 돌아오지 않는 시절들. 그래서 더 눈물 나는 경기장의 기억들. 오징어와 김밥, 소주와 맥주. 서울운동장 일층 구석에서 팔던 퉁퉁 불어버린 우동과 짜장면의 맛은 왜 잊혀지지 않는 것일까. 이제 성동원두는 사라졌다. 거기에 이상한 우주선 같은 건물이 들어섰다.

그 시절에 나는 서울시 추계연맹전 같은 시시한 경기를 좋아했다. 몰래 가지고 들어간 소주를 마시면서, 쌀쌀한 날씨에 가을볕을 받았다. 그때 삼루수가 타구를 기다리며 팽팽하게 세우고 있던 종아리를 기억한다.

29.
학교 앞 떡볶이집 사장님, 죄송합니다

한식 세계화는 지난 정권에서 사대강 사업 다음으로 뒷말이 많았던 것 같다. 사업의 타당성이나 내용은 차치하고, 희화화될 요소가 있었기 때문이다. 무엇보다 떡볶이가 사업 내용의 주요 골자로 등장하면서다. 얼핏 우리 대중음식의 상징을 외국에 소개하고 판다는 건 훌륭한 발상으로 보이기도 했지만, 논란이 뒤따랐다. 민간 연구소에 떡볶이를 연구하라고 거액의 지원금을 주네 마네 하는 실랑이가 있었고, 멀쩡한 한식 놔두고 왜 하필 떡볶이냐는 비판도 많았다. 그 비판의 근거는 떡볶이는 '끈적거리고 이에 달라붙는(sticky) 성질이 있어서 서양인들이 싫어한다'는 것이었다. 그러자, '외국인은 오직 서양인만 있느냐, 일본인이 한국에 와서 가장 좋아하는 게 떡볶이다. 백인만 외국인의 중심으로 보는 사대주의다'라는 반론도 제기됐다. 다른 논란도 있었다. 문화상품으로 수출하자면서 학교 앞 불량식품 추방 목록에는 늘 첫번째로 떡볶이가 올라가는 것이다. 이런 해프닝 속에서 이번 정권에서도 떡볶이가 다시 등장했다. 떡볶이처럼 쌀을 가공식품으로 만들어 쌀 산업의 경쟁력을 키우라고 대통령이 직접 언급까지 했다. 그야말로 엄청난 관심이다. 궁궐에서 남아도는 떡으로 정월에나 만들어 먹던 별식이 어떻게 대중 간식의 대명사가 되고, 국가

홍보 사업의 상징이 되었을까.

지난 정권 아래서 떡볶이는 유사 이래 두번째로 활황세를 타기 시작했다. 첫번째 활황세는 물론 70~80년대. 학교 앞 문방구나 간이음식점에서 매운 밀가루 떡볶이를 팔면서 엄청난 인기를 끌었다. 당시 이 간식을 이길 품목이 없을 정도였다. 그 시절에 학교를 다닌 40~50대들은 한접시에 20~30원씩 하던 매운 고추장 떡볶이를 잊지 못할 것이다. 최근의 취재에 의하면, 전주 지역에서는 유명 제과점에서도 팔 정도였단다. 전주 태극당의 인기 메뉴였다는 증언을 여럿 확인했다. 다른 지역에서도 마찬가지였다.

그 두번째 활황이 찾아온 것은 경제불황 때문이었다. 스트레스는 많고 돈은 없는 대중들이 매운 것을 찾았다. 그 인기를 선도한 것은 프랜차이즈였다. 국대, 아딸, 죠스 같은 브랜드가 크게 인기를 끌고 전국적 체인망을 갖추게 됐다. '조폭떡볶이'라는 희대의 상호가 홍대앞을 드나드는 사람들에게 회자되는 사건도 있었다. 원래 포장마차로 영업하던 이 가게는 이제 어엿한 점포를 얻어 성업할 만큼 인기를 얻었다. 나는 언젠가 친구에게 '건달떡볶이'를 프랜차이즈로 하라고 추천해주었다. 지금이라면 대박이 날 이름이다. 조폭도 되는데, 건달이 안될라고.

유행의 첨단을 달리는 압구정과 명동에 떡볶이 프랜차이즈점이 생기는 엄청난 변화도 연출되었다. 온갖 먹거리가 새로 나오고 시장을 주도하지만, 여전히 우리 간식은 떡볶이와 순대, 어묵꼬치가 선두를 달린다. 값이 싸서 누구나 쉽게 사 먹을 수 있고, 세대가 바뀌어도 유혹할 만한 요소를 두루 갖춘 음식들이기 때문이다.

그렇다면 이런 매운 떡볶이는 언제부터 먹게 된 걸까. 존 케리 미국무장관이 통인시장에서 기름떡볶이를 사 먹는 현장이 공개되어 그 떡볶이가 실시간 검색어에 올랐다. 기름떡볶이는 대세인 매운 떡볶이의 원조격으로 불린다. 간장과 기름을 넣어 '볶은' 음식이다. 여기서 이 음식의 기원을 볼 수 있다──현재의 떡볶이는 볶았다기보다는 그저 버무리고 끓이고 조린 음식이다. '떡볶이'라는 이름 자체가 바로 전통 요리법의 볶는 과정에서 나왔다. 볶았다는 건 고급음식이었다는 뜻도 된다. 기름이 워낙 비싸고 귀하던 시절이니 떡을 아무나 볶아 먹을 수 없었다. 또 한편으로는 떡이 남아서 볶아 먹을 수 있을 정도로 살림이 넉넉하지 않으면 불가능한 요리라는 뜻이기도 하다. 우리 궁중요리계의 원조인 황혜성 선생이 쓴 『한국의 요리』는 모두 4권으로 되어 있는데, 『궁중요리』가 별도의 권으로 묶여 있다. 놀랍게도 떡볶이는 이 권에 들어 있다. 여기서는 우리가 흔히 부르는 궁중떡볶이란 말도 쓰지 않는다. 그냥 떡볶이다. 재료도 화려하다. 흰쌀떡에 표고, 쇠고기, 참기름이 들어간다. 요즘 같은 떡볶이에 비해 원가만 열배 이상 나갈 고급음식이다. 50년대 이후 미국에서 밀가루 원조를 받아 밀가루 떡볶이가 등장하기 전까지, 이 음식은 여전히 고급일 수밖에 없었다. 1936년 1월 11일자 『동아일보』에는 떡볶이 요리법이 나온다. 황혜성 선생의 궁중요리와 레시피가 거의 같다. 같은 신문의 1974년 1월 17일자도 정월의 요리로 떡볶이를 소개하고 있는데, 여전히 쇠고기와 버섯을 쓰는 고급품이다. 그러니까 매운 밀가루 떡볶이가 대중화되기 시작한 70년대 중반에도 여전히 '음식다운 떡볶이'는 쇠고기와 참기름 같은 고급 재료를 쓰는 것이었다는 뜻이다. 이렇게 궁에서 먹던 요리가 반가로 퍼져나가고, 이것이 해방 이후 매운 음식 열풍이 불면서 대중화되었다고 보면 맞다. 위키백과는 현재의 떡볶이를 이렇게 소개하고 있다.

"한국전쟁 직후에 개발된 음식이다. (⋯) 1953년에 마복림 (1921~2011)이 광희문 밖 개천을 복개한 서울 신당동 공터에서 길거리식당 음식으로 팔던 것에서부터 시작되었다."

바로 고추장 광고에 나오면서 이름을 알린 그 할머니다. '며느리도 안 가르쳐주는 비법' 말이다. 마 할머니가 발명했는지, 아니면 전국적인 유행을 타면서 자연스레 퍼져나갔는지 모르겠지만 여러 조건이 현대의 떡볶이를 탄생시켰다. 먼저 미국의 밀가루 공급이다. 미국은 냉전시대 자본주의 세력의 교두보가 된 한국에 아낌없이 원조물자를 풀었다. 한국전쟁 시기는 처음으로 귀하던 밀가루가 흔해진 시기였다. 조선시대만 해도 밀가루는 양반들과 부자들의 별식에나 쓰였다. 한반도에서 밀가루 재배가 용이하지 않았기 때문이다. 미국의 개량 밀가루는 엄청난 기세로 한반도로 밀려들어왔다. 수제비, 소면이 서민음식이 된 시기이기도 하다. 이런 저가 밀가루의 등장은 '떡은 쌀'이라는 등식을 허물었다. 떡볶이에는 당연히 쌀떡이 들어가야 하던 오랜 요리법을 무너뜨린 것이다. 지금도 기억나는데, 70년대에 시장에서 파는 밀가루떡은 엄청나게 싸서 거의 공짜에 가까운 값이었다. 그걸 사다가 많이들 집에서 떡볶이를 해 먹었다. 시장 안에 그런 떡을 뽑는 공장이 두엇 이상 있을 정도였다. 여기에 고추장의 보급도 한몫했다. 밀가루떡은 냄새가 나고 찰기가 떨어져 궁중식으로 간장과 고기에 볶으면 맛이 떨어진다. 오히려 싸구려 공장 고추장에 버무려야 제맛이다. 간장, 고추장, 된장을 사 먹는 풍조가 시작된 60년대 이후 집집마다 비닐봉지에 든 달콤한 고추장을 먹었다. 값도 쌌고, 단맛이 입에 맞았다. 저렴한 밀가루로 담그는 공장 고추장은 시장을 장악해나갔고, 거리의 떡볶이에 에너지를 공급했다. 우리의 추억 속에 영원히 남아 있을 매운 떡볶이는 이렇게 국제 정치사의 한축에서 비어져나온 음식이었다. 얄따회담에 의한 남북분단, 그리고 한국전쟁, 미국의 원조로 이어지는 이 땅의 역사가 낳은 음식인 셈이다.

중학교를 다닐 때 학교 올라가는 길이 아주 길었다. 이른바 '악명의 계동길'이었다. 지각하면 이 길을 뛰어서 교사까지 도달하는 건 영국식 1마일 경주에 버금갔다. 책가방 옆에 끼고 언덕길을 오르면 교사가 보일 즈음 탈진했다. 하굣길은 온갖 야바위 아저씨들의 유혹을 견뎌야 했다. 긴 고무줄 찾기, 김일성 혹 맞히기 같은 놀이로 아이들 주머니를 털었다. 겨우 그 유혹을 피해 내려오면 기어이 회수권을 팔아야 했다. 떡볶이집이 즐비했기 때문이다. 대개는 그냥 길가에 서서 막 볶아대던 떡볶이를 먹었다. 채 익지도 않은 떡볶이를 입에 넣고 대충 삼켰다. 열개를 먹고 아저씨가 물으면 다섯개라고 했다. 아저씨도 아마 알았을 것이다. 아이들이 다 그랬으니까. 아마 그 아저씨에게는 그저 배고픈 아이들에게 떡볶이를 먹여야 한다는 의무감이 있었을지도 모른다. 그럴 리 없겠지만 그렇게 믿고 싶다. 추억은 그런 것이니까.

30.
쏘세지,
분홍 쏘세지

내 친구 한정곤이는 고향이 전남 고흥이다. 그와 언젠가 우유를 나눠 마시다가—미쳤지, 다 큰 사내들이 왜 우유를 먹었을까—그가 왜 우유에 포한이 맺혔는지 들었다. 그는 매우 결연한 어조로 그 비화를 들려주었는데, 그의 숙연한 태도와는 달리 나는 웃음이 터져나와 민망했던 기억이 있다.

"초등학교 시절이야. 어느날 축구부 코치가 선수들을 데리고 라이벌 학교를 견학 갔어. 그러고는 외쳤지. '보아라!' 손가락으로 저 멀리, 산 아래 그 학교를 가리켰어. 학교 주변 초지에 젖소가 뛰놀고 있었지. 코치는 몹시 흥분했어. '우리도 열심히 하면 저 아이들처럼 매일 우유를 마실 수 있어!'"

그 라이벌 학교는 축구대회에서 우승하여 부상으로 젖소를 받았다. 그 학교 선수들은 매일 우유를 마시면서 열심히 연습했다. 우유는 내 친구에겐 꿈과 열망의 음료였다. 축구대회 우승을 위해, 아니 공짜 우유를 매일 마시기 위해 그는 열심히 공을 찼다. 그러나 끝내 우유를 맘껏 마실 수 없었다. 우승을 하지 못했기 때문이다. 우유는 풍요와 건강의 상징이었고, 박정희 대통령이 새해 초도순시를 하면 꼭 목축하는 동네를 찾아가서 '젖소를 잘 길러 축산입국을 하자'고 독려하던 시절이었다. 우유는 곧 선이었고, 미래였으며, 파랑새였다.

나는 허리를 꺾고 웃었지만, 이내 그 친구의 비장미 어린 회상에 동조할 수 있었다. 나는 밍밍한 우유를 마시면서, 친구와 그 동료들이 코치의 독려에 주먹을 불끈 쥐고 라이벌 학교의 젖소떼를 보는 광경을 상상해보았다. 변변치 못한 시골 학교 축구부 소년이 축구화 대신 검정색 천 학생화를 신고 죽도록 모래 운동장을 뛰는 장면이 자연스레 떠올랐다.

나로 말할 것 같으면 우유가 아니라 '쏘세지'였다. 쏘시지라고 써야 하지만 그저 옛날에 부르던 대로 쓰고자 한다. 그래야 진짜 식욕이 돋기 때문이다. 쏘세지는 도시락 반찬이 되고, 학교 앞 문방구에서 파는 엉터리 핫도그의 내용물이 되며, 나중에는 군대서 지급하는 군용식품이 되기도 했다. 인기 절정의 신동우 화백이 『새소년』이나 『학생중앙』에 실리는 '진주햄 쏘세지'의 광고 만화를 그렸다. 진주햄 쏘세지를 먹으면 공부와 운동도 잘하고 부모님께 효도도 한다는 뭐 그런 내용—공산당도 때려잡는다는 내용은 아마도 없었던 것 같다—이었는데, 하여튼 어린 마음에 나도 쏘세지를 먹으면 효도할 수 있을 것 같은 그런 생각이 들었던 게 기억난다. 그러니까, 뒤집어 얘기하면 쏘세지를 먹지 못하니 효도도 못한다는 울분에 몸서리를 쳤던 것이다. 나는 겨울에 병든 부모님 수발을 위해 저수지 얼음을 뚫고 들어가서 잉어를 잡자면 우선 수영을 배워야겠다고 생각했었고, 이내 수영을 배울 형편이 아니라는 사실에 절망하던 착한 소년이었다. 서울 변두리에는 수영을 할 만한 곳이 없었다. 장마철로 불어난 홍제천에서 수영을 하다가 퉁퉁 분 시체로 발견된 동네 형이 있었다. 그후로는 무서워서 물 근처에는 가지도 못했다. 물론 시내에 가면 수영을 할 수 있었다. 사직공원 안에 있는 제일수영장이나 오뚜기수영장 같은 곳이었다. 그러나 입장료 10원인가 20원이 없어서 갈 수 없었다. 우리 어머니는 내게 쏘세지 반찬을 싸주시지 못했다. 대신 동물성 지방을 보충해주기 위해 돼지껍질을 삶아서 고추장에 버무려 챙겨주셨다. 하얗게 굳어서 딱딱해진 돼지껍질은 입에 넣고 씹으면 따뜻해져서 흐물흐물 녹았다.

밀가루 쏘세지를 원 없이 먹은 건 군대 시절이었다. 일종창고 사역을 하면 말자지 같은 군납 쏘세지를 두어자루 받을 수 있었다. 일종계 선임은 나더러 덩치 크다고 쌀을 두가마씩 지라고 했고, 어느 날 발을 헛디딘 나는 허리께가 빨랫감 쥐어짜는 것처럼 뒤틀리고 말았다. 아무리 청춘이라고 해도 쌀 120킬로그램은 무리 아닌가. 그놈이 내게 준 것은 말자지 쏘세지 두자루였다. 그 덕에 지금도 허리병을 달고 산다. 그렇게 얻은 쏘세지를 국방색 깡통에 든 거지같이 맛없는 딸기잼에 찍어서 먹었다. 굵직한 분홍색 쏘세지에 새빨간 딸기잼이 묻은 꼴은 꽤 볼썽사나웠다. 쏘세지에 딸기잼이라니.

그 빌어먹을 쏘세지는 내가 제대할 때 후임들이 술안주 하라고 끓여놓은 잡탕찌개에도 들어갔고 보급계 놈들이 휴가 갈 때 동생 준다고 열댓자루씩 '따블백'에 담아 나가기도 했다. 그렇게 먹을 게 없던 시절이었다.

260

반쯤 미치지 않았었나 싶다. 요리학교를 마치고 씨칠리아로 실습을 가겠다고 손을 번쩍 들었던 건 말이다. 아무도 씨칠리아 같은 데를 가려고 하지 않았다. 실제로 마피아가 무서워서 싫다는 요리학교 동기들도 많았다. 그러나 실상은 마피아들이 일진들마냥 '삼선 쓰레빠'를 신고 베스파를 붕붕 몰면서 동네 마실 다니는 정도라고 생각하면 된다. 뭐 당신이 호텔 사우나에서 등판에 동양화를 멋지게 그린 아저씨를 만나도 쫄지 않는다면 마피아도 무서울 건 없다.

일이야 늘 힘들었다. 에드워드 권이 미국에서 16시간씩인가 일했다고 했는데, 문명국가에서 그러는 건 할 만하다. 로마보다 아프리카가 더 가까운 씨칠리아에선 시간 같은 건 안 센다. 일이 끝나면 끝나는 거지 뭐, 이런 분위기다. 오줌도 바쁘면 못 싸고—대부분 땀으로 흘려서 화장실 갈 일이 없기는 하다. 그 대신 옷에서 오줌 냄새가 난다. 땀과 오줌은 형제다—월급도 주는 대로 받는다. 그런 환경에선 유일한 낙이 대개는 처먹는 것이 된다. 먹는다는 말에 '처'라는 접두사를 붙인다는 건 먹는 일에 교양 따위는 없는 상태를 말한다. 교도소, 군대, 씨칠리아 주방의 공통점이라면 시키는 대로 일하고 내키는 대로 처먹는다는 점이다. 나로 말할 것 같으면 쏘세지였다. 지긋지긋도 하다, 그놈의 분홍 쏘세지! 다행인 건 이딸리아 쏘세지는 품질이 아주 좋다는 것이었다. 통통하고 고기 맛이 담뿍 배어 있으며—밀가루 같은 건 안 들었다—썹으면 뽀드득뽀드득 하는 식감이 있는 그런 진짜 '쏘시지' 말이다. 섹시하고 통통한 몸통 안에 얼마나 재료를 제대로 넣었는지 익히면 스키니진 입은 언니들처럼 옆구리가 툭툭 터졌다. 진짜 쏘시지는 열 받으면 그렇게 옆구리가 터지는 것이다. 익히면 흐물흐물하게 덩어리지는 분홍색 말좆 쏘세지와는 천양지차다.

나는 나름으로 쏘시지 먹는 법을 터득했다. 우선 리조또용 쌀을 훔쳐서 요리사들이 다 퇴근한 후에 밥을 안친다. 리조또용 쌀은 껍질을 홀랑 깎은 게 아니어서 맛이 거칠다. 물을 넉넉히 잡아 천천히 익힌다. 뜸을 들일 무렵, 쏘시지를 올린다. 옆구리 터지는 소리가 들린다. 그렇게 잘 익도록 밥 짓는 냄비 뚜껑을 묵직한 구리냄비로 눌러주면 아주 맛있는 쏘시지밥이 되었다. 쏘시지 속 기름이 좍좍 배어 밥에 윤기가 좌르르 흘렀다. 아아, 이젠 누가 줘도 안 먹는 쏘시지를 탐하던 쓸쓸하던 시절이다.

결핍은 우리의 혀를 변화시킨다. 나는 요리가 막힐 때 그 시절의 쏘세지와 쏘시지, 그리고 내 친구가 그리워하던 우유를 생각한다. 뭔가 모자란 상태에서 요리를 본다. 그러면 선명하게 요리의 그림이 그려지곤 한다. 뚜렷한 맛 하나를 중심에 놓고 요리를 구성하기 시작한다. 결핍이 원하는 단 하나를 일부러 드러내어 보는 것이다. 그러니 조금 모자라도 괜찮다.

31.
라면이
좋아

1975년 12월 8일자 『매일경제』 1면 왼쪽에 박스 광고가 하나 실렸다. '후라이보이 곽규석'이 코믹한 표정을 짓고 있는 '농심라면' 광고였다. '삼양라면'이 일본에서 기술을 도입해 한국에 라면 시장을 연 지 12년 만의 일이었다. 이때부터 한국은 본격적인 인스턴트라면 시대를 열어가게 된다.

당시 농심라면의 등장은 올해 쉰살인 내게도 충격적인 기억으로 남아 있다. 당시 그 회사 이름은 '롯데공업'이었을 것이다. 농심라면 이전에 이미 '소고기라면'이라는 빨간색 포장지의 라면을 팔고 있었다. 우리 어머니는 라면을 좋아하지 않았지만, 아이들이 넷이나 되니 간식거리로 라면을 제법 준비해놓고 있었다. 롯데 소고기라면은 다섯개들이 덕용(德用)으로 찬장에 있었다. 그러나 아무래도 그때는 삼양라면이 '메이저'였다. 노란색의 닭고기맛 라면도 기억나는데, 이후 전통의 주황색 포장지로 바뀌었다. 내 기억으로는 당시 삼양라면이 20원 했다. 중국집에서 짜장면이 50원인가 하던 시절이니 대단히 비싼 가격이라고 할 수 있겠다. 하지만 라면은 정말 지독히도 값이 오르지 않은 식품이다. 여전히 단돈 천원에도 못미치는 값에 한끼 분량을 살 수 있다.

농심라면은 기억하건대, 대단히 파격적인 광고 마케팅 전략을 썼다. 잘 나가던 코미디언 구봉서와 곽규석을 내세워 신문과 텔레비전에 광고를 쏟아냈다. 우리들은 그 광고 장면을 흉내 냈다. 두 사람이 그릇에 담긴 라면을 서로 양보하다가 결국 동생인 곽 씨가 라면을 먹게 되자 구 씨가 크게 아쉬워한다는 코믹한 스토리다. 지금 보면 별거 아닌 것 같은 콘티였는데, 그때는 엄청나게 사람들의 시선을 끌었다. 집에서 친구들과 라면을 끓여 먹으면, 대부분 이 장면을 '재연'하면서 놀았다고 해도 과언이 아니다. 그러다가 라면 국물을 쏟아서 엄마한테 얻어터졌다.

이 라면 포장지에는 한복을 입은 농사꾼 형제가 등장한다. 우애 좋은 형님과 동생이 밤새 볏단을 서로에게 얹어주다가 날이 샜다는 우리 옛이야기에 착안한 광고다. 누렇게 달이 둥실 떠 있고, 농사꾼 형제가 그림으로 나온다. 얼마나 인상적이었으면 그 포장지가 컬러로 지금도 눈에 보이는 것 같다. 사람의 인생에는 여러가지 이미지가 존재하게 마련인데, 내게 있는 이미지 중에는 세장의 라면 포장지가 있다. 하나는 '클래식'이라고 부르는 삼양라면, 그리고 농심라면, 마지막으로 청보라면이다. 청보라면! 80년대 중후반에 등장했다가 사라진 라면이다. 청보라면을 만들던 청보식품은 신생 업체로 활발하게 마케팅을 했지만 기존 업체의 높은 벽을 넘지 못했다. 그 라면이 인상적인 것은 군대에서 보급품으로 요리해주었기 때문이다. 아마도 엄청난 싼값에 군납 입찰을 했을 것이다. 당시 일요일 아침은 라면이었다. 지금처럼 늘 라면이 간식으로 지급되는 때가 아니어서 오직 그날 외에는 라면 맛을 보기 어려웠다. 식사 집합을 해서 이동하다보면 멀리 식당에서 풍겨오던 라면 냄새! 매일 맡는 기분 나쁜 찐 보리쌀 냄새와 달리 어찌 그리도 군침이 돌던지. 군대 라면은 끓이는 것도 아니었다. 면은 다단식 취사기에 넣어 찌고, 스프는 뜨거운 물에 풀어서 따로따로 배식했다. 그냥 끓이면 불어서 먹을 수가 없기 때문이었다. 그러거나 말거나 정말 꿀맛이었다. 입 짧은 고참병들은 투덜거리며 후임들에게 라면을 몰아주었다. 내가 졸병일 때에는 한번에 다섯개는 좋이 먹은 것 같다.

농심라면의 당시 포장지는 정말 인기가 있었다. 무표정한(?) 단색의 포장지가 아니라 만화 같은 그림이 들어간 알록달록한 것이었기 때문이다. 당시 라면 포장지는 쓰임새가 많았다. 엮어서 냄비받침으로 쓰고, 귀중한 봉투로 생활 소품들을 담아서 보관하기도 했다. 결정적으로 도시락 반찬통을 싸는 데 최고였다. 반찬통에는 늘 국물, 특히 김칫국물이 흐르기 일쑤여서 라면봉지는 요긴했다. 아이들이 도시락을 꺼내면 김칫병—맥스웰하우스 커피병이 인기였다—을 싼 것은 흔히 라면봉지였던 것이다. 김칫병을 봉지에 넣고 검정색 고무줄로 둘둘 말아서 학생가방에 세워서 가져오는 게 기본이었다. 더러 만원버스에서 김칫병이 누우면 국물이 쏟아져서 낭패를 보는데, 라면봉지는 그런 대형사고(?)를 미연에 방지해주었다. 그래도 불안하면 2중으로 안전장치를 했다. 라면봉지를 먼저 커피병 주둥이에 여러겹 접어 얹고 금속 뚜껑을 닫으면 꽉 물리면서 밀봉 효과를 냈다. 그걸 다시 라면봉지에 싸서 이중 자물쇠처럼 국물 차단을 했던 셈이다. 그렇게 농심라면은 여러모로 인기가 있었다. 이 라면은 회사에도 효자상품이 됐다. 얼마나 히트했는지 아예 회사 이름이 농심으로 바뀌는 계기가 되지 않았나.

1971년 도하 일간지에는 일종의 캠페인 광고가 1면에 연속적으로 실렸다. 삼양사의 광고였는데, 라면 맛이 아니라 식품으로서의 우수성을 강조하는 것이었다. 한줄의 선명한 슬로건이 눈길을 끌었다.

"라면은 제2의 쌀입니다!"

인스턴트라면은 알려진 대로 1958년 일본 닛산식품에서 세상에 선을 보였다. 전후 복구를 거쳐 경제발전에 나선 일개미 일본인에게 인스턴트라면은 경이로운 존재였다. 일일이 국수를 밀거나 공장 국수를 사더라도 적어도 '다시' 국물을 내야 한그릇의 면을 먹을 수 있었던 시대에, 그저 봉지를 뜯고 끓이면 완성되는 요리는 혁명이었다.

삼양식품에 의해 1963년에 한국에 도입된 라면은 좀 다른 얼굴과 표정을 가지게 되었다. 당시 한국은 심각한 쌀 부족 상태였다. 나중에 통일벼를 육종, 보급하게 된 계기도 그것이었다. 쌀은 곧 정치였다. 당시 혼분식을 장려했다고 하는데, 엄밀히 말하면 장려가 아니라 거의 강제적 통제였다. 공교롭게도 삼양라면이 한국에 등장한 1963년, 당국은 강력한 행정조치를 시작한다. 법적 근거도 없었

다. 식당에서 점심에 쌀밥을 팔면 영업정지 등의 조치를 취한다는 내용이었다. 11시부터 4시까지 분식만 팔아야 했다. 이에 대해 한 신문은 장안의 유명한 한식당인 '한일관'의 입장을 이렇게 쓰고 있다.

"쌀밥을 못 팔게 하니 온면, 냉면, 만둣국을 점심에 팔고 있다. 그러나 이렇게 되면 메밀과 밀가루 가격이 오를 것이다."

그 시점의 신문 논조들은 대개 낙망하고 어수선한 사회 분위기를 전하고 있다. 쌀 부족 상태이니 혼분식은 어쩔 수 없지만 쌀밥 판매 금지는 너무한 것 아니냐는 투다. 아마 당시 라면이 보급되어 있었더라면 그 정도로 낙망하는 분위기는 아니었을 것 같다. 라면은 빠르게 사람들의 입맛을 사로잡으면서 쌀 부족과 혼분식 강제에 따른 사회적 불만을 잠재우는 효과도 가져왔다. 아마도 당시 첫걸음을 뗀 박정희 정권이 민심을 안정시키는 데 큰 역할을 했을 것이다. 『뉴욕타임즈』는 이렇게 쓰고 있다고 한다.

인스턴트라면을 끓일 물만 있으면 신의 은혜를 받을 수 있다. 사람에게 고기를 잡는 법을 가르쳐주면 평생 먹을 수 있다지만, 인스턴트라면을 주면 그 무엇도 가르쳐줄 필요 없이 평생 먹을 수 있다.

— 김지룡 외 『사물의 민낯』(애플북스 2012)에서

라면 얘기가 나왔으니 말인데, 몇가지 사람들의 오해는 풀고 가자. 라면에 방부제가 들어 있다는 말은 틀린 얘기다. 인스턴트라면은 수분 함량이 낮아서 미생물이 번식할 수 없기 때문에 굳이 방부제를 넣을 필요가 없다. 허가된 방부제는 인체에 무해하지만, 그래도 찜찜해하는 사람들이 있어서 덧붙이는 말이다. 라면을 먹고 얼굴이 붓는다는 말에도 과학적 근거가 없다. 다만, 김치를 많이 곁들이면 짜게 먹게 되어 물을 많이 들이켜니 결국 다음 날 얼굴이 부을 수는 있다. 이밖에 라면이 비만을 유발한다는 것도 사실이 아니다. 라면 한개의 칼로리는 웬만한 한끼 식사의 70퍼센트 선에 머문다.

글을 쓰다보니 밤이다. 라면 하나 끓였다.

작
가
의
말

저어기, 아리랑고개 너머 정릉 골짜기에서 살던 친구 이상구. 2번 버스를 타고 종점에서 내려 언덕을 한참 올라가야 상구네 집이 나온다. 가다가다 지쳐서 주막에 들러 카바이트 막걸리를 한병 마시고 다시 올라간다. 배는 허룩하고 머리에선 현기증이 났다. 술 마신 뒤라 배가 더 고팠다. 고등학교 잘려서 집에서 빈둥거리던 상구랑 담배를 피우고 있으면 어머니가 밥을 했다. 김치만 몇가지 있는 상에 밥만 고봉이었다. 덩치 큰 상구보다 내가 더 많이 먹었다. 생각해보니 퍼마신 대폿잔이 아뻬리띠프였다.

조금 더 옛날, 중학교 때는 친구 류재풍이네 갔다가 밥을 얻어먹었다. 친구 누이가 내 누이랑 서울여상 동창이었다. 내나 쌀팔 돈 없는 집이란 뜻이다. 그래도 밥은 하얗게 지었다. 다른 반찬은 기억나지 않고, 묵은 김치를 헹궈서 들기름에 설탕 넣고 볶은 게 기가 막혔다. 아무리 해봐도 그 맛을 재현하지 못한다. 내가 하면 미원을 넣어도 그 맛이 안 난다. 재풍이한테 물어보니, 이제 어머니는 묵은 김치 같은 건 안 볶는다고 한다. 어머니는 연로하시다.

친구 주상태 어머니가 청계천 고물시장 구석에서 돼지곱창을 볶아 팔았다. 당면을 많이 넣고 맵게 볶다가 손님이 남긴 소주를 확, 부어서 불을 땡겨야 잡맛이 없다고 했다. 그 소주, 그냥 날 주시지. 돼지곱창은 왕십리가 최고라는데, 나는 지금도 상태 어머니 곱창이 윗길이라 생각한다. 어머니가 다시 곱창장사를 하면 대박이 날 텐데, 아쉽다. 온갖 산해진미에 최고급 술병 모가지도 맘대로 비트는 요즘도 그 곱창에 빨간 상표 진로만 한 술이 없다. 언젠가 그 곱창이 먹고 싶어 갔더니, 가게 뒤쪽으로 포클레인이 파놓은 벼랑이 있었다. 아슬아슬했다. 그래도 끝까지 남아 곱창집 아줌마들은 장사를 했다. 악착같이 매운 곱창처럼 질기게 버텼다.

이상구, 류재풍, 주상태는 내 중학교 친구들이다. 궁핍한 시절을 같이 보내서 얼굴만 봐도 배가 고파지는 진상들이다.

먹는 일을 글로 써서 책을 펴내는 것이 벌써 여러권째다. 부끄럽다. 나는 순수하게 먹이는 사람이 되고 싶었다. 그것은 소매를 걷어붙이고 밥을 해본 이만이 아는 기쁨이다. 그러나 돈을 받고 밥을 팔게 되면서 그 기쁨을 잃었다. 거기에다 그 밥 파는 이야기를 글로 써서 두번씩 남우세스럽게 되었다. 그래도 부끄러움을 무릅쓰고 글로 밥을 지어 바친다. 맑은 술 한잔을 반주로 맛있게 드시기 바란다.

고모부가 얼마 전에 돌아가셨다. 국민학교 시절, 그가 청량리역에 부쳐온 보리쌀 한가마니로 버짐 피던 시절을 넘길 수 있었다. 고모부 살림도 별반 다르지 않았다. 고모부 영정 앞에 절하고 가만히 앉아 있으니 그 보리로 지은 밥 냄새가 났다. 나는 보리밥 안 먹는데, 고모부 생각이 나서 그렇다.

2014년 12월
박찬일

# 뜨거운 한입
박찬일의 시간이 머무는 밥상

초판 1쇄 발행 • 2014년 12월 15일

지은이/박찬일
펴낸이/강일우
책임편집/김선영
펴낸곳/(주)창비
등록/1986년 8월 5일 제85호
주소/413-120 경기도 파주시 회동길 184
전화/031-955-3333
팩시밀리/영업 031-955-3399 · 편집 031-955-3400
홈페이지/www.changbi.com
전자우편/lit@changbi.com

ⓒ 박찬일 2014
ISBN 978-89-364-7257-3  03810